dtv

Vier Fürstinnen, eine Mutter und ihre drei Töchter, stehen im Vordergrund dieses Romans. Sie leben in der Idylle eines ländlichen Schlosses mit allen Annehmlichkeiten, inmitten eines Parks mit herrlichen alten Bäumen und einem Meer duftender Blumen. Doch die äußerlich so schöne Welt ist für die Frauen ein Gefängnis, in dem sie von den Normen ihres Standes festgehalten werden und auf persönliches Glück verzichten müssen.
Noch einmal nimmt Keyserling hier die Haupttehmen seiner früheren Romane auf: den Niedergang des baltischen Adels (›Dumala‹) und den Ausbruch aus starren Konventionen (›Wellen‹). Gleich einem impressionistischen Maler schildert der »baltische Fontane« eine versunkene Zeit, in der die jüngste Tochter versucht, den Schritt in eine ungewisse Zukunft zu wagen.

Eduard Graf von Keyserling wurde am 15. Mai 1855 auf Schloß Paddern in Kurland als Sohn einer deutschstämmigen Adelsfamilie geboren. Nach dem Studium der Rechtswissenschaften, Philosophie und Kunstgeschichte in Dorpat und Wien arbeitete er als freier Schriftsteller und verbrachte längere Zeit in Italien. 1899 zog er mit seinen Schwestern nach München, wo er, seit 1907 erblindet, am 28. September 1918 starb.

Eduard von Keyserling

Fürstinnen

Roman

dtv

Von Eduard von Keyserling
ist bei dtv außerdem lieferbar:
Wellen (12550)
Schwüle Tage (12551)

Die Erstausgabe des Romans
erschien 1917.

Ausführliche Informationen über
unsere Autoren und Bücher
www.dtv.de

MIX
Papier aus verantwortungsvollen Quellen
FSC® C019821
FSC
www.fsc.org

4. Auflage 2018
2005 dtv Verlagsgesellschaft mbH & Co. KG, München

Umschlagkonzept: Balk & Brumshagen
Umschlagbild: ›Die Gartenbank‹ (1916)
von Max Liebermann
Gesetzt aus der Bembo 10/12·
Satz: Fotosatz Amann, Aichstetten
Druck und Bindung: Druckerei C.H.Beck, Nördlingen
Gedruckt auf säurefreiem, chlorfrei gebleichtem Papier
Printed in Germany · ISBN 978-3-423-13312-8

Die verwitwete Fürstin Adelheid von Neustatt-Birkenstein ging um die Mittagstunde eines heißen Sommertages in das Büro hinüber, um mit dem Major a. D. von Bützow, dem Verwalter ihres Gutes, über ihre Finanzen zu sprechen. Der Fürst Ernst von Birkenstein war im besten Mannesalter gestorben. Eine tückische Lungenkrankheit hatte ihn schnell dahingerafft. Da der Fürst keinen männlichen Nachkommen hinterließ, folgte ihm in der Regierung des Fürstentums sein jüngerer Bruder, Fürst Konrad. Die Fürstinwitwe jedoch zog sich mit ihren drei Töchtern auf die Herrschaft Gutheiden zurück, die sie im Osten des Reiches besaß. Der verstorbene Fürst war ein lustiger Herr gewesen, und das Familienvermögen befand sich bei seinem Tode in ziemlich zerrütteter Verfassung. Die Witwenapanage war mager genug, so beschloß denn die hohe Frau, ihre Töchter in ländlicher Stille zu erziehen. Aber auch so gehörte viel Umsicht dazu, um die Mittel für ein standesmäßiges Leben zu beschaffen.

Diese Besuche im Büro, die langen Gespräche über Geld machten die Fürstin stets müde und traurig. Sie saß da in dem Korbsessel vor dem großen Schreibtisch, der ganz mit Kontobüchern bedeckt war. Ihr gegenüber saß der Major in seinem grauen Leinenanzuge, sehr erhitzt, das kleine, runde Gesicht war gerötet, selbst die Kopfhaut schimmerte rot durch das dünne, greise Haar, und die Enden des grauen Schnurrbartes hingen schlaff über die Mundwinkel. Leise und schnarrend gab er seinen Bericht ab, zuweilen hielt er inne und richtete die hervorstehenden blauen Augen auf die Fürstin, um zu sehen, welchen Eindruck sein Bericht mache. Die Fürstin jedoch lag regungslos in ihrem Stuhle und schaute durch das geöffnete Fenster auf den Hof hinaus, der jetzt in der Arbeitspause ganz still im Sonnenschein dalag, nur drüben bei den Stallungen regte es sich, ein Stallbursche, die Tressenmütze im Nacken, wusch einen großen, blanken Wagen. »Etwas Hoffnungsloseres«, dachte die Fürstin, »als die Stimme des Majors gibt es wohl nicht, und diese Zahlenreihen, diese Debets und Kredits und Saldos, wie feindlich das alles klang.« Eine große Brummfliege hatte sich in das Zimmer verirrt und begann laut und ärgerlich zu summen, als wollte sie das traurige Knarren der Stimme des Majors übertönen. Die Fürstin war noch eine schöne Frau, wie sie in ihrem weißen Pikeekleid regungslos dasaß, das Haar sehr dunkel unter dem schwarzen Spitzenschleier. Die bräunliche Blässe des schmalen Gesichtes hatte etwas wie einen matten Bronzeglanz, die Züge waren von wunderbar ruhiger Regelmäßigkeit, und aus den großen braunen Augen schaute das träge Pathos byzantinischer Madonnen. Die kleinen Hände, schwer von Ringen, ruhten müde im Schoß. Jetzt war der Bericht zu Ende. Der Major schwieg, zog die weißen Haarbüschel seiner Augenbrauen in die Höhe und blickte seine Herrin erwartungsvoll an. Die Fürstin schaute noch immer auf den Hof hinab, als sei sie mit ihren Gedanken sehr weit fort, aber sie begann zu sprechen, sprach langsam und ein wenig klagend: »Das ist alles nicht ermutigend, aber an den großen Ausgaben der letzten Zeit und den Ausgaben, die bevorstehen, läßt sich nichts ändern. Ich mußte im Winter mit den Prinzessinnen nach Birkenstein reisen, um die Gesellschaften mitzumachen, nun, und dann kam die Verlobung der Prinzessin Roxane. Die Möbel im Saal, im grünen und im blauen Zimmer mußten vor dem

Besuche des jungen Großfürsten neu bezogen werden. Und jetzt kommt die Aussteuer, und wenn die Hochzeit auch bei meinem Bruder, dem Großherzog, stattfindet, Ausgaben gibt es dabei genug. An alledem läßt sich nicht das geringste ändern. Wenn es vorüber sein wird, kann man ja versuchen, wieder eine Weile krumm zu liegen und zu sparen.«

Es wurde an die Tür geklopft, und sie öffnete sich, ohne daß jemand »Herein!« rief. Der Graf Donald von Streith trat ins Zimmer, lang und hager, in einem weißen Flanellanzuge. »Sie kommen gerade recht, lieber Graf«, sagte die Fürstin, ohne sich umzuschauen, und streckte ihm die Hand hin, »wir sind hier gerade bei unseren Defiziten.«

Der Graf küßte die dargebotene Hand und meinte: »So, so! Unser Major hat wieder alle Taschen voller Sorgen.«

Der Major zuckte die Achseln, und die Fürstin klagte: »Ach ja, es ist wieder diese schreckliche Ziegelfabrik.«

Der Graf setzte sich weit vom Schreibtisch in einen Sessel, streckte die Beine von sich und rieb vorsichtig die Fingerspitzen aneinander. Seinen kleinen, länglichen Kopf bedeckte krauses, leicht ergrautes Haar. Seltsam dicht beieinander saßen im sonnengebräunten Gesicht die graublauen Augen. Was aber das Gesicht ganz beherrschte, war die mächtige, kühn gebogene Nase. Die Bartkommas auf der Oberlippe und am Kinn waren kohlschwarz. Die ganze Erscheinung hatte etwas von einem eleganten Don Quijote. Der Graf war zu Lebzeiten des Fürsten Ernst Hofmarschall in Birkenstein gewesen. Jetzt besaß er ein Waldgut in der Nähe von Gutheiden und lebte dort allein in seinem Jagdschlößchen. Seine Hauptbeschäftigung aber war, die Fürstin in der Verwaltung ihres Gutes zu beraten. Zu jeder Tageszeit konnte man sein kleines

Automobil oder seinen Falben im Gutheidener Schloßhofe stehen sehen, und ein jeder auf dem Gute wußte, der eigentliche Herr hier, der zu entscheiden hatte, war doch der Graf Streith.

»Nun«, begann der Graf, »wenn die Ziegelei uns im Stiche läßt, so muß der Wald herhalten.«

»Denken Sie?« sagte die Fürstin und sah den Grafen hoffnungsvoll an. »Ich wußte gleich, Sie würden sich etwas ausdenken.«

Der Major hatte seine Bücher geschlossen und erhob sich: »Darf ich jetzt zu den Arbeiten gehen?« murmelte er.

»Gewiß«, erwiderte die Fürstin, »ich danke Ihnen, lieber Major«, und sie reichte ihm ihre Hand hinüber, die er küßte. »Sie sehen, es findet sich immer ein Ausweg.« Aber das Gesicht des Majors behielt seinen kummervollen Ausdruck, er verbeugte sich vor dem Grafen und verließ das Zimmer.

Die Fürstin schaute wieder nachdenklich zum Fenster hinaus, und der Graf rieb seine Fingerspitzen aneinander. Beide schwiegen eine Weile und lauschten dem leisen Klingen, das durch die heiße Mittagsluft irrte. Endlich begann die Fürstin, als spräche sie zu sich selbst: »Wenn der Major all diese unangenehmen Dinge vorträgt, klingt aus seiner Stimme etwas Vorwurfsvolles. Aber ich kann nichts dafür, daß die Ziegelei nichts trägt, deshalb werde ich doch nicht meine Töchter hier auf dem Lande verstecken. Ich muß mit ihnen die Gesellschaften in Birkenstein und in Karlstadt besuchen, sie sollen doch heiraten. Eine unverheiratete Prinzessin ist nirgends am Platz. Unverheiratete Prinzessinnen kommen mir vor wie diese Perlenarbeiten, die Gouvernanten zum Geburtstage schenken, Lampenuntersätze oder Federwische, man wußte nie, wo man diese Dinge lassen sollte.«

Das sonore Lachen des Grafen schreckte die Fürstin auf, sie schaute ihn einen Augenblick überrascht an, dann begann auch sie zu lachen. Gleich darauf wurde sie wieder ernst und seufzte: »Nein, nein«, sagte sie, »mir ist nicht nach Lachen zumute.«

»Unsere Prinzessinnen werden heiraten«, tröstete der Graf. »Der Anfang ist schon gemacht.«

»Nun ja«, sagte die Fürstin zögernd, »mit Roxanens Verlobung kann ich zufrieden sein, der junge Mann ist sympathisch, aber diese Leute von drüben – was weiß man, das ist doch alles so fremd. Und ein Kind in diese unbekannte Ferne zu schicken, das ist schwer. Rußland, mein Gott! das ist so dunkel und unbekannt wie – wie das Jenseits. Nun, Roxane ist kühl und vernünftig, die wird sich überall zurechtfinden. Da wird es meine Eleonore schwerer haben, sie ist so weich und leicht verwundbar, sehen Sie, das darf unsereines nicht sein. Und dann meine Jüngste, die ist meine größte Sorge. Mit ihren bald sechzehn Jahren noch so kindisch. Sie hat viel von ihrem Vater, dieses Unruhige, Unberechenbare. Dazu wächst sie hier auf dem Lande auf –«

»Unsere Prinzessin Marie«, meinte der Graf, »wird es schon machen, sie hat ihren Kopf für sich und wird ihren eigenen Weg gehen.«

»Aber Streith!« rief die Fürstin und schlug die Hände zusammen, so daß die Ringe leise aneinanderklirrten wie kleine Panzer. »Ihren eigenen Weg gehen? Wie kann eine Prinzessin ihren eigenen Weg gehen? Ihr Weg ist ihr vorgeschrieben, sie läuft wie auf Schienen, und kommt sie von denen ab, dann ist sie verloren.«

»Also kleine Lokomotiven«, schlug der Graf vor und lächelte.

»Lokomotiven«, wiederholte die Fürstin klagend, »wie wollen Sie, daß ich hier auf dem Lande Lokomotiven erziehe? Wenn ich als Mädchen einmal mit den anderen Mädchen lebhaft und amüsant sein wollte, dann sagte die Gräfin Breckdorff: ›Lassen Sie das, Prinzessin Adelheid, bei den anderen jungen Damen ist das ja ganz nett, aber bei Ihnen ist das nicht angebracht.‹ Wie sollen die Mädchen hier auf dem Lande lernen, was alles nicht angebracht ist? Wie soll ich das machen? Wer hilft mir?«

Der Graf beugte sich ein wenig vor und sagte streng: »Und ich?«

»Ja, Sie, Streith«, erwiderte die Fürstin, »natürlich Sie. Schon in Birkenstein, wenn es Unannehmlichkeiten gab, sagte ich immer: ›Streith wird sich etwas ausdenken.‹ Und diese Gewohnheit habe ich noch immer.« Sie hatte ihn dabei freundlich angesehen, und der Blick ihrer Augen blieb träge und nachdenklich auf ihm ruhen.

Der Graf lehnte sich befriedigt in seinen Stuhl zurück und meinte: »Das will ich hoffen.« Dann erhob er sich. »Ich will in den Wald fahren«, sagte er, »und sehen, was zu machen ist.«

»Kommen Sie zum Diner herüber?« fragte die Fürstin.

»Wenn ich darf«, sagte der Graf.

»Ja, kommen Sie«, erwiderte die Fürstin, »man unterhält sich dann, man braucht nicht an Geld zu denken, vielleicht kann man dann ein wenig zusammen lachen.«

Der Graf küßte die Hand der Fürstin und ging. –

Die Fürstin saß noch einen Augenblick matt und mutlos da, obgleich dieser Raum mit seinem Geruch von Tinte und staubigen Kontobüchern, mit dem verstimmten Summen der großen Brummfliege ihr unendlich zuwider war. Endlich entschloß sie sich, das Zimmer zu verlassen. Sie ging die lange Zimmerflucht des Hauses hinab. Alles war still, denn um diese Zeit pflegten die Hausgenossen sich zur Mittagsruhe zurückzuziehen. Nur im großen Saal ging Böttinger, der alte Kammerdiener, mit dem weißen Haar und dem weißen, faltigen Gesichte, leise ab und zu, um zu sehen, ob die Vorhänge alle der Mittagsonne wegen herabgelassen waren. Die Fürstin blieb stehen und schaute nachdenklich die bronzefarbenen Atlasbezüge der Stühle an. »Böttinger«, sagte sie, »ich denke, den neuen Möbeln lassen wir bis zum Nachmittage die leinenen Überzüge, ich fürchte, die Sonne schadet ihnen doch.«

»Wie Hoheit befehlen«, murmelte Böttinger.

Die Fürstin ging weiter bis in ihr Boudoir, hier atmete sie auf, hier in dem kleinen Raume mit den niedergelassenen, gelbseidenen Vorhängen, in dem es süß nach den großen, welkenden Rosen in der Kristallschale duftete, hier wehte die Luft, die sie zu atmen gewohnt war, und die widerwärtigen Eindrücke des Büros fielen von ihr ab. Sie streckte sich auf ihre Couchette aus, griff nach dem englischen Roman, schlug ihn jedoch nicht gleich auf, sondern schloß die Augen, um eine Weile das Wohltuende der ruhevollen Lebenslage zu genießen. »Man muß doch«, dachte sie, »aus seinem eigentlichen Leben sozusagen herausschlüpfen, um einen guten Augenblick zu genießen.«

Drüben im Obstgarten saßen die Prinzessinnen beieinander. Sie liebten es, um diese Stunde, in der die Erzieherinnen ihre Mittagsruhe hielten, sich dort zusammenzufinden. In einer viereckigen Einsenkung des Bodens standen hier die Stachelbeerbüsche, Johannisbeerbüsche, Himbeerbüsche und einige Obstbäume, prall schien die Mittagsonne auf sie nieder, es duftete nach heißen Blättern und heißen Früchten, und von dem höher gelegenen Gemüsegarten trug ein Windhauch zuweilen die strengen Gerüche der Sellerie und Porree herüber. Auf dem Abhang unter einem alten Pflaumenbaum hatten die drei Mädchen sich gelagert. Sie trugen alle drei weiß und rot gestreifte Batistkleider und kleine weiße Strohhüte. Roxane saß aufrecht, den Rücken gegen den Stamm des Baumes gelehnt, die Hände im Schoß gefaltet und schaute gerade vor sich hin in das Flimmern des Mittags hinein. Sie hatte die feierliche Schönheit ihrer Mutter, die großen braunen Augen, doch nahm die strenge Reinheit der Züge in dem jugendlichen Gesichte eine fast ausdruckslose Beruhigtheit an. Eleonore lag im Schatten des Baumes und starrte zum Himmel hinauf. Ein blühendes, rundes Gesicht, in dem die Sphinxaugen der Mutter zu freundlichen, braunen Mädchenaugen geworden waren. Ganz im vollen Sonnenschein hatte sich Marie, die Jüngste, ausgestreckt. Sie lag auf dem Bauche, stützte den Kopf in die Hand, hämmerte mit den Spitzen ihrer gelben Schuhe Löcher in den Rasen und aß einige unreife Pflaumen, die vom Baum gefallen waren. Für ihre sechzehn Jahre war die Gestalt seltsam unentwickelt, schmächtig und eckig, und das Gesicht war ein breites Kindergesicht mit roten Backen und weit offenen, blauen Augen. Das krause, honiggelbe Haar fiel tief in die kurze Stirn hinein. Alle drei hatten eine Weile geschwiegen, das grelle Licht, der starke Duft machten die Köpfe schwer und gaben den Gedanken eine müde Stetigkeit, wie wir sie vor dem Einschlafen empfinden, wenn die Gedanken sich anschicken, Träume zu werden. Plötzlich schaute Marie zu Roxane auf, spie einen Pflaumenkern weit von sich und fragte: »Denkst du jetzt auch an deinen Großfürsten?«

Roxane zog ein wenig die Augenbrauen hinauf und antwortete ablehnend: »Was du nicht alles fragst.«

»Nun ja«, fuhr Marie fort, »ich meine nur, du hast jetzt etwas, an das du denken kannst. Wir nicht.«

Roxane überhörte diese Bemerkung und sagte: »Speie doch die Kerne nicht so unanständig aus.«

»Unanständig?« Marie sah die Schwester erstaunt an, »du hast das doch früher auch immer getan. Wenn ich mit einem Großfürsten verlobt sein werde, dann werde ich es auch nicht mehr tun. Übrigens, wie man es in Rußland damit hält, ist noch sehr die Frage.« Da Roxane nicht antwortete, plauderte Marie weiter: »Ich finde ja deinen Dimitri reizend, sehr schöne Augen mit langen Wimpern, sein Schnurrbart ist wie aus bronzefarbener Seide, hübsch ist es, wenn er deutsch spricht, als ob er eigentlich singen wollte. Ein wenig stark parfümiert ist er, aber gutes Parfüm, *Peau d'Espagne* und etwas Süßes, ich glaube Heliotrop.«

»Seine Augen sind schön«, ließ Eleonore sich vernehmen. »Auch wenn er lacht, sind sie traurig.«

»Ja, sie sind traurig«, sagte Roxane feierlich. »Dimitri ist ja so heiter und amüsant, aber auf dem Grunde seines Wesens liegt etwas Trauriges. Schon seine Stimme. Wenn er von seiner Heimat erzählt, von Steppen, die blühen, und von Tataren mit kleinen schiefen Augen, immer klingt etwas Melancholisches mit.«

»Natürlich«, meinte Eleonore, »wenn ich das Wort Rußland höre, denke ich an eine große Ebene, auf der es dämmert. Ich kann mir nicht denken, daß die Sonne dort scheint, es ist dort immer Dämmerung, und in der Ferne ist eine große Stadt mit Lichtern in den Fenstern, und irgendwo in der Dämmerung singt einer oder weint einer.«

»Mademoiselle Laure sagt«, berichtete Marie, »der Petersburger Hof ist der ausgelassenste Hof in Europa.«

Roxane zuckte verachtungsvoll mit den Schultern: »Ach die.«

Vom Abhang aus konnte Marie das Gartengitter sehen.

Die Landstraße führte hier vorüber, dann ging es zur Dorfstraße in die Höhe mit den kleinen Häusern und Gärten, still und sonnig lag sie jetzt da, nur Hunde und Hühner trieben sich dort umher, zuweilen ging eine Frau mit einem Eimer zum Brunnen. Dahinter aber auf einem Hügel stand groß und weiß mit blitzenden Fenstern Tirnow, das Schloß des Grafen Dühnen. Marie ließ die Landstraße nicht aus den Augen, denn jeden Tag um diese Zeit kamen die drei Dühnenschen Jungen vom Flusse her, wo sie gebadet hatten, auf ihrem Heimwege hier vorüber. »Da sind sie!« rief Marie laut. Alle drei in blauen Leinenanzügen, die feuchten Badetücher über der Schulter, die Gesichter so gebräunt, daß die blonden Haare fast weiß erschienen. Da war Felix, der sechzehnjährige Kadett, hoch aufgeschossen und schmal, Bruno mit dem hübschen Mädchengesicht und Coco, ein ungezogener siebenjähriger Gnom. Die beiden älteren Knaben grüßten zu den Damen hinüber. Coco blieb stehen, drückte sein Gesicht gegen das Gitter und zählte: »Drei Kohlköpfe, drei Salatköpfe, drei Prinzessinnen.« Dann lief er davon. Marie folgte den Knaben aufmerksam mit den Augen, wie sie die Dorfstraße hinaufstiegen, immer kleiner wurden und endlich verschwanden. Und immer empfand sie dann etwas, das ihr das Herz schwer machte, als sei dort das freie, lustige Leben an ihr vorübergegangen.

Die Gräfin Dühnen war mit ihren Söhnen zwar einmal im Schlosse gewesen, aber da war Felix in seiner Uniform steif und geziert, die beiden anderen mit glatt gekämmtem Haar und weißen Kragen waren stumm und verlegen. Und alle drei ganz andere Wesen als die Knaben mit den losen Leinenkitteln, die heiß und noch feucht vom Bade am Gartengitter vorüberzogen. Traurig wandte sie sich wieder zu ihren Pflaumen. Als sie einen Blick auf Roxane warf, rief sie: »Aber, Roxane, wie siehst du aus, du willst ja weinen, du weinst ja schon.«

Wirklich waren Roxanens Wangen feucht von Tränen. Sie lächelte: »Es ist nichts«, sagte sie, »mir war es nur plötzlich so seltsam, daß ich in wenig Tagen hier all dieses nicht mehr sehen werde, daß es ganz, ganz weit sein wird, ein kleiner sonniger Fleck, nach dem ich mich sehnen werde.«

Marie zuckte die Achseln. »Diese alten Stachelbeerbüsche«, meinte sie, »wären wohl das letzte, nach dem ich mich sehnen würde.«

Ein kleiner Wagen fuhr jetzt auf der Landstraße am Gitter vorüber und Marie meldete wieder: »Ach Gott! Da kommt er.« Es war Professor Wirth vom städtischen Gymnasium, der zweimal wöchentlich ins Schloß kam, um den Prinzessinnen einen Geschichtsvortrag zu halten. Marie streckte und dehnte sich im Vorgefühl der kommenden Langeweile. »Das ist auch ein Segen, ein Segen der Verlobung«, sagte sie, »daß man vom Elend dieser Geschichtsstunden loskommt. Komm, Lore, Roxane hat es gut, die kann hierbleiben und an ihren Dimitri denken.« Seufzend erhoben sich die beiden Mädchen und gingen träge und langsam dem Schlosse zu.

Um vier Uhr stand die Kalesche mit dem Vierzug von Rappen vor dem Schlosse. Um diese Stunde pflegte die Fürstin mit ihren Töchtern eine Spazierfahrt zu machen. Marie hielt nicht viel von diesen Fahrten, sie verliefen meist schweigsam, und der Weg war ihr allzu bekannt. Immerhin war es eine Gelegenheit, ein wenig die Luft der Außenwelt zu atmen und einen Blick auf das Leben der anderen Menschen zu werfen. Da war zuerst die Dorfstraße. Wenn der Wagen durchfuhr, steckten die

Frauen die Köpfe aus den kleinen Fenstern, Kinder saßen auf Gartenzäunen und sperrten die Mäuler auf, Männer grüßten, Hunde bellten, es gab eine lustig lärmende Erregung. Neben der Kirche lag das Pfarrhaus. Im Garten stand die Pfarrerin mit ihren zwei Töchtern, sie hielten große Schüsseln und pflückten Johannisbeeren. Ihre glatten, braunen Scheitel glänzten in der Sonne. Wenn sie des Wagens ansichtig wurden, faßten sie ihre Schüsseln mit beiden Händen und machten tiefe Knickse. Dann kam Tirnow. Alle Fenster standen offen, drinnen wurde auf dem Klavier ein Walzer gespielt, in den Kirschbäumen an der Gartenmauer saßen die Jungen; blaue Gestalten in all dem Grün und Rot. Coco schwenkte seinen Strohhut und rief dem Wagen etwas nach. Auf die Chaussee brannte die Sonne heiß nieder, eine Staubwolke begleitete den Wagen, die Gegend war nur durch einen trüben, gelben Schleier zu sehen, die großen Klettenblätter am Wegrain waren staubgrau wie Löschpapier, und widerwärtige, große Fliegen umsummten die Nasen der Fahrenden. Marie wurden die Augenlider schwer, und sie begann wieder an dem Vergnügen dieser Spazierfahrten zu zweifeln. Aber noch gab es etwas zu sehen. Sie kamen an Schlochtin, am Landsitze des Baron Üchtlitz vorüber. Ja, das war der eigentliche Höhepunkt dieser Fahrten. Kühl lag das rote Haus zwischen seinen mächtigen alten Linden. Im Garten, auf dem Tennisplatze trieben sich junge Mädchen mit bunten Kappen, junge Herren in hellen Anzügen umher, ihre lauten Stimmen klangen bis auf die Landstraße hinaus. Im Grünen hing eine Schaukel, und auf ihr saß ein Mädchen im roten Kleide, unten stand ein Offizier und schaukelte. Die Knöpfe an seinem dunkeln Waffenrock blitzten wie kleine Feuer. Und wenn das Mädchen hoch in die Zweige hinaufflog, dann stieß es einen kleinen, schrillen Schrei aus, und der Offizier bog den Kopf zurück und lachte. »Köstlich«, dachte Marie und seufzte.

Jetzt bog der Wagen in den Wald ein, und es gab nichts mehr, worauf sie sich freuen konnte. Steif und regungslos stand die endlose Reihe der Kiefern da, ein Wald riesiger Bleistifte, schräg schien die Nachmittagssonne durch die Wipfel. »Wie das duftet«, sagte Eleonore, sie sagte das jedesmal, Marie wußte, daß das kommen würde. Und dann zeigten sich einige Rehe zwischen den Stämmen und Roxane sagte: »Sieh doch, Rehe!« Das geschah ebenso regelmäßig wie das Erscheinen des Kuckucks auf der alten Kuckucksuhr, die Fräulein von Dachsberg, die Erzieherin, von ihrer Mutter geerbt hatte, die Uhr schnurrt, der Kuckuck erscheint und sagt: »Kuckuck«, die Uhr schnurrt, und Eleonore sagt: »Wie es hier duftet«, die Uhr schnurrt, und Roxane sagt: »Sieh doch, Rehe.« – Der Wald war nun zu Ende und die lange Pappelallee begann. Am Ende derselben wurde das Schloß sichtbar, groß und grau mit seinen geschweiften Giebeln, seinen dicken Säulen und seinem grünen Kupferdache. Auf der Freitreppe stand Böttinger, eine kleine blau und silberne Figur, und wartete.

Vor dem Diner versammelte man sich im grünen Zimmer, das war stets ein hübscher Augenblick, der etwas Festliches hatte. Die drei Mädchen erschienen in weißen Kleidern mit Rosen im Gürtel, Mademoiselle Laure de Bouttancourt, die schwarzlockige Französin, liebte es, sich in helle Seide zu kleiden. Sie unterhielt sich mit dem Grafen Streith, sie bog den Kopf zurück und schaute aus den grell schwarzen Augen kokett zu ihm hinauf. Fräulein von Dachsberg, die Erzieherin, mit den blonden Scheiteln und dem bleichen, geduldigen Gesicht, und der Major standen ein wenig beiseite und sprachen halblaut miteinander. Der Baron Fürwit scherzte mit den Prinzessinnen. Er war Hofmarschall beim Vater der Fürstin gewesen und glaubte hier auch so etwas zu sein, war aber wohl nur in das Haus genommen worden, um ihm ein sorgenloses Alter zu bereiten. »Auf Ehre«, sagte er, »mir träumte, drei weiße Damen kommen auf mich zu. Ich sage mir, das sind Engel. Sofort denke ich aber auch, wenn die in das Schloß gehen, wie stelle ich sie vor? Wie stellt man Engel vor?« Er lachte, trippelte auf seinen kleinen Füßen und strich seinen schönen, braungefärbten Backenbart. Endlich kam die Fürstin mit der Baronin Dünhof, ihrer Freundin und Gesellschaftsdame, einer kleinen asthmatischen Frau mit einem großen weiß und rosa Gesicht und einer schneeweißen Perücke. Man konnte zu Tisch gehen. Die Fürstin nahm den Arm des Grafen Streith, die drei Prinzessinnen folgten, Baron Fürwit führte die Baronin Dünhof, der Major Fräulein von Dachsberg, Mademoiselle Laure ging allein. »Wenn man zur Tafel geht«, hatte Marie einmal zu Mademoiselle Laure gesagt, »sind alle hübsch angezogen, der Tisch, weiß und silbern, sieht aus wie ein Altar, man setzt sich ein wenig fröstelnd hin und wartet auf die guten Sachen, dann freut es einen doch etwas, daß man eine Prinzessin ist.«

»Ah ma pauvre petite!« hatte Mademoiselle Laure geantwortet.

Bei Tische führte der Graf die Unterhaltung. Die Fürstin hörte ihm zu, und man sah es ihr an, sie fühlte sich gut geborgen und gut unterhalten, wenn er sprach. Die Baronin Dünhof und der Baron Fürwit äußerten zuweilen etwas, Fräulein von Dachsberg sprach halblaut mit dem Major, die Prinzessinnen saßen gerade auf ihren Stühlen und schwiegen.

»Ja«, sagte der Graf, »gestern war der Baron Üchtlitz bei mir. Der alte Herr schien ganz außer sich. ›Denken Sie sich‹, sagte er, ›unsere Hilda will fort und etwas leisten.

Will sie Kranke pflegen, will sie studieren, will sie Postfräulein werden? Was weiß ich. Sie kann sich zu Hause nicht entwickeln, sagt sie. Haben Sie je gehört, daß zu unserer Zeit unsere Damen sich entwickelten? Nein – aber sie muß fort. Sie sagt, sie wird nicht wie eine Prinzessin zu Hause sitzen und auf eine Krone warten.‹«

Das erregte Heiterkeit an der ganzen Tafel. »Sie war mir nie sympathisch«, bemerkte die Fürstin, und die Baronin Dünhof meinte: »Schließlich, wenn diese Damen sich entwickelt haben, so weiß die Gesellschaft nicht, was sie mit ihnen anfangen soll.«

»Und es endet gewöhnlich mit einer törichten Heirat«, warf Baron Fürwit ein. Die Baronin nickte und erklärte mit Bestimmtheit, die Frau gehöre in das Haus.

Marie wurde nachdenklich: War Hilda das rote Mädchen auf der Schaukel gewesen, das sich von dem Offizier schaukeln ließ? Sie hatte Hilda immer bewundert, ihre aufgeregten, grauen Augen, die aschblonden Zöpfe und dann, Hilda hatte zuweilen eine Art, über Eltern im allgemeinen, über den lieben Gott oder über Liebe zu sprechen, daß es einem kalt über den Rücken lief, es war schrecklich, aber doch angenehm erregend. Die Fürstin hob die Tafel auf.

Die Gesellschaft begab sich in den Gartensaal. Hier verhüllten grüne Spitzenschirme die Lampen, die Glastüren standen weit offen, und die Sommernacht füllte den Saal mit ihrem kühlen, süßen Duft. Die Fürstin ließ zwei Sessel an die Türen heranrücken, dort saß sie, neben ihr der Graf. Sie unterhielten sich, der Graf dämpfte seine Stimme, gab ihr einen weichen, singenden Klang, zuweilen hörte man sie zusammen lachen oder sie schwiegen und schauten in die Nacht hinein. Dann legte die Fürstin wohl flüchtig die Hand auf den Ärmel des Grafen und sagte: »Streith, die Sterne.«

»Ja, hm, die Sterne«, erwiderte der Graf und suchte nach etwas Besonderem, das er sagen könnte.

»Eigentlich müßten sie uns nervös machen, diese stets erleuchteten Nachbarhäuser, von denen wir nie erfahren, wer in ihnen wohnt.«

Die Baronin Dünhof spielte mit dem Baron Fürwit Halma, und der Major schaute ihnen zu. Die anderen gingen in den Garten hinaus. Eleonore legte den Arm um Roxanens Taille, und beide wanderten den breiten Kiesweg hinab. Jetzt, da die Trennung bevorstand, hatten sie viel miteinander zu besprechen und konnten dabei einen dritten nicht brauchen. Fräulein von Dachsberg und Mademoiselle Laure folgten den Prinzessinnen in einiger Entfernung. Marie fühlte sich ausgeschlossen und vernachlässigt. Was sollte sie tun? Sie ergriff Mademoiselles Arm und zog sie auf einen Nebenweg.

»Kommen Sie«, sagte sie, »erzählen Sie wieder von der Pension und wie Sie aus dem Fenster stiegen, um mit den Studenten spazierenzugehen.«

»Ce n'est rien pour les petites princesses«, erwiderte Mademoiselle Laure steif.

Das kannte Marie. Wenn die Französin guter Laune war, dann erzählte sie lauter Geschichten, die nichts für kleine Prinzessinnen waren, war sie jedoch traurig und sehnte sich nach dem Vikomte, mit dem sie heimlich verlobt gewesen war und der sie verlassen hatte, dann war alles unpassend.

Gut, Marie ließ sie einfach stehen und schlug einen anderen Weg ein.

»Prinzessin Marie!« hörte sie es hinter sich herrufen, aber sie kümmerte sich nicht mehr darum, jetzt wollte sie einsam und unglücklich sein. Angenehm war es nicht, allein in der Finsternis umherzuirren, aber sie wollte leiden. Die Nacht um sie her war samtschwarz;

schaute sie empor, dann flimmerten die Sterne so unruhig, daß ihr schwindelte. Von der Dorfstraße kam noch ein leises Singen und Lachen herüber, ein Wagen fuhr auf der Landstraße, durch die nächtliche Stille hörte man lange sein Rollen, und es gab Marie das Gefühl einer unendlichen, dunklen Weite. Ja, wenn die anderen einen verlassen, dann ist man allein in einer unendlichen, dunklen Weite.

Drüben aus den schwarzen Massen der Parkbäume scholl ein sachtes Rauschen, es wurde unheimlich. Selbst die Blumen, an denen sie vorüberging und die sie an ihrem Dufte erkannte, die Rosen und Levkoien schienen fremd, und wenn sie sich auf sie niederbeugte und sie anfaßte, waren sie kalt und feucht und abweisend.

»Prinzessinnen sitzen zu Hause und warten auf eine Krone«, das fiel ihr jetzt ein, und sie sprach es laut in das Dunkel hinaus. Das klang eigentlich tragisch, es klang eigentlich unheimlich, sie wußte nicht warum, aber es klang unheimlich, und mit großen Schritten ging sie dem Hause zu.

Im Gartensaal rüstete man sich zum Aufbruch. Graf Streith verabschiedete sich, und auch die anderen wollten sich zurückziehen, und man bot sich eine gute Nacht. Nur Mademoiselle Laure fehlte, sie streifte noch durch den finsteren Garten und dachte an ihren Vikomte.

Die Prinzessinnen schliefen alle in einem großen, weißen Zimmer. Alles war hier weiß, die Wände, die Betten, die Toilettentische und die vielen Musselinvorhänge. Marie ließ sich von Alwine, der alten Kammerzofe, schweigend und regungslos wie eine Puppe entkleiden. Sie wollte schlafen, sie sehnte sich danach, diesen freudlosen Tag zu beschließen. Als sie im Bette lag und die Zofe fortgeschickt worden war, saßen Eleonore und Roxane noch beieinander und flüsterten. Marie hörte es dem Tonfalle der Stimmen an, daß das Gespräch innig und rührend war, das rührte auch sie. Plötzlich begann auch sie mitzusprechen: »Ich kann es immer noch nicht verstehen, warum ich nicht mit zur Hochzeit fahren darf.«

»Weil du zu jung bist!« antwortete Roxane sanft.

»Zu jung«, erwiderte Marie böse, »das ist es nicht. Hochzeiten kann man auch mitmachen, wenn man nicht erwachsen ist. Es ist der Toilette wegen, und das finde ich so unglaublich kleinlich.« Da keine Antwort kam, schloß sie die Augen, allein die Erbitterung ließ sie nicht schlafen. Im Zimmer wurde es still. Eleonore war zu Bett gegangen, und Roxane saß vor ihrem Spiegel, bürstete ihr schönes, schwarzes Haar und schaute in das Licht der Kerzen. Das tat sie allabendlich, und seitdem sie verlobt war, dauerte es oft bis tief in die Nacht hinein. Heute aber erschien Marie diese Gestalt, die unermüdlich über das lange schwarze Haar hinstrich und dabei in die Kerze starrte, herzbrechend traurig. Sie begann zu weinen.

»Weinst du, Kleine?« fragte Roxane. Sie erhob sich und trat an Mariens Bett heran: »Warum weinst du?«

»Weil du fortgehst«, schluchzte Marie, »und weil alles so traurig ist.«

Roxane küßte die Stirn der Schwester: »Schlafe nur«, sagte sie, »so ist es nun zuweilen, und dann wird alles wieder gut und lustig.« Damit ging sie zum Spiegel zurück, und Marie drückte ihr Gesicht in die Kissen und weinte, bis sie einschlief.

Der Morgen der Abreise nach Karlstadt kam. Für Marie waren die vorhergehenden Tage schon unerfreulich gewesen. Die anderen waren so sehr beschäftigt, man sprach von Toiletten, von Koffern, von der Abfahrzeit der Züge, nur sie hatte nichts zu tun, sie konnte mit den Erzieherinnen spazierengehen und allein dem Geschichtsvortrag des Professors Wirth zuhören. Als der Augenblick der Abfahrt kam, hing Marie an Roxanens Halse und weinte leidenschaftlich, aber sie war mit ihrem Schmerze ziemlich allein. Selbst Roxane, von der Erregung der Abfahrt hingenommen, brachte es zu keiner tieferen Rührung. So fuhren sie denn ab. Marie ging in ihr Zimmer, warf sich auf das Bett und schluchzte. Zuweilen kam Alwine nach ihr zu sehen, stand da und versuchte es, ihr zuzureden: »Wozu das Weinen? Wie lange wird es dauern, und Prinzeßchen wird selbst Hochzeit halten.«

Allein das konnte Marie nicht trösten. Zum Frühstück erschien sie mit verweinten Augen, saß wortlos da und ärgerte sich darüber, daß Fräulein von Dachsberg, der Major, Mademoiselle Laure, alle die sonst bei Tisch zu schweigen oder nur halblaut zu sprechen pflegten, heute eine laute Unterhaltung führten. Nach dem Frühstück ging sie in den Garten hinaus und streckte sich unter dem alten Pflaumenbaume platt auf den Rasen hin. Sie lag ganz still da, die tiefen, beruhigenden Stimmen der Hummeln sangen nahe an ihrem Ohr vorüber, Libellen setzten sich auf ihre Brust, aber sie regte sich nicht, sie lag da wie tot. Ja, das hätte sie denen im Schlosse gegönnt, wenn sie wirklich tot gewesen wäre, gestorben an Vereinsamung und Enttäuschung. Plötzlich fuhr sie auf, die Dühnenschen Jungen mußten gleich kommen. Sie beschloß, die Knaben heute am Gitter zu erwarten, es war unschicklich, sie wußte es, aber gerade das wollte sie. Sie erhob sich und ging, sich am Gitter aufzustellen. Da kamen sie schon, gerade bogen sie auf die Landstraße ein, voran Coco, die Hände voller Kieselsteine, mit denen er nach den Stäben des Gartengitters warf. Als er Marie sah, blieb er verwundert stehen.

»Holla!« rief er, »heute nur eine.« Auch die beiden anderen Knaben blieben stehen und grüßten.

»Heute allein?« fragte Felix und errötete.

Auch Marie errötete: »Ja«, erwiderte sie, »meine Mutter und meine Schwestern sind verreist.«

Da Felix nichts mehr zu sagen wußte, führte Marie die Unterhaltung weiter: »Haben Sie gebadet?«

Ja, sie hatten gebadet.

»Baden Prinzessinnen nicht?« fragte Coco.

Marie antwortete darauf nicht, sondern wandte sich wieder an Felix: »Ist es weit, dort, wo Sie baden?«

»Nein«, erwiderte er, »gleich hier um die Ecke auf der kleinen Wiese am Waldrande.«

»Ist es dort schön?« forschte Marie weiter.

»Kennen Sie das nicht?« fragte Felix erstaunt, »wenn Sie hier über den Weg gehen, sind Sie gleich da«, und plötzlich erhellte ein schlaues Knabenlächeln Felix' sonst so ernstes Gesicht, »wir führen Sie hin«, schlug er vor.

»Wie kann ich?« stotterte Marie und das Herz schlug ihr stärker.

»Nun«, meinte Felix, »wir laufen ganz schnell über den Weg und die Wiese hinab, im Walde sieht uns keiner.«

Ein leichter Schwindel ergriff Marie, wie er Menschen ergreift, die sich mit einem plötzlichen Entschluß blindlings in eine große Gefahr stürzen. »Warten Sie«, sagte sie und lief zu der kleinen Gitterpforte des Gartens, und dann stand sie auf der Landstraße.

»Sie kommt! Sie kommt!« triumphierte Coco.

»Nun los!« kommandierte Felix, und sie begannen zu laufen. Von der Landstraße bogen sie auf eine kleine, gemähte Wiese ab. Der Boden war dort feucht, bei jedem Schritte gab es ein leise glucksendes Geräusch, und ein wenig schwarzes Wasser spritzte über die Schuhe. Da war auch der kleine Fluß blitzend im Mittagscheine, umstanden von hohem, grünem Schilfe. Hier roch es nach Wasser, nach Schilf und feuchter Erde. »Eine seltsam aufregende Abenteuerluft«, dachte Marie. Und endlich waren sie am Waldrande, Marie blieb stehen, legte die Hand auf die Brust und rang nach Atem.

»Tüchtig gelaufen«, bemerkte Felix.

Marie versuchte zu lächeln: »Es ist nichts«, sagte sie, aber das Weinen war ihr nahe.

»Jetzt können wir langsam gehen«, meinte Felix. Bruno und Coco liefen voraus, sammelten Tannenzapfen und warfen damit nach einem Eichkätzchen, das von einem Baume spöttisch auf sie niedersah. Felix ging neben Marie her und machte höflich den Wirt des Waldes. Alte Tannen standen hier mit majestätisch niedergebogenen Zweigen und grauen Moosbärten, weiter fort kam dichtes Unterholz, mächtige Wurzeln schlängelten sich über den Boden, der mit grün und rotem Moose bedeckt war. Die Sonne sprühte auf den Tannennadeln, und die Luft war schwer von warmem Harzgeruch. »Ja, mit den Wurzeln muß man sich hier in acht nehmen«, sagte Felix, »man sieht sie nicht, und dann fällt man. Das dort ist eine Eidechse, soll ich sie fangen? Sie hat einen gelben Bauch.«

»Ach nein«, bat Marie.

»O, sie tut nichts«, sagte Felix, »ja, Heidelbeeren gibt es hier auch, aber wir kommen an eine Stelle, da gibt es mehr davon, da können wir uns vollessen.«

Marie blieb stehen und lauschte einem Ton, der durch das Gehölz zu ihr drang. »Was ist das?« fragte sie.

»Das sind die Tauben«, berichtete Felix. »Am Morgen, wenn man sich unter einen abgestorbenen Baum stellt und sie lockt, dann kommen sie.« Und Felix begann den Ruf der Waldtauben nachzuahmen.

»Das können Sie gut«, sagte Marie bewundernd.

Felix zuckte die Achseln: »Ich kann noch viele Vögel locken«, meinte er. Allerdings dieser Wald war anders interessant als der Wald, durch den Marie nachmittags mit der Kalesche fuhr oder in den sie mit Fräulein von Dachsberg, den Lakaien hinter sich, spazierenging. Und wie zu Hause die Knaben hier waren, Bruno und Coco sprangen umher wie in einer großen Spielstube, und Felix sprach von den Tannen und Eidechsen wie von Kameraden, und es war ihr demütigend, nicht auch zu dem allen zu gehören, sondern hier umherzugehen wie ein fremder Besuch. Jetzt kamen sie an einen kleinen Bach, der sich durch die schwarze Walderde durchwühlte, auch sein Wasser war schwarz, nur hie und da mit einer grünen Pflanzendecke überdeckt. Ein morsches Brett diente hier als Brücke. Coco und Bruno liefen sicher hinüber und ließen das Brett schaukeln.

»Können Sie hinüber?« fragte Felix höflich.

»O ja«, antwortete Marie zuversichtlich, aber das Herz klopfte ihr, das Brett war schlüpfrig und schaukelte, sie fürchtete zu fallen, und – dann fiel sie auch schon, stand mitten in dem schwarzen, lauwarmen Wasser, und am Ufer erhoben Bruno und Coco ein lautes Gelächter. Hilfesuchend schaute sie zu Felix auf, aber auch dessen höfliches Gesicht war von einem breiten, höhnischen Knabenlachen verzerrt. Auf einem großen Blatte saß eine dicke Kröte und sah sie starr und verdrießlich an, und über ihr in den Baumwipfeln lachten die Waldtauben.

»Das ist ja wie ein ganz, ganz böser Traum«, dachte Marie, und sie begann zu weinen.

Endlich sprang Felix herzu, streckte ihr die Hände entgegen und sagte gutmütig: »Kommen Sie.« Mühsam wurde Marie an das Ufer hinaufgezogen, da stand sie dann, das Kleid schwarz und naß, die Füße schwer von Schlamm. Sie weinte noch immer, und Coco lachte noch immer sein wildes Lachen, Felix aber wurde ernst und nachdenklich. »Das ist dumm, was tun wir?« sagte er. Er besann sich und faßte einen Entschluß. »Bitte, Prinzessin Marie, gehen wir hier hinein«, wandte er sich jetzt wieder sehr höflich an Marie und führte sie in das Dickicht an einen kleinen mit Moos und Heidekraut bedeckten Platz, der ganz von jungen Tannen umstanden war. »Bitte es sich hier bequem zu machen«, fuhr Felix fort, »hier sieht Sie keiner, hier sind unsere Badetücher, bitte. Ich laufe schnell nach Hause und sehe, ob ich etwas Trockenes erwische. Ich bin bald wieder da, Sie können ganz ruhig sein.«

Damit ging er. Marie ließ sich auf das Moos nieder, sank kummervoll in sich zusammen. Ihr war sehr elend zumute, jetzt hatte sie Gewissensbisse, was würden die zu Hause sagen, aller Mut, alle Abenteuerlust waren gewichen, und sie war nur noch das kleine Mädchen, das fürchtete, gescholten zu werden. Mechanisch begann sie sich die Strümpfe und Schuhe auszuziehen, legte die nassen Röcke ab und hüllte sich in die Badetücher. Der Erregung folgte eine große Müdigkeit und eine dunkle Ergebung. Aus der Ferne hörte sie die Stimmen der beiden Knaben, Coco sang: »Ich habe die Beine der Prinzessin gesehen!« Sie streckte sich auf das Moos aus, über ihr in einem lichtblauen Himmel wiegten sich Tannenwipfel langsam hin und her, um sie an den Zweigen schaukelten sich winzige Spinnen an blanken Fäden, und Meisen flogen lautlos hin und her wie kleine, graue Federknäuel, alles war so beruhigt und sorglos, es war fast demütigend hier zu liegen und ein böses Gewissen zu haben. Der Wald sang seine Töne zu ihr herüber, ein Specht arbeitete unermüdlich irgendwo, und der Eichelhäher stieß zuweilen seinen erregten Wacheruf aus. Marie streckte sich, die Sonne schien jetzt warm auf ihre nackten Füße.

Wenn es nicht so schrecklich gewesen wäre, so hätte es gemütlich sein können, dachte sie, griff nach einigen Heidelbeeren, die neben ihr wuchsen und aß sie. Über ihr auf einem Föhrenzweig ließ sich ein großer, blauer Vogel nieder, ruhig saß er da und äugte auf Marie herunter. Sie aber empfand es wie eine Ehre, daß der schöne Vogel auf sie wie etwas Bekanntes und Hierhergehöriges herabsah. Sie schloß die Augen, sie dachte nicht mehr an das Schloß und an Fräulein von Dachsberg, das alles schien plötzlich unendlich weit, sie dachte an nichts mehr, ein süßes Daseinsbehagen erwärmte ihren Körper, es war ihr, als wiegte sie sich wie die besonnten Tannenwipfel dort oben im Blau sachte hin und her, oder als würde sie wie die kleinen Spinnen an silbernen Fäden sanft geschaukelt.

Sie wurde von etwas aufgeschreckt, das auf sie niederfiel. Sie richtete sich auf, mißmutig darüber, daß sie gestört wurde. In ihrem Schoß lag ein Paket in eine Zeitung gewickelt, und als sie es öffnete, fand sie darin ein Paar Knabensocken und eine reingewaschene blaue Leinwandhose. Ratlos blickte sie die Gegenstände an, dann legte sie sich zurück und begann zu lachen, lachte so, daß es ihren ganzen Körper schüttelte und ihr warm dabei wurde. Das gab ihr neuen Mut. Gut, es ging auch so. Sie zog die Socken an, schlüpfte in die Leinwandhose, legte darüber ihre nassen Kleider an und trat so aus dem Dickicht hervor. Die drei Knaben empfingen sie ernst, gewaltsam hielten sie ihre Gesichter und ihre Lippen in Zucht. »Nicht wahr, Prinzessin«, sagte Felix zeremoniös, »so geht es auch, etwas anderes war nicht zu haben.«

»O, ich danke«, erwiderte Marie, jetzt wieder ganz Prinzessin, »so ist es sehr gut.«

Sorgsam wurde sie über den gefährlichen Steg geleitet, und auf dem Gang durch den Wald gab Felix Anleitungen dazu, wie sie ungesehen an das Haus gelangen könnte. Er tat das mit der Sachkenntnis eines, der in verbotenen Unternehmungen wohl bewandert ist. Auf der Wiese begannen sie wieder zu laufen, jagten über die Landstraße hin und hielten vor der Gittertüre des Schloßgartens.

»Ich danke Ihnen«, sagte Marie jetzt wieder befangen, »es war doch sehr schön.«

»Das machen wir jetzt öfters«, meinte Felix, dann trennten sie sich.

Vorsichtig schlich Marie durch die Stachel- und Johannisbeerbüsche, den Buchsbaumhecken entlang, dem Schlosse zu, das noch schweigend in seiner Mittagsruhe dalag. Wäre nicht ihr nasses Kleid gewesen und die übel zugerichteten Schuhe, sie hätte das eben Erlebte für einen Traum halten können, so unwahrscheinlich erschien es ihr hier mitten in der altgewohnten feierlichen Stille. Ungesehen gelangte sie an die Hintertüre des Schlosses und in ihr Zimmer. Dort klingelte sie nach Alwine, die würde schelten, aber sie nicht verraten. Vordem jedoch zog sie die leinene Hose aus und verbarg sie.

Alwine kam, und als sie erfahren hatte, was geschehen war, schalt sie sehr heftig: »Eine Prinzessin, die sich mit fremden Jungen im Walde umhertreibt, hat man je so etwas gesehen! Es war eine Schande! Das wird eine schöne Königin geben. Ich möchte das Volk sehen, das solch eine Königin will.« Marie mußte sich zu Bett legen und ruhig liegenbleiben, Alwine wollte draußen sagen, die Prinzessin habe Kopfweh und dürfe nicht gestört werden.

Als die Alte fort war, schloß Marie die Augen, nein, sie bereute nichts, sie war nur sehr müde und schlief lächelnd ein.

Marie erwachte heiter und erquickt. Sie mußte sich zuerst darauf besinnen, was denn Besonderes geschehen war, und dann wußte sie es, in ihr einfaches Prinzessinnenleben hatte sich ein Geheimnis, eine lustige Ungeheuerlichkeit, eingeschlichen, die ihr entgegenkicherte, sobald sie daran dachte. Und sie dachte viel daran. Sie dachte daran, wenn der Baron Fürwit sie zum Diner führte, und sie dachte daran während des Essens mitten in der Feierlichkeit des Eßsaals, vor dem weiß und silbernen Altar des Eßtisches, und dann spürte sie ordentlich wieder den Hauch der Moorerde, des Harzes und der Tannen. Abends ging sie mit Mademoiselle Laure im dunkeln Garten auf und ab, und Mademoiselle erzählte von der Pension und den Studenten. Als sie schlafen ging, bat sie Alwine, ein wenig bei ihr zu bleiben, denn sie fürchtete sich allein in dem großen, weißen Zimmer. Es war behaglich, vom Bette aus Alwines friedliches Gesicht, mit der großen Brille über den Strickstrumpf gebeugt und von der Lampe hell beschienen, vor sich zu haben.

»Alwine«, sagte Marie, »warst du hübsch, als du jung warst?«

»Das weiß ich nicht«, erwiderte Alwine verdrießlich, »Prinzeßchen soll schlafen.«

Aber Marie fragte weiter: »Alwine, liefst du auch zuweilen mit fremden Jungen in den Wald?«

»So was fragen Prinzeßchens nicht«, antwortete die Alte.

Marie schaute zur Decke empor. Ja, das eigentliche Leben eines jeden sind seine Geheimnisse, das war ihr jetzt klar. Alle hatten sie ihre Geheimnisse, alle, das ganze Schloß war voll davon. Mademoiselle Laure hatte einmal erzählt, wenn sie sich zur Mittagsruhe in ihr Zimmer zurückzieht und ihre Türe verschließt, dann tanzt sie ganz allein für sich oft eine Stunde lang, denn, sagte sie, das Leben hier im Schlosse war kein Leben, *»on étouffe«*. Ja, das war es, so machten sie es alle, das ganze Schloß mit seinem feierlichen Leben war voll von solchen verschlossenen Türen, hinter denen die Leute heimlich tanzten. Alle taten sie das, der alte Baron Fürwit und das traurige Fräulein von Dachsberg, der Major, die kleine Baronin Dünhof und die Mama – ja, auch die Mama. Und dieser Gedanke erregte Marie so sehr, daß sie mit ihrem ganzen Körper aufschnellte wie eine Forelle im Wasser.

»Heute sind Prinzeßchen aber schlimm«, brummte Alwine.

Am nächsten Tage um die Mittagszeit saß Marie auf ihrem Platze unter dem Pflaumenbaum, die Leinwandhose in Papier gewickelt neben sich, und wartete.

Zuerst kamen Coco und Bruno. Coco drückte seine Nase an die Stäbe des Gitters und rief: »Er kommt nach.« Dann lief er davon und trällerte: »Er hat sich verliebt in 'ne Prinzessin!«

Marie nahm ihr Paket und stellte sich an der Gittertüre auf.

Da kam auch schon Felix herangeschlendert, das Badetuch über der Schulter. Er blieb stehen und lachte: »Ist es gut bekommen?« fragte er.

»Ja, ich danke«, erwiderte Marie, »ich wollte Ihnen dieses hier abgeben.« Sie öffnete die Gittertür und fügte errötend und sehr höflich hinzu: »Wollen Sie nicht ein wenig eintreten?«

»Hier?« fragte Felix erstaunt.

»O, es sieht uns keiner«, versicherte Marie, »wir müssen nur in die Johannisbeeren gehen.«

»Das ist etwas anderes«, erwiderte Felix verständnisvoll und trat in den Garten.

Marie ging voran, um ihm den Weg zu zeigen, mitten in das Dickicht der Stachel- und Johannisbeersträucher hinein. Vor einem großen Johannisbeerstrauche blieb sie stehen und sagte: »Bitte hier.«

Felix mußte sich dort ausstrecken, und Marie setzte sich zu ihm. Beide saßen ernst da wie in einem Besuchszimmer. Um sie her und über ihnen hingen die Zweige voll glasheller, roter Trauben, heiß von der Mittagsonne, und die Büsche waren voll eines leisen Surrens und Klingens, als brodelten und kochten hier in der Hitze all die reifen Früchte. Dazu glitzerte die Luft von unzähligen blanken Flügeln und blitzenden Leibern.

»Essen Sie Johannisbeeren?« fragte Marie.

»Ja, die esse ich schon«, erwiderte Felix, und seine braune Knabenhand mit den vielen Rissen und Mückenstichen griff in die Trauben.

»War das Bad kalt heute?« führte Marie die Unterhaltung weiter.

Nein, das Bad war nicht kalt gewesen, um diese Zeit war es nie kalt.

»Können Sie schwimmen?« forschte Marie weiter.

Ja, Felix konnte schwimmen, sie mußten das in der Kadettenschule lernen. Und nun fragte Felix seinerseits: »Können Sie schwimmen?«

»Nein«, erwiderte Marie, »ich wollte es lernen, aber der Arzt hat es verboten.«

»Sind sie kränklich?« erkundigte sich Felix höflich.

Marie errötete: »O nein«, sagte sie, »nur, weil ich im Winter hustete.«

Felix zuckte die Achseln: »Ärzte sind immer so ängstlich«, meinte er verachtungsvoll.

Dann wußten sie eine Weile nichts zu sagen, Felix aß die Johannisbeeren, und Marie betrachtete aufmerksam ihren Gast, diesen Knabenkörper, der sich so bequem und träge unter dem losen Leinwandkittel reckte, das braune Gesicht, in dem die blauen Augen so hell und die Zähne so grell weiß erschienen. Merkwürdig war der Mund mit der kurzen, geschwungenen Oberlippe, er konnte sich fest schließen und sah dann seltsam ernst aus, aber wenn er sich öffnete und lachte, dann lachte das ganze Gesicht mit, ein rücksichtsloses und unendlich leichtsinniges Lachen.

Plötzlich schlug Felix auf Mariens Hand: »Pardon«, sagte er, »eine Mücke.«

»Sie können aber stark schlagen«, bemerkte Marie.

»Ist es rot?« fragte Felix und griff nach Mariens Hand und hielt sie einen Augenblick in seiner heißen Knabenhand. »Ich sehe nichts«, sagte er und ließ sie fallen. Und dann mußten die beiden Kinder sich anlachen, sie wußten nicht warum.

»Jetzt ist es wohl Zeit, daß ich gehe«, sagte Felix, und da Marie nichts einwandte, schlüpfte er gewandt wie ein Wiesel unter den Sträuchern hindurch bis an das Gartengitter. Marie aber saß noch lange unter dem Johannisbeerstrauch, pflückte sich nachdenklich Johannisbeeren und träumte dem seltsamen Fühlen dieser bedeutsamen Stunde nach.

Für Marie hatten die Tage jetzt nur eine Stunde, eine heiße, goldene Stunde. Mit der Verschwendung solch junger Herzen strich sie alle anderen Erlebnisse um dieses einen Erlebnisses willen. So war es denn auch gleich, ob sie dem Geschichtsvortrag des Professors Wirth zuhören oder am Nachmittage mit Fräulein von Dachsberg allein spazierenfahren mußte. Das, worauf es ankam, war, daß um die Mittagszeit die lange Knabengestalt unter dem Johannisbeerstrauch lag, heiß vom Gehen, das Haar feucht, in den Kleidern noch etwas von dem Hauche des Wassers und des Schilfes, um sie her der säuerliche Duft der Johannisbeeren und das Brodeln des Mittags. Die Unterhaltung ging auch besser vonstatten.

»Ist es wahr?« fragte Marie, »daß Sie wild sind?«

»Wer sagt das?« fragte Felix scharf zurück.

»Der Graf Streith sagte das«, erwiderte Marie, »er sagt, es fehlt Ihnen an Subordination.«

Felix lachte befriedigt: »Na ja«, meinte er, »immer kann man sich von den Kerls nicht unterdrücken lassen.« Und nun kamen die Geschichten von dem heimlichen Rauchen und Trinken und Aus-den-Fenstern-steigen, immer wieder von leisem, höhnischem Lachen unterbrochen.

Marie hörte aufmerksam zu und lachte auch das leise, höhnische Lachen. Felix' Lachen war zu ansteckend, sie mußte mitlachen, es war, als führe jemand mit einer Feder leise über ihr Gesicht und kitzele es. Gut war es auch, wenn sie sich nichts zu sagen hatten, wenn Felix unablässig die roten Trauben zwischen seinen hübschen Lippen verschwinden ließ und nur ab und zu eine Mücke auf Mariens Hand erschlug.

Dann kam eine süße Beklommenheit über Marie, das Atmen wurde ein wenig schwer und die Handflächen brannten. Einmal jedoch war Gefahr ganz nahe. Sie hörten durch die Mittagsstille plötzlich die Stimme des Fräuleins von Dachsberg, die mit ihrem klagenden Diskant »Prinzessin Marie!« rief.

Felix machte sich ganz klein und verkroch sich unter dem Johannisbeerstrauch wie ein Igel. Marie war sehr erschrocken. »Gehen Sie nur, ich bleibe hier«, flüsterte Felix.

Da tauchte Marie auf, sehr erhitzt, kleine Blätter im wirren Haar. Drüben bei den Himbeeren standen Damen in hellen Kleidern, und Fräulein von Dachsberg rief und winkte. Marie erkannte die Baronin von Üchtlitz mit ihrer Tochter Hilda.

»Aber Prinzessin«, sagte Fräulein von Dachsberg traurig, »um diese Zeit ist man doch nicht draußen.«

Die Baronin aber lächelte und meinte: »Um diese Zeit schmecken die Beeren am besten, das weiß ich. Ich habe Ihnen hier, Prinzeß Marie, meine Hilda gebracht, sie soll Ihnen ein wenig Gesellschaft leisten.«

Die Baronin war eine große, schöne Dame, die sich sehr gerade hielt und den Kopf mit dem noch jugendlichen Gesichte vorsichtig bewegte, als sei der Aufbau des blonden Haares eine Krone, die herunterfallen könnte. Neben ihr stand Hilda, auch groß und aufrecht. Der Graf Streith hatte gesagt: »Die Üchtlitzschen Damen haben eine Art sich zu halten, als trügen sie einen Küraß unter dem Kleide.« Hilda hatte prachtvolles, aschblondes Haar, schöne Farben und einen breiten, sehr roten Mund.

Marie war so erregt, daß sie nicht wußte, was sie sagte, nur eines war ihr klar: fort von hier mußten sie. Sie nahm Hildas Arm und sagte: »Wir wollen in die Allee, in den Schatten gehen.« Die beiden Mädchen gingen voran, und die älteren Damen folgten ihnen langsam.

Marie sprach viel und schnell wie im Fieber, sie dankte Hilda stürmisch, daß sie gekommen war. »Ich bin ja so einsam. Zu dieser Hochzeit hat man mich nicht mitgenommen, das ist doch schändlich, nicht wahr?«

Hilda hörte mit ihrem überlegenen Lächeln still zu und sah dabei Marie aufmerksam an. »Sie haben sich verändert, Prinzessin«, sagte sie, »Sie sind so lebensvoll und angeregt.«

»Wirklich?« fragte Marie, »vielleicht habe ich mich entwickelt?«

Hilda zuckte leicht mit den Schultern: »Ach nein, Prinzessinnen entwickeln sich nicht.«

Das kränkte Marie, sie wurde ganz rot: »Warum sollen wir uns nicht entwickeln? Natürlich, Krankenpflegerin oder Postfräulein will ich nicht werden, deshalb kann ich mich doch entwickeln.«

Hilda jedoch lachte ihr lautes, gutmütiges Lachen: »Das mit dem Postfräulein hat mein Vater gesagt, das erkenne ich. Nein, Postfräulein will ich nicht werden, es gibt soviel andere Berufe, ja, es gibt eigentlich alle Berufe, wir müssen sie nur erobern. Unsere Brüder bleiben auch nicht zu Hause und werden, was sie wollen. Warum sollen wir immer Töchter bleiben? Tochter ist so ein schreckliches Wort. Tochter ist ein Wesen, das eigentlich nur dazu da ist, um abends ins Haus zurückgeschickt zu werden, damit es der Mama einen Schal holt, weil es anfängt kühl zu werden.«

Marie hörte nicht mehr recht zu, sie dachte daran, ob drüben unter dem Johannisbeerstrauch die blaue Gestalt noch versteckt läge, und da Hilda merkte, daß ihre Zuhörerin zerstreut wurde, schwieg sie. So gingen die beiden Mädchen eine Weile nachdenklich durch das Flirren der Blätterschatten und den Sonnenschein in der großen Lindenallee. Endlich fragte Marie ganz unvermittelt:

»Waren Sie das rote Mädchen auf der Schaukel, das sich von dem Offizier schaukeln ließ, als wir vorüberfuhren?«

»Ja«, bestätigte Hilda, »der Offizier war mein Vetter Barnitz, er hat sich so in mich verguckt.«

»Wirklich? Erzählen Sie doch«, drängte Marie, »haben Sie ihn auch gern?«

»Ach ja, warum nicht«, erwiderte Hilda, als handelte es sich um etwas Alltägliches, »er hat eine poetische Liebe. Er schenkt Rosen, drückt heimlich die Hand und macht Liebeserklärungen. Jeden Abend, wenn wir im dunkeln Garten spazierengehen, macht er eine Liebeserklärung.

Wenn wir an ein bestimmtes Levkoienbeet gekommen sind, fängt er an.«

»Was sagt er?« forschte Marie.

»Ich weiß nicht«, erwiderte Hilda, »bei einer Liebeserklärung kommt es hauptsächlich auf den warmen, singenden Ton an, der muß zu Herzen gehen. Gott, solange sie in uns verliebt sind, sind sie alle nett; aber sobald sie merken, daß auch wir schwach werden, dann sind sie lächerlich; dann spielen sie gleich den königlichen Löwen, der seine Mähne schüttelt, und wir sollen die kleinen, nackten Löwinnen sein. Nein, dann erst werden Mann und Weib gleich sein, wenn die Männer uns küssen können, ohne gleich eine dumme Protektormiene aufzusetzen.«

Marie wurde ein wenig verlegen: »Ja, wie wissen Sie ...«

Hilda aber lachte: »Ach diese kleinen Prinzessinnen, was die nicht alles wissen wollen.«

Jetzt waren sie bis an das Schloß gelangt und stiegen die Stufen zum Gartensaale hinauf, wo der Tee genommen werden sollte. Marie drückte fest Hildens Arm und sagte leise: »Wie hübsch und klug Sie sind.« In diesem Augenblick begann sie Hilda stark zu lieben. Hilda lächelte mitleidig.

Am nächsten Tage wurde die Fürstin zurückerwartet. Marie teilte ihrem Gefährten unter dem Johannisbeerstrauche mit, es sei heute das letztemal, daß sie sich hier träfen.

Felix zog die Augenbrauen empor und machte ein seltsames Gesicht, ein Gesicht, das gleichgültig aussehen sollte. »So, so«, meinte er, »ja, ich muß nun auch bald fort, die verdammte Schule fängt wieder an.«

Marie fragte nach dem Bade, Felix schlug eine Mücke auf Mariens Hand tot, aber sonst war es heute ein einsilbiges und trübseliges Beisammensitzen, alles erschien Marie heute traurig, der Sonnenschein und die Johannisbeeren und das eintönige Summen der Bienen. Einer müßte jetzt etwas Schönes und Süßes sagen, von Felix jedoch ließ sich nichts erwarten, und ihr selbst fiel nichts ein. »Ja, jetzt muß ich gehen«, sagte Felix leichthin, reichte Marie ungelenk die Hand und machte sich bereit fortzuschlüpfen. Doch plötzlich wandte er sich um, ergriff Mariens Kopf von hinten, bog ihn zurück und drückte seine heißen Lippen ganz fest auf ihren Mund. Dann war er fort.

Marie saß regungslos und bestürzt da, das hatte sie nicht erwartet. Es verletzte sie, er war wirklich zu wild, und es fehlte ihm an Subordination. Und doch erschütterte es sie tief, Tränen traten in ihre Augen, sie begann zu weinen, Tränen, die von der Sonne auf den Wangen heiß wurden; sie weinte, weil er sie beleidigt hatte und weil ihr Erlebnis heute zu Ende war und weil sie den großen, wilden Jungen hier unter dem Johannisbeerstrauch so schmerzlich vermißte.

Die Fürstin war zurück, und das Leben ging wieder seinen ordnungsgemäßen Gang. Wie gewohnt, versammelte man sich nach dem Diner im Gartensaal. Die Baronin Dünhof spielte Halma mit dem Baron Fürwit, und die Fürstin saß an der geöffneten Gartentüre, neben ihr Graf Streith, der sie unterhielt.

»Ach Graf«, sagte die Fürstin langsam, als täte es ihr wohl, die Worte träge verklingen zu lassen, »wie gut tut es, wieder zu Hause und in seiner Ruhe zu sein. Ich tauge nicht mehr für das Hofleben, diese Welt der kleinen Wichtigkeiten macht mich müde und interessiert mich nicht.«

»Gewiß«, bestätigte der Graf und schlug dabei die Augen nieder, so daß es aussah, als säße er mit geschlossenen Augen da, »dort ist es ein eintöniges Stakkato prestissimo. Wir haben hier doch unsere ruhevollen Orgelpunkte.«

»Das klingt hübsch«, meinte die Fürstin, »aber es soll vielleicht nicht sein. Meine Schwägerin, die Herzogin, fragte mich, ob es nicht schwer sei, die für die Erziehung der Mädchen nötige Etikette aufrechtzuerhalten. Du lieber Himmel, die gute Dünhof tut ja, was sie kann, aber ich fürchte, unsere arme Etikette würde vor der Herzogin nicht bestehen. Was wollen Sie, hier auf dem Lande wird man bequem und ein wenig feige.«

Der Graf lachte leise. »Ja, ja, ich habe auch wieder unsere Helden des Hoflebens bewundert, und zu denken, daß man selbst solch ein Held gewesen ist.«

»Sehen Sie«, fuhr die Fürstin nachdenklich fort, »mir kamen diese Leute alle vor wie kostbare Dinge, die immer in einem Etui stecken. Ich war auch einmal solch ein Wesen, das nie aus einem Etui herauskam. Nun, jetzt bin ich aus dem Etui herausgenommen worden, das ist vielleicht unrecht, aber es tut wohl.«

Der Graf beugte sich ein wenig vor und sagte mit gedämpfter Stimme: »Es gibt vielleicht doch einen Augenblick, in dem wir ein Recht auf unser eigenes Leben haben.«

Die Fürstin sah ihn ruhig freundlich an. »Jetzt haben wir einige stille Wochen vor uns«, meinte sie, »die wollen wir genießen, unseren, wie sagten Sie doch, Orgelpunkt. Später kommt wieder Unruhe, mein Neffe, die Verlobung, die Jagd. Morgen, denke ich, will ich wieder reiten.« Sie lehnte sich in den Sessel zurück, starrte in die schwarze Stille der Nacht und strich sachte mit der einen Hand über die andere, als seien die Hände einander dankbar: »Ach Graf«, sagte sie, »wie die Levkoien heute stark duften.«

Marie ging mit Eleonore in den Garten hinunter. Jetzt

wollte sie es sein, die mit der Schwester vertrauliche Gespräche hatte, und sie wußte es, Eleonore hatte ihr Wichtiges anzuvertrauen. Mademoiselle Laure, die, weiß es Gott woher, stets alles zuerst erfuhr, hatte Marie mitgeteilt, Eleonorens Verlobung mit dem Vetter Joachim aus Neustatt-Birkenstein sei eine abgemachte Sache. Im Oktober sollte der Erbprinz nach Gutheiden kommen, und dann würde die Verlobung bekanntgegeben werden. Das war es, was Marie von Eleonore hören wollte. Diese jedoch blieb einsilbig und traurig. Natürlich Marie war auch traurig, weil Roxane ihnen fehlte, allein das war kein Grund, um sich nicht zu unterhalten. So erzählte sie denn zuerst von sich, von ihrer Einsamkeit und wie wichtig Fräulein von Dachsberg und der Major es bei Tische gehabt hatten und wie Fräulein von Dachsberg sich bei der Spazierfahrt in den Wagen zurückgelehnt hatte, als sei sie die Fürstin. Als dann jedoch Eleonore noch immer schwieg, ärgerte sich Marie. »Ich verstehe nicht, Lore«, sagte sie, »warum du es mir nicht sagst, daß du mit dem Vetter Joachim verlobt bist.«

»Du erfährst das bald genug, Kleine«, erwiderte Eleonore gelassen.

»Also ist es wahr?« versetzte Marie, »jedenfalls ist es verletzend, daß ich alles erst durch Mademoiselle Laure erfahren muß. Und dann, Roxane und du, ihr habt so eine Art zu tun, als sei eine Verlobung etwas Trauriges.«

»Sie ist etwas Ernstes«, meinte Eleonore. Marie wurde nachdenklich. Ja, das gab sie zu, vielleicht war eine Verlobung etwas Ernstes.

Ob nun die Verlobung etwas Ernstes war oder nicht, jedenfalls änderte sie vorläufig nichts an der Eintönigkeit des Lebens in diesen Spätsommertagen mit ihrem stetig blauen Himmel und ihrem grellen Sonnenschein. Am Morgen ritt die Fürstin mit Eleonore aus. Marie durfte nicht reiten, der Arzt hatte es verboten. Trübselig stand sie auf der Freitreppe und sah zu, wie hübsch die beiden Gestalten in dunkelblauen Reitkleidern, die kleinen blanken Reithüte auf dem Kopfe, die Schleier im Winde wehend in den sonnigen Morgen hinausritten. Sie folgte ihnen mit den Augen, bis auch die letzte Spur des blau und silbernen Rückens des folgenden Reitknechts hinter den Parkbäumen verschwunden war. Die Fürstin liebte es, in scharfem Trabe den Reitweg hinab bis an die Parkpforte zu reiten, dann bog man in die junge Föhrenschonung des Waldes ein. Die Luft hing noch voll glitzernder Feuchtigkeit, die angenehm kühlend in das Gesicht wehte. Zu beiden Seiten des Rasenweges standen die kleinen Bäume wie grünblaue Kandelaber, die Waldwiesen waren noch grau von tauschweren Spinnweben. Die Fürstin wurde auf solchen Morgenritten ganz jugendlich erregt. »Kind«, rief sie, »ist das nicht schön? Kann es etwas Schöneres geben! Warum antwortest du nicht?« Leichte Röte stieg in ihre Wangen, und ihre Augen wurden feucht. Eleonore bewunderte die Natur, sie bewunderte vor allem ihre Mutter. In ihrer stillen und ruhigen Gemütsart jedoch begriff sie nicht, daß man sich darüber so aufregen konnte.

An einer Biegung des Weges erwartete sie Graf Streith. Sehr gerade saß er auf seinem großen Falben und grüßte, indem er die schwarzsamtne Jockeikappe bis auf den Sattelknopf herabsenkte. »Ach Graf«, rief die Fürstin, »ist dieser Morgen nicht wundervoll? Diese Luft und dieses Licht machen einen betrunken.«

Der Graf schloß sich den Damen an, er hatte eine hübsche zeremoniöse Art neben der Fürstin hinzureiten, und auch der Falbe trabte vorsichtig und aufmerksam. Der Weg wurde hier breiter, und die Fürstin kommandierte Galopp. In kurzem Galopp ging es nun an hohen Tannen hin, aus denen der Morgenwind blanke Tropfen auf die Reiter niederstreute. Die Fürstin gab sich ganz der Bewegung hin, lächelte dem Luftzug und dem Lichte mit einem seltsam verträumten Lächeln zu. Endlich zog sie die Zügel an, und die Pferde fielen in Schritt. »Das war gut«, sagte sie und atmete tief auf, »so trinkt man noch am besten die ganze Schönheit in sich hinein.«

»Ja, hm«, meinte der Graf, »der Wald als Frühschoppen, sehr gut.« Eine Weile ritten sie schweigend nebeneinander her, dann begann die Fürstin sich mit dem Grafen zu unterhalten: »Sie waren gestern nicht zum Diner. Was haben Sie den Abend über getan?«

»Ich feierte ein Einsamkeitsfest«, erwiderte der Graf.

»Wie ist das?« fragte die Fürstin.

»Nun, ich lasse alle Lampen in meinem Salon anzünden«, berichtete der Graf, »und gehe in den Garten hinaus. Gestern gab es keine Sterne, und die Nacht war so dunkel, daß ich mich nur nach dem Duft der Blumen in den Wegen zurechtfand. Das ist sehr hübsch, man hört wie die Frühbirnen auf den Rasen fallen, und ringsherum raschelt es wie Schritte auf weichen Sohlen, das sind meine Igel, die auf die Mäusejagd gehen. Und wenn ich zum Hause hinübersehe, dann glänzen die Fenster, und ich stelle mir vor, dort sitzt jemand und wartet auf mich. Das sind so die Phantasien eines Einsamen.«

Die Fürstin erwiderte nichts, beugte sich ein wenig nieder und klopfte zärtlich den Hals ihres Pferdes. Eleonore hörte dem Gespräche schweigend zu, und sie hatte das Gefühl, daß die beiden sie ganz vergessen hatten.

Marie durfte während dieser Zeit mit Fräulein von Dachsberg einen Spaziergang durch den Wald machen. Der Wald erschien ihr unendlich öde und uninteressant. Die Pilze am Wege hatten keinen Humor, und die Eichhörnchen auf den Zweigen schienen leblos wie die Eichhörnchen auf den Tafeln der Naturgeschichte, die Marie als Kind so oft an langweiligen Sonntagnachmittagen mit schläfrigen Augen betrachtet hatte. Fräulein von Dachsberg führte die Unterhaltung: »Wenn meine Mutter«, erzählte sie, »mich einmal morgens in den Wald mitnahm, das war eine Seligkeit, ich fühlte mich so belebt, geradezu ausgelassen war ich, und ich bestürmte meine Mutter mit Fragen, alles wollte ich wissen, über alles wollte ich mich belehren lassen.«

Marie zog die Augenbrauen hoch, nein, sie war entschlossen, nicht eine einzige Frage an Fräulein von Dachsberg zu richten. Sie verstand sich dann schon eher mit dem Lakaien Friedrich, der schläfrig und gleichgültig hinter ihnen hertrottete. Sonst war kein Vergnügen für diese Zeit in Aussicht. Um die Mittagsstunde saßen die Prinzessinnen unter dem Pflaumenbaume, allein die Luft hier mit ihren Düften und Tönen erinnerte Marie schmerzlich an Felix. Sie wartete gespannt darauf, daß die Dühnenschen Jungen draußen am Gitter vorübergingen, und wenn sie kamen und Felix lächelte und grüßte, dann wurde ihr das Herz ganz warm.

Die Fürstin erzählte abends beim Diner, der Wächter habe vorige Nacht aus der großen Linde vor dem Hause einen Ton wie das Girren einer Taube gehört. Als er das näher untersuchte, habe sich herausgestellt, daß oben im Baume einer saß. Der Wächter habe sich den Mann heruntergeholt, und da war es kein anderer als Felix Dühnen. Die Gräfin war heute im Schlosse gewesen, um sich ihres Sohnes wegen zu entschuldigen. Die arme Frau hat viel Sorge mit dem unbändigen jungen Menschen.

»Mit diesem jungen Herrn«, meinte der Graf Streith, »wird sie noch so manches erleben, und da hilft die übermäßige Strenge des Vaters auch nichts.«

Marie beugte sich tief auf ihren Teller, sie fühlte, wie das Blut ihr heiß in die Wangen schoß, sie hatte Lust zu lachen, und doch schnürte eine seltsame Rührung ihr die Kehle zu.

Für den 20. August pflegte jedes Jahr eine Einladung aus Schlochtin zu kommen, an diesem Tage wurde der Geburtstag der Baronin von Üchtlitz gefeiert. Die Fürstin liebte diese Einladung nicht. »Die Baronin«, meinte sie, »ist eine kluge und erfrischend lebensvolle Frau, aber das ganze Treiben dort ist mir für meine Töchter zu, wie soll ich sagen, zu weitherzig.« Dieses Mal kam die Einladung ihr besonders ungelegen, denn sie behauptete in letzter Zeit fanatisch verliebt in ihre Ruhe zu sein. Allein die Üchtlitzens durften nicht verletzt werden, so wurde denn beschlossen, daß die beiden Prinzessinnen in Begleitung der Baronin Dünhof und des Barons Fürwit der Einladung Folge leisten würden.

»Endlich geben wir auch ein Lebenszeichen von uns«, sagte Marie während des Ankleidens zu Alwine. Der Landauer stand vor der Türe, der Baron Fürwit trippelte unruhig auf der Freitreppe hin und her und schaute immer wieder nach der Uhr. Auch die Prinzessinnen waren zur Abfahrt bereit in ihren blauen Sommerkleidern, Korallenschnüre um den Hals.

»Bitte Exzellenz«, sagte Marie, »verträgt es sich eigentlich mit der Etikette, daß man Prinzessinnen warten läßt?«

Baron Fürwit schmunzelte: »Lizenzen des Landlebens«, erwiderte er.

»Gut«, sagte Marie, »darauf werde ich mich nächstens auch berufen.« Der Baron lachte, so daß sein kleines Gesicht ganz kraus wurde, er fand Prinzessin Marie sehr witzig. Endlich kam die Baronin Dünhof, und man konnte abfahren.

Während der Fahrt besprachen der Baron und die Baronin, welche Maßregeln sie treffen würden, um die Prinzessinnen vor Gefahren zu schützen, die dort ihrer warten mußten. Das klang wie ein fein durchdachter Plan. Marie hörte dem gelangweilt zu. Diese Vorsichtsmaßregeln allein konnten einem die Freude an der Ausfahrt schon verleiden.

Der Wagen fuhr nicht beim Schlosse vor, sondern bog auf eine Wiese ein, in deren Mitte ein Lindenwäldchen stand, dort sollte der Tee genommen werden. Die Wiese und das Wäldchen waren voll Menschen, voll bunter Kleider, bunter Bänder, bunter Hüte, und in dem Grün des Gehölzes, in dem Gold der Nachmittagssonne nahmen all die Farben einen hübschen Edelsteinglanz an. Vor dem Wäldchen hatte sich die Familie Üchtlitz aufgestellt, die Baronin mit ihren drei Töchtern, Henriette, Marga und Hilda, aufrechte, helle Gestalten, blond und rosig, hinter ihnen die Söhne des Hauses, der Assessor, der Referendar und der Leutnant, auch mächtige, breite Gestalten mit großen Schnurrbärten und Backenbärten, und mitten unter dieser kraftvollen Familie erschien der Baron Üchtlitz selbst, grauhaarig und etwas gebeugt, seltsam alt und gebrechlich.

Als der Wagen hielt, erschien auf allen Gesichtern ein freundliches, ein wenig starres Lächeln, und Marie fühlte, daß auch auf ihrem Gesichte dieses freundliche, ein wenig starre Lächeln sich zeigte. Sie war zufrieden damit, denn nun wußte sie, das Prinzessinnensein würde ihr heute mühelos gelingen. Auch bei der Begrüßung fiel ihr zur rechten Zeit etwas ein, das sie sagen konnte, sie bewunderte die Wiese und die Linden und fand, daß all die bunten Farben sich sehr schön im Grün ausnahmen. Nur eines war störend, neben sich hörte sie Eleonorens ruhige, angenehme Stimme, die fast dasselbe sagte wie sie.

»Ich denke wir machen einen kleinen Rundgang«, schlug die Baronin Üchtlitz vor, »die Aussicht ist hier so hübsch.«

Langsam gingen sie über die Wiese um das Wäldchen herum, voran die Baronin Üchtlitz mit Eleonore, Marie folgte mit Henriette Üchtlitz, die Baronin Dünhof ging mit Marga Üchtlitz. Entschlossen sprachen alle vom Wetter. Sie hatten schon gefürchtet, ein Gewitter würde das Fest stören, aber nun war der Himmel ganz klar, das Wetter war ja in diesem Sommer so beständig, man konnte wohl auch auf einen schönen Herbst rechnen, darin waren sie alle einig. Auf der Wiese standen Herren und Damen beisammen, man hörte laute Stimmen, zuweilen ein helles Auflachen. Wenn die Prinzessinnen vorübergingen, schwiegen die Gespräche, es wurden tiefe Verbeugungen gemacht, eine und die andere Dame kam heran, um die Prinzessinnen zu begrüßen. Da war die Gräfin Dühnen im bleichen, kränklichen Gesicht doch Felixens eigensinnig lustigen Mund, die schöne Frau Staatsanwalt von Böse verneigte sich tief, ein zartes Figürchen im roten Seidenkleide, das Gesicht durchsichtig weiß, die Augen unnatürlich groß und dunkel, und der hellrote Mund klein und böse. Mademoiselle Laure hatte gesagt, die Frau Staatsanwalt habe einen schlechten Ruf, und Marie sah sie neugierig an. Mitten auf der Wiese standen die Pfarrerstöchter in rosa Musselinkleidern, große Schäferhüte auf dem Kopfe, runde, lachende Gesichter, es war, als beglückte es sie, so schöne Farbenflecke in der Natur zu sein. Zu Marie und Henriette Üchtlitz hatte sich jetzt der Landrat Graf Krüden gesellt, er trug einen goldenen Kneifer, und sein Bart, braunrot wie Kapuzinerkresse, wehte im Winde. Er erzählte von der Hitze in Berlin, er tat das wohl mit viel Humor, denn er lachte beständig dabei, auch Marie und Henriette lachten, und die Vorübergehenden glaubten, daß sie sich sehr gut unterhielten. Am Ende der Wiese wurde haltgemacht, man wollte die Aussicht bewundern. Weit und eben lag das Land da, Stoppelfelder, gemähte Wiesen, hie und da ein Haferfeld, auf kleinen Anhöhen standen Windmühlen ganz im Sonnenschein, graue Ungeheuer mit riesigen Libellenflügeln. Ganz weit aber in goldenem Dunste erblickte man den Kirchturm des Städtchens.

»Wie schön«, sagten die Damen, »wie weit man sieht!«

Der Landrat wurde pathetisch: »Ja, meine Damen, es ist doch ein schönes Ländchen, dieses unser Vaterland. Sehen Sie, hier ist kein Fleckchen, das nicht von dem Fleiße der Bewohner spricht.«

»Ein erhabener Anblick«, meinte die Baronin Dünhof.

Nun war es jedoch Zeit, zum Wäldchen zurückzukehren, um den Tee zu nehmen. Auf dem Rasen unter den Linden waren Polster ausgelegt und Decken ausgebreitet worden. Für die älteren Damen und die Prinzessinnen standen Stühle und kleine Tische bereit. Unter dem Laubdach war es ein wenig schwül, schräg fielen die Sonnenstrahlen durch die Stämme, und fuhr ein Windhauch in die Bäume, dann regneten weiße Blüten auf die Gesellschaft nieder, hingen sich in die Haare der Damen und Bärte der Herren, und ein schwüler, süßer Duft senkte sich da nieder. Diener reichten Tee und Sandwiches herum, die Gesellschaft auf den Polstern und Decken schien heiter, überall war gedämpftes Lachen vernehmbar, zuweilen wagte eine der Pfarrerstöchter einen schrillen, kleinen Schrei, weil der Leutnant von Üchtlitz gar so tolle Sachen erzählte. Den Prinzessinnen widmeten sich die Töchter des Hauses. Bei Marie war Henriette von Marga abgelöst worden, und diese erzählte von ihren

Hunden, und als auch sie sich etwas mit dem Tee zu schaffen machen mußte, wollte Henriette Hilda zu der Prinzessin schicken. Hilda jedoch weigerte sich, Marie sah es deutlich, sie schlug es rund ab. »Natürlich«, dachte Marie, »wir sind wie langweilige Kranke, bei denen man ungern dejouriert.«

Der Landrat schlug jetzt vor, ein wenig zu singen, »denn«, sagte er, »eine Landpartie ohne Gesang ist wie eine Frau ohne Seele.«

»Ich kenne keine Frau ohne Seele«, äußerte der Rechtsanwalt von Bärensprung, der schön und düster wie Hans Heiling aussah.

»Bravo«, sagte eine Frauenstimme. Die Frau Staatsanwalt wurde gebeten, zuerst etwas vorzutragen. Sie lehnte sich an einen Buchenstamm, verschränkte die Finger der herabhängenden Hände lose ineinander und schlug die Augen nieder. So stand sie einen Augenblick da wie ein kleines, befangenes Mädchen, dann plötzlich schlug sie die Augen auf, groß und dunkel wie das Schicksal, und begann mit einer schönen Altstimme zu singen: *»Vorrei morir nella stagion' del anno.«* Sie sang sich in eine so leidenschaftliche Klage hinein, daß die Gesichter der Zuhörer ernst und ein wenig betroffen dreinschauten.

»Was hat sie, daß sie so singt?« dachte Marie, »ist es, weil sie einen schlechten Ruf hat? Jedenfalls ist es unerträglich traurig.« Marie fürchtete weinen zu müssen. Als das Lied aus war, riefen die Üchtlitzschen Söhne sehr kräftig: »Bravo!« Die Gräfin Dühnen aber sagte zur Baronin Dünhof: »Bühne.«

»Das war herrlich«, rief der Landrat, »aber meine Damen und Herren, nach soviel Wehmut wollen wir uns das Herz mit einem patriotischen Liede stärken«, und er stimmte an: »Deutschland, Deutschland über alles.« Kräftig fiel der Chor ein, und das Lied erklang so laut über die

Wiese, daß drüben im Schlosse die Hunde zu bellen begannen.

Nach dem Liede zerstreute die Gesellschaft sich im Gehölz. Es schienen dort Spiele gespielt zu werden, denn Lachen und Rufe wurden laut, und die Pfarrerstochter Johanna schlüpfte durch die Büsche, ihr folgte der Leutnant Üchtlitz, um sie zu fangen.

»Die Jugend unterhält sich«, sagte die Gräfin Dühnen.

»Ja«, erwiderte Marie und versuchte es, auch so nachsichtig zu lächeln wie die Gräfin, ihr war aber recht bitter zumute.

Endlich kam Hilda, die Wangen gerötet, das Haar voller Lindenblüten. Sie setzte sich zu Marie, lachte und sagte: »Nun, Prinzeßchen.«

Marie mußte auch dieses schöne, lebensvolle Gesicht anlachen, aber dann sagte sie melancholisch: »Sie wollen gewiß lieber zu den anderen gehen statt hier zu sitzen.«

»Nein«, erwiderte Hilda bestimmt, »bisher war es langweilig, das weiß ich, nach dem Souper aber wird es besser werden, da gibt es Feuerwerk, da wollen wir entschlüpfen.«

»Entschlüpfen?« fragte Marie.

»Gewiß«, bestätigte Hilda, »wir treiben uns im dunklen Park umher, da erlebt man manches.«

»Wenn es geht«, meinte Marie zaghaft.

»Es muß gehen«, sagte Hilda fest. »Wir müssen nur nicht daran denken, was die anderen später dazu sagen werden. Wir tun, was wir wollen.«

»Tun, was wir wollen«, wiederholte Marie und schaute Hilda bewundernd an.

Die Sonne ging unter, und die Baronin von Üchtlitz bat ihre Gäste, in das Schloß hinüberzugehen. Purpurnes Licht ergoß sich über die Wiese, breitete eine plötzliche Festlichkeit über das Land. Pfarrers Johanna streckte die

Arme aus und sprang mit beiden Füßen in die Höhe, sie nannte das ein Sonnenuntergangsbad nehmen. Die Frau Staatsanwalt aber trieb es zu laufen, ein rotes Figürchen im roten Lichte, der Rechtsanwalt schaute ihr begeistert zu: »Du, Üchtlitz«, sagte er zum Referendar, »sieht sie nicht aus wie eine kleine Flamme, von der all dies hübsche Licht ausgeht?«

Üchtlitz lächelte spöttisch: »Gefühlvoll, mein Alter, was? Na ja, so was vom Irrwisch hat sie.«

Das Schloß war hell erleuchtet und das Souper stand bereit. Die Soupers in Schluchtin waren gefürchtet, weil es dabei allzuviel zu essen gab. Der Graf Streith pflegte zu sagen: »Ich bin den Soupers bei Üchtlitzens nicht gewachsen, ich kann es, was essen betrifft, mit diesem Enaksgeschlechte nicht aufnehmen.«

Marie saß bei Tisch neben dem Assessor von Üchtlitz, und dieser erzählte von einem kleinen Automobil, das er besaß. Marie interessierte sich dafür, das war ein Gesprächsstoff, den man nicht so bald fahren lassen durfte. Unterdessen kamen immer wieder große Pasteten und dampfende Braten. Der Landrat hielt eine Rede, und dann sprach auch der Baron Üchtlitz. Marie wurde müde und verstimmt, bisher war der Tag eine Enttäuschung gewesen.

Nach dem Essen strömte alles in den Garten hinaus, die Nacht war warm und sternhell, an Bäumen und Büschen waren bunte Papierlaternen angezündet worden, überall im Dunkel blühten diese matt scheinenden Farben auf, zuweilen stieg knatternd über die Kronen der Bäume eine Rakete auf, ein goldener Riß in all dem Schwarz und dann das ruhevolle bunte Niedersinken der Leuchtkugeln. Marie fühlte sich von einer Hand erfaßt und fortgezogen. »Hier findet uns keiner«, flüsterte Hilda. Marie ergriff Hildas Arm, ein angenehmes Gefühl ängstlicher Spannung machte ihr Herz schneller schlagen. Sie gingen eine dunkle Allee hinab, das leise Knirschen des Kieses verriet, daß sie nicht allein waren. Irgendwo sagte eine weiche Stimme: »Nein, Roth, das dürfen Sie nicht sagen.«

»Pfarrers Johanna mit ihrem Sekretär«, flüsterte Hilda.

»Sind sie verlobt?« fragte Marie.

Hilda zuckte die Achseln: »Pfarrerstöchter sind immer verlobt. Aber da kommen zwei, die wollen wir vorüberlassen.« Es mußte ein Stockrosenbeet sein, in dem sie jetzt stehenblieben, denn an Mariens Wange streifte es wie große, kühle Seidenquasten. Ein Paar ging an ihnen vorüber Arm in Arm, eng beieinander, und eine klagende Stimme sagte: »Feste sind immer traurig, Bärensprung, auch wenn Sie so zu mir sprechen ist es traurig, aber sprechen Sie nur weiter, es ist doch das Beste im Leben.«

»Die Frau Staatsanwalt und ihr Rechtsanwalt«, erklärte Hilda leise.

»Warum ist sie so traurig?« fragte Marie.

»Ich weiß nicht«, erwiderte Hilda, »sie glaubt es vielleicht ihren tragischen Augen schuldig zu sein. Aber jetzt müssen wir schnell dort in den Seitenweg hinüber, denn ich höre jemand kommen, das wird der Vetter Barnitz sein, der uns sucht.« Sie bogen in einen kleinen Weg ein, der zwischen dichtem Haselnußgesträuch hinführte. Hier war es dunkel und voll von dem lauten Wetzen der Feldgrillen. Allmählich lichtete sich das Gesträuch, es wurde heller, und sie standen an einem kleinen, schwarzen Weiher, in dem sich die Sterne spiegelten. Leises Gurgeln und Plätschern wurde zuweilen im Wasser laut, und eine feuchte Kühlung stieg aus ihm auf. Plötzlich prasselte wieder eine Rakete hoch über die Bäume hinauf, ein goldenes Blitzen lief über das Wasser, und dann spiegelten sich die Leuchtkugeln in ihm, als beginne es tief im dunkeln Grunde zu glühen. Marie drückte Hildas Hand.

»Wie schön«, sagte sie atemlos, »wie ich Sie liebe, Hilda. Wir wollen Freundinnen sein.«

»Wir wollen Freundinnen sein«, erwiderte Hilda ernst.

»Und du zueinander sagen«, fuhr Marie fort.

»Wenn niemand es hört«, ergänzte Hilda.

»Wenn niemand es hört«, wiederholte Marie, und die beiden Mädchen umarmten und küßten sich. »Wie du zitterst«, sagte Hilda, »wie dein Herz schlägt, so ein armes Prinzessinnenherz.« Hand in Hand gingen sie weiter.

»Höre«, sagte Hilda in ihrer bestimmten nachdrücklichen Weise, »wenn du dich sehr nach etwas sehnst, nach etwas, das euer dummes Prinzessinnenleben verbietet, dann kannst du auf mich rechnen.«

Marie drückte fest Hildas Hand, sie war sehr gerührt, das, ja das war eigentliches Leben, Hand in Hand durch die laue Dunkelheit irren, auf allen Wegen leise Schritte liebender Paare, in allen Büschen flüsternde Geheimnisse. »Eines wünsche ich mir noch«, sagte sie leise.

»Was ist das?« fragte Hilda.

»Einmal zu schaukeln«, fuhr Marie fort.

Hilda lachte: »Zu schaukeln? Nur das? Ach du armes Hühnchen! Aber das wollen wir gleich machen.«

Vom Park waren sie wieder in den Garten zurückgelangt, und als sich Schritte auf dem Wege vernehmen ließen, blieben sie stehen. Hilda horchte und rief dann leise: »Vetter Egon!«

Die Schritte kamen schnell näher, und die freundliche Stimme des Leutnants von Barnitz sagte: »Da sind die Damen, ich suche Sie die ganze Zeit.«

»Das wissen wir«, erwiderte Hilda, »aber jetzt gibt es etwas zu tun. Die Prinzessin will schaukeln, es ist natürlich geheim.«

»Zu Befehl!« versetzte der Leutnant.

Zwischen großen Bäumen ganz im Dunkel hing die

Schaukel, auf ihr wurde Marie mit Sachkenntnis zurechtgesetzt, und nun begann es. Marie flog hoch hinauf bis in die schwarzen, feuchten Zweige der Bäume, unter ihr begann der dunkle Garten mit seinen winzigen farbigen Lichtpünktchen, über ihr der dunkle Himmel mit seinen Sternen mitzuschwingen und mitzuschaukeln, und ein Gefühl des Losgelöstseins von aller Wirklichkeit, ganz traumhaft, machte ihr Herz schneller schlagen, benahm ihr ein wenig den Atem. Und dennoch war es unendlich ruhevoll, sich so von der großen Dunkelheit im freien Raume wiegen zu lassen, und als die Schaukel plötzlich stillhielt, fuhr Marie wie aus dem Schlafe auf: »Der alte Hofmarschall sucht dich«, flüsterte Hilda, »er kommt hierher.«

Der Baron Fürwit kam äußerst erregt, er hatte die Prinzessin überall gesucht, die Baronin Dünhof war bereits sehr besorgt, sie hatte eine Herzattacke bekommen, und der Wagen stand vor der Tür. Marie hörte das alles kühl an, sie sei ja nur ein wenig spazierengegangen, meinte sie. Die Besorgnisse des Barons Fürwit, die Herzattacke der Baronin Dünhof erschienen ihr jetzt sehr geringfügig und gleichgültig.

Der Erbprinz Joachim von Neustatt-Birkenstein war mit seinem Adjutanten, dem Hauptmann von Keck, zu einem kurzen Besuche nach Gutheiden gekommen. Der lange, schmalschulterige, junge Herr mit dem glattgescheitelten, rotblonden Haar und dem blassen, ein wenig kränklichen Gesicht brachte Leben in das stille Schloß. Die kurzsichtigen, blauen Augen blinzelten nervös mit den blonden Wimpern, und die roten feuchten Lippen waren seltsam beweglich. Den ersten Abend saß der Prinz im Gartensaale, sprach viel in einer hastig überstürzten

Art, erzählte von sich, lachte ein prasselndes, helles Lachen, zeigte Kartenkunststücke, spielte auf der Flöte vor, und die übrige Gesellschaft saß schweigend da und hörte ihm zu wie in einer Vorstellung. Als er mit dem Hauptmann Keck allein in seinen Gemächern war, sagte er: »Die Damen scharmant, scharmant, aber die Luft hier im Schlosse ist ein wenig muffig, finden Sie nicht, Keck?«

»Ich habe nichts bemerkt«, erwiderte der Hauptmann mit seiner müden Korrektheit.

Am nächsten Tage verlangte der Prinz schon frühmorgens die Wirtschaftseinrichtungen des Schlosses zu besichtigen. Unter der Führung des Majors gingen er, die Prinzessinnen, Fräulein von Dachsberg und der Hauptmann von Keck in die Ställe. Im Kuhstalle interessierte sich der Prinz für die Namen der Kühe, der Milchmädchen; mit dem Pferdestall war er sehr zufrieden. »Famos!« rief er, »ein Sanssouci der Pferde. Und wie fromm sie alle aussehen, wie Hofdamen«, flüsterte er Eleonore zu und lachte laut darüber, »gewiß, sie sehen ein wenig müde aus, als hätten sie nicht gut geschlafen, als hätten sie zu lange im Bett gelesen.« Dann wurden die Hunde besehen, und endlich begab man sich an den kleinen Mühlensee, um eine gute Angelstelle in Augenschein zu nehmen. Später ging der Prinz auf dem Gartenwege zwischen den bunten Reihen der Dahlien mit Eleonore auf und ab. Die Baronin Dünhof, die das Paar anfangs begleitet hatte, blieb diskret ein wenig zurück. Der Prinz machte ein ernstes Gesicht, zog die Augenbrauen zusammen, als müßte er scharf denken: »Ich habe dir noch nicht gesagt«, begann er, »wie glücklich mich das Arrangement unserer Eltern macht, du warst immer meine Lieblingskusine. Ich sagte schon zur Tante in Karlstadt: ›Kusine Eleonore ist prachtvoll, sie ist wie – angeln.‹« Er lachte auf: »Ja, das klingt dumm, aber angeln ist für mich Ruhe,

Frieden. Du mußt mich angeln sehen, nur wer mich beim Angeln gesehen hat, kennt mich. Eine Dame, die mich angeln sah, sagte mir: ›Nun verstehe ich auch, daß Sie einmal gut regieren werden.‹«

Eleonore nahm das alles mit ihrem stillen, freundlichen Lächeln hin, aber das Gesicht des Prinzen wurde jetzt sorgenvoll: »Ich weiß nicht«, sagte er, »ob ich deiner Mutter gefalle. Sie schaut mich so kühl an, ich bin ihr wohl zu unruhig, das verstehe ich, ich bin mir selbst zu unruhig. Ich denke, es wäre eine Erholung, könnte ich einmal einen Tag der Hauptmann Keck sein. Na, man ist eben, wie man ist. Jetzt wollen wir Tennis spielen«, schloß er, ohne Eleonorens Antwort abzuwarten, »und nach dem Frühstück angle ich, und ihr alle schaut zu.«

Nach dem Frühstück begaben sich die Prinzessinnen in Begleitung von Fräulein von Dachsberg und Mademoiselle Laure zum Mühlensee, um zuzuschauen, wie der Prinz angelte. Für die Damen waren Gartenstühle aufgestellt worden, der Prinz saß am Ufer und angelte, von einem Jägerburschen bedient, während der Hauptmann von Keck sich mit seiner Angel in das Erlengebüsch zurückzog.

»Die Stunde ist nicht sehr günstig«, sagte der Prinz, »aber versuchen wir es. Jetzt bitte achtzugeben, ich werfe die Angel aus, das ist nämlich auch eine Kunst, bitte immer auf den Korken zu sehen, natürlich muß die größte Ruhe beobachtet werden.«

In schönem Schwunge flog die Angel in das Wasser, die Damen beugten sich ein wenig vor, schauten angestrengt auf den Korken, und es dauerte nicht lange, so begann dieser zu zucken, ging unter Wasser, der Prinz zog an und brachte einen schönen, wie ein Juwel schimmernden Barsch heraus. »Tadellos, tadellos!« rief er und lachte.

»Nein, das mache ich selbst!« wehrte er dem Jägerburschen. Mit weißen, nervösen Fingern umklammerte er den Fisch und zog den Haken heraus, sein Gesicht zuckte dabei, als empfände es einen Schmerz. Dann aber lachte er wieder und triumphierte: »Ist er nicht schön? *N'est-ce pas, il est beau, mademoiselle?*«

»Oh, Altesse, superbe«, sagte Mademoiselle Laure andächtig.

»Gut, jetzt werfe ich wieder aus, ich bitte um Ruhe!« kommandierte der Prinz. Die Angel flog in das Wasser, alle schwiegen, allein kein Fisch wollte beißen. Die unbewegte Luft war drückend heiß, harter Glanz zitterte auf dem Wasser und in den Schachtelhalmen, es war sehr still ringsum, nur zuweilen schnatterte eine Stockente im Schilfe, oder ein Bläßhuhn stieß seinen freudlosen Schrei aus. Eleonore schaute den Prinzen an, das eben noch so bewegliche Gesicht war schlaff, aller Ausdruck schien von ihm fortgelöscht, es war das Gesicht eines müden, kränklichen Knaben. Eleonore mochte es nicht anschauen, sie schloß die Augen. Wie wohl die Ruhe tat, wie wohl es tat zu fühlen, wie die Gedanken allmählich undeutlich wurden und sich verwischten. Fräulein von Dachsberg saß längst mit geschlossenen Augen gerade auf ihrem Stuhl, und Marie blinzelte schläfrig in den Sonnenglanz. Sie hatte sich eine Verlobung anders gedacht, all das sah einem Alltag sehr ähnlich. Wer war denn hier bräutlich, höchstens Mademoiselle Laure, die mit ihren grellen, schwarzen Augen starr den Prinzen ansah. Nein, das beste war, zu schlafen wie die anderen.

»Wenn es nicht geht, dann geht es nicht!« rief der Prinz plötzlich. Die schlummernden Damen fuhren auf, der Prinz stand am Ufer, hatte die Angel fortgeworfen, und sein Gesicht war rot vor Ärger. Gleich darauf lächelte er aber wieder und meinte: »Die Damen haben geschlafen, nun ja, es ist verständlich. Aber jetzt müssen wir zum

Schlosse zurück, Exzellenz Fürwit plante einen Spazierritt. Keck, wo sind Sie?«

Aus dem Erlengebüsche tauchte der Hauptmann von Keck auf, erhitzt und verschlafen.

»Na!« schloß der Prinz, »von einem großen Erfolge kann ich hier nicht sprechen.«

Im Schloß war Baron Fürwit eifrig dabei gewesen, den Ausflug in den Wald zu organisieren. Die Fürstin und Prinzessin Eleonore ritten mit den Herren, die übrigen Damen folgten im Wagen. Vor dem Försterhause sollte der Tee eingenommen werden, Graf Streith hatte hier alles angeordnet und machte den Gastgeber.

»Wunderhübsch, werter Graf«, sagte der Prinz, »was sind all unsere Eßsäle gegen solch einen Platz im Walde. Diese Dekoration, dieses Parfüm und dieses Oberlicht.«

Während des Tees jedoch war der Prinz unruhig, ein Gang nach einer Waldwiese war geplant, und er fürchtete, es könnte zu spät werden. »Die Rehe gehorchen Exzellenz Fürwit nicht, sie fügen sich nicht ins Programm.«

So brach die Gesellschaft bald auf, die Fürstin blieb mit dem Grafen Streith zurück. Als alle fort waren, lehnte sie sich bequem in ihren Stuhl zurück und schloß halb die Augenlider, so daß die Augen nur wie schmale, blanke Streifen hervorschauten. Der Graf sagte nichts, er sah, daß der Fürstin das Schweigen wohltat. Schräg schien die Sonne durch die Stämme, unter den regungslosen, großen Tannen lag eine wunderbare, grüngoldene Stille. Endlich begann die Fürstin ihre Gedanken vor sich hin zu sprechen: »Er ist so ruhelos, es ist, als fürchte er stets etwas zu versäumen. Wie ich das kenne! Wie schmerzlich er mir wieder die ganze Vergangenheit zurückruft.«

Der Graf zog ein wenig die Augenbrauen zusammen, und als die Fürstin nicht weitersprach, sagte er leise und zögernd: »Ist es nicht vielleicht Verschwendung, immer wieder zu gestatten, daß die Vergangenheit in eine Gegenwart eindringt, die doch glücklich sein könnte. Ich meine, wir müssen unsere Gegenwart so stark machen, daß sie die Vergangenheit verdrängt. Eine Aufgabe, die ich mir wünsche, wäre, dort, wo ich verehre, die Vergangenheit fortschieben zu dürfen.« Und seine flache Hand fuhr leicht über die Tischplatte, als schöbe sie etwas Unsichtbares fort: »Um an ihre Stelle eine wohltuende Gegenwart zu setzen, die ganz über die Vergangenheit herrscht.« Und mit spitzen Fingern legte die andere Hand etwas Unsichtbares behutsam auf den Tisch. Die Fürstin schaute sinnend zu, wie die beiden großen, weißen Hände sich auf dem Tische zu schaffen machten: »Ich weiß, Streith, ich weiß, aber mir ist heute, als gäbe ich meine Schmerzen an mein Kind weiter.« Sie lehnte den Kopf in den Stuhl zurück und schloß die Augen. »Wenn meine Eleonore heiratet«, fuhr sie fort, »dann ist der größte Teil meiner Aufgabe erfüllt. Meine Jüngste, ach Gott, das arme Kind mit seiner schwankenden Gesundheit, da wird ein stilles, bequemes Leben wohl das Wünschenswerte sein.«

Die Fürstin schwieg eine Weile, und als sie wieder zu sprechen begann, hatten ihre Gedanken einen andern Weg eingeschlagen: »Unsere Erziehung ist wohl daran schuld, unsere Fürstenerziehung, daß wir so schwer den Mut finden, ganz wir selbst zu sein.«

»Eine Pflanze, die nicht den Mut zur Blüte findet«, bemerkte der Graf.

Die Fürstin öffnete die Augen und lächelte matt: »Ach, Streith, immer galant.«

Der Graf verneigte sich leicht. Vom Walde her erklangen die Stimmen der zurückkehrenden Gesellschaft, die Unternehmung war sehr gelungen gewesen, »es war«, meinte der Prinz, »als seien alle Rehe des Waldes für mich zusammenbestellt worden.«

Da die Sonne jetzt unterging, mahnte Baron Fürwit zur Rückkehr in das Schloß.

Das Diner war feierlicher als sonst, die Damen erschienen in großer Toilette, und der Erbprinz hielt eine Ansprache. Er dankte für den schönen Tag, den er hier hatte verbringen dürfen. »In diesem Schlosse«, fuhr er fort, »wohnt nicht nur das Glück, auch der Fremde, der hier einkehrt, kann sich hier sein Glück holen.« Die Baronin Dünhof lächelte, und die Augen wurden ihr feucht.

Nach dem Diner verlangte der Prinz nach einem Mondscheinspaziergang, da der Vollmond über dem Garten stand. »Wir haben ein Recht auf unsere Sentimentalitäten«, erklärte er. So stieg er mit den jungen Damen in den Garten hinab, und sie gingen langsam die hell beschienenen Wege entlang. »Zu den Frühbirnen wollen wir gehen«, schlug der Prinz vor. Der Birnbaum stand mitten auf einem runden Rasenplatze, und seine Zweige bogen sich unter der Last der kleinen, gelben Birnen. »Bitte, meine Damen, sich unter den Baum zu stellen«, rief der Prinz, »Fräulein von Dachsberg, Mademoiselle Bouttancourt, wenn ich bitten darf. Eleonore, Marie bitte hier, Keck, stehen Sie dort.« Der Prinz begann kräftig den Baum zu schütteln, und die Früchte fielen prasselnd und blank im Mondschein nieder. Marie und Mademoiselle Laure stießen kleine Schreie aus, der Prinz lachte schallend und nannte das »eine Birnendusche«, Fräulein von Dachsberg aber nahm es übel.

»Ich muß doch bitten, Hoheit«, sagte sie, »es ist genug, wenn ich bitten darf.«

»Gut, es soll genug sein«, beschloß der Prinz, »jeder ißt jetzt eine Birne. Darf ich anbieten?« und er selbst biß herzhaft in eine der taufeuchten Birnen und rief: »Süß, süß, süß wie Kusinen. Und nun kommt der Mondscheinspaziergang.«

Nun zog die Gesellschaft an den Reihen der mondbeglänzten Dahlien und Stockrosen entlang, der Prinz ging neben Eleonore und wurde gefühlvoll. »Wie wohltuend«, meinte er, »ist ein Tag, auch nur eine Stunde, in der wir nach Herzenslust gefühlvoll sein dürfen. Wir müssen ja sonst unsere Gefühle verstecken, und da sammelt sich dann so vieles an. Ist hier nicht eine Laube, in der es süß duftet? Nein? Nun, dann setzen die Damen sich hier auf die Gartenbank, und ich deklamiere etwas.«

Die Damen mußten sich setzen, der Prinz jedoch blieb stehen und deklamierte:

»Füllest wieder Busch und Tal
Still mit Nebelglanz,
Lösest endlich auch einmal
Meine Seele ganz.«

Er sprach mit viel Ausdruck, ja es war als übermannte ihn eine tiefe Rührung, denn seine Stimme zitterte. Hell vom Monde beschienen erschien seine Gestalt im Abendanzuge länger und schmäler, sein Gesicht blässer als sonst.

»Was hat er?« dachte Eleonore, »ist das ein wirklicher Schmerz, der in seiner Stimme zittert?« und zum ersten Male fühlte sie etwas wie zärtliches Mitleid mit diesem bleichen jungen Menschen.

Marie aber dachte: »Er sieht aus wie ein Gespenst.«

Das Gedicht war zu Ende, niemand sagte etwas, nur Mademoiselle Laure murmelte leise ein *»sublime«*. Der Prinz machte ein wenig befangen einige Schritte, sah zum Monde auf und verzog wie geblendet sein Gesicht.

Fräulein von Dachsberg aber mahnte zur Rückkehr in das Schloß.

Als die Prinzessinnen in ihrem Schlafzimmer allein waren und Marie bereits im Bette lag, fühlte sie sich gedrungen, ein Endurteil abzugeben: »Ich finde ihn nett«, sagte sie, »und ich glaube, wenn man einen Tag über mit ihm zusammengewesen ist, dann schläft man gut.«

Eleonore stand am Fenster, sie hatte die Vorhänge zurückgezogen und schaute in den Garten hinab. Plötzlich ließ sie ein leises »Oh« hören. Dieses »Oh« klang so seltsam, daß Marie aufhorchte, eilig aus dem Bette stieg und an das Fenster lief. In dem taghell beschienenen Garten konnte sie anfangs nichts Ungewöhnliches sehen, doch dann bemerkte sie, daß sich zwischen den ruhig und schwarz auf den Wegen liegenden Schatten der hochstämmigen Rosen etwas regte, und nun traten zwei Gestalten in das volle Licht, Mademoiselle Laure und der Prinz. Langsam gingen sie an der Buchsbaumhecke hin und verschwanden im Dunkel der Lindenallee. Eleonore hatte sich auf einen Stuhl gesetzt, sie war blaß geworden und schaute gerade vor sich hin. Auch Marie war erschüttert. Was sie da erlebte, erschien ihr unheimlich, und ein Schauer überlief sie. Sie wunderte sich über ihre eigene Stimme, die trocken und belehrend sagte: »Ja, liebe Lore, daran wirst du dich nun gewöhnen müssen.«

»Gewöhnen«, wiederholte Eleonore und sah die Schwester verständnislos an. – Marie ging ruhig zu ihrem Bette zurück und legte sich nieder. »Gewiß«, bemerkte sie noch, »das lernt man schon aus der Geschichte.«

Im Zimmer wurde es einen Augenblick still, plötzlich stand Eleonore vor Mariens Bett, die sonst so sanften Augen blitzten: »Ich verbiete dir so zu sprechen«, stieß sie leise und leidenschaftlich hervor, »ich verbiete dir jemandem zu sagen, was du gesehen hast, ich würde mich zu Tode schämen, wenn jemand das wüßte.«

Marie war erschrocken und schwieg, Eleonore aber wandte sich ab und ging zu ihrem Spiegel. »Natürlich wird sie sich jetzt das Haar bürsten wie Roxane«, dachte Marie, und das erschien ihr sehr traurig.

Am nächsten Tage verabschiedete sich der Erbprinz. Er war sichtlich bewegt, als er der Fürstin die Hand küßte: »Hier bei euch«, sagte er, »wird man nicht nur glücklicher, sondern auch besser.«

Nach der Abfahrt des Erbprinzen wurde gleich wieder eine Reise nach Karlstadt an den herzoglichen Hof geplant. Von Marie war dabei nicht die Rede, das empörte sie so sehr, daß sie den Mut fand, sich gegen ihre Mutter darüber zu äußern.

»Bei der Reise nach Karlstadt wird auf mich wohl nicht gerechnet?« begann sie.

»Nein, mein Kind«, erwiderte die Fürstin und schaute ihre Tochter zerstreut an, »aber deine Zeit wird auch kommen, werde nur recht gesund.«

»Ich bin gesund«, sagte Marie und zog ein wenig die Augenbrauen zusammen, »ich meine nur, für mich ist also kein Vergnügen in Aussicht.«

Die Fürstin gab darauf keine Antwort. Sie mußte aber darüber nachgedacht haben, denn eines Tages hieß es, die Prinzessinnen würden mit der Baronin Dünhof in die Stadt fahren, um im Theater Schillers Räuber zu sehen.

Den Tag über hatte es geregnet, gegen Sonnenuntergang klärte sich der Himmel auf, die Fahrt im großen Automobil war erfrischend. Marie schaute durch das Wagenfenster mit runden, wachsamen Augen auf das vorüberziehende Land, auf diese Außenwelt, in der das Leben so seltsam selbstverständlich erschien. Die Wolken standen jetzt wie zerklüftete, kupferrote Gebirgszüge am Horizont, Schafe wurden heimgetrieben, ganz rosa im Abendschein zogen sie langsam über die gelben Stoppelfelder, Hüterkinder sangen aus voller Kehle, kleine struppige Dorfhunde riefen sich aufgeregt die Nachricht zu, daß ein Gefährt komme. In den Dorfgärten standen Frauen, die Schürzen voller Salatblätter, schauten auf die Straße hinab und verzogen die Gesichter, als täte die schnelle Bewegung des Wagens ihnen weh. Die Sonne ging unter, die Wälder wurden schwarz und das Land grau. In der Stadt dunkelte es schon, bleich und glasig stand der Schein der Gasflammen in der Dämmerung. Die Straßen waren belebt, langsam gingen die Leute in der Abendkühle auf dem Trottoir dahin, blieben zuweilen stehen und sprachen laut über die Straße hinweg miteinander. Einige Fenster waren schon erleuchtet, und die Vorüberfahrenden sahen in Stuben hinein mit großen Sofas und runden Tischen. Hier saßen Kinder um eine Lampe und machten ihre Schularbeiten, dort wurde zu Abend gegessen, eine Frau mit großer weißer Haube biß in eine Semmel. Aus den kleinen Läden erklang beständig der dünne, schrille Ton der Türglocken. Wie eng die Menschen hier beieinander waren, dachte Marie, und wie eifrig sie lebten. – Das Automobil hielt vor dem kleinen Theater, Menschen hatten sich hier angesammelt, um die Prinzessinnen aussteigen zu sehen. Die Baronin Dünhof und der Baron Fürwit schienen aufgeregt, sie gaben dem Lakaien leise Befehle, flüsterten Französisch miteinander und liefen in der Vorhalle neben den Prinzessinnen her, als müßten sie sie vor etwas schützen. Erst als man eine Treppe hinaufgestiegen war und sich in der Loge befand, mußte alle Gefahr vorüber sein, denn die Baronin murmelte: »Gott sei Dank.«

Das Theater war schon gefüllt, all die Gesichter, die vom Parkett zur Loge der Prinzessinnen hinaufsahen, die Gläser, die sich aus den anderen Logen auf sie richteten, dazu der Geruch von altem Plüsche, von Kulissen und Gas, all das erschien Marie fremd und spannend. Nun verdunkelte sich das Theater, und der Vorhang ging in die Höhe. Marie folgte aufmerksam den Vorgängen auf der Bühne, allein der alte gebrechliche Graf, der alles glaubte, was man ihm einredete, der kleine rothaarige Franz mit seinen Schurkenstreichen ließen sie kühl, und sie freute sich, als das Theater im Zwischenakt wieder hell wurde und sie sich im Raume umsehen konnte. Es war unterhaltend, in das Stimmengewirr unten im Parkett hineinzulauschen, die Menschen zu sehen, wie sie einander begrüßten, miteinander plauderten, würdig ihre Theatertoiletten trugen. Da war die Konditorsfrau mit einem gelben Vogel auf dem Hut, dort stand Professor Wirth, die Dame neben ihm mußte seine Gemahlin sein, schön war sie nicht, sie sah aus, als habe sie Migräne. Gern hätten die Prinzessinnen über die Leute da unten zusammen gelacht, allein sie mußten ihre Haltung bewahren. Unterdessen kam Besuch in die Loge, der Landrat erschien und sprach vom jungen Schiller: »Welch eine Kraft in diesem jungen Menschen, ja geradezu ein Vulkan.« Die Gräfin Dühnen kam und plauderte mit der Baronin Dünhof. In der Loge, gerade den Prinzessinnen gegenüber, saß eine Dame im schwarzen Kleide, die schwarzen Haarscheitel, flach über die Ohren gekämmt, umrahmten ein bleiches, scharfes Gesicht, neben ihr ein sechzehnjähriges Mädchen im schlecht gemachten grünen Kleide, das reiche, schwarze Haar lockte sich ein wenig wild, und das runde Gesicht mit den großen schwarzen Augen, den breiten, roten Lippen hatte einen so wunderbaren Glanz lachenden jugendlichen Lebens, daß Marie es erstaunt ansah und fühlte, wie das Herz ihr heiß wurde von einer Bewunderung, die fast schmerzhaft war.

»Wer ist denn dort unser Visavis?« hörte sie die Baronin Dünhof fragen.

»Ach, eigentlich niemand«, erwiderte die Gräfin Dühnen, »eine Frau von Syrman, sie hat in unserem Walde das alte Forsthaus gemietet für den Sommer und ich glaube auch für den Winter. Sie soll eine geschiedene Frau sein, dunkle Verhältnisse, man verkehrt nicht mit ihr.«

»Das Mädchen scheint hübsch«, meinte die Baronin.

»Brutal!« sagte die Gräfin, »von Erziehung wird da wenig die Rede sein. Das wächst auf wie ein Pilz.«

Das Theater verdunkelte sich wieder, und das Spiel nahm seinen Fortgang. Die Studentenszene interessierte Marie nur wenig, auch Armin Biber als Karl Moor, von dem Hilda Üchtlitz eine Zeitlang soviel gesprochen hatte, enttäuschte sie: sie dachte lieber an das schwarze Mädchen drüben in der Loge. Die Worte der Gräfin hatten ihr wehgetan, das arme, schöne Mädchen, sie wächst auf wie ein Pilz, und Marie sah deutlich einen der kleinen, feuerroten Pilze, wie sie im Moose stehen, das Köpfchen blank vom Tau, leuchtend wie ein Edelstein. Ja, denen glich das schöne Mädchen, von dem Marie jetzt wußte, daß sie es liebte, und sie konnte den Augenblick kaum erwarten, da sie es wieder würde sehen können. Während des Zwischenaktes wandte Marie die Blicke nicht von der gegenüberliegenden Loge ab. Alles an dem schwarzen Mädchen gefiel ihr und rührte sie, die Art, in der es beide Arme auf die Logenbrüstung stützte, wie ein müdes Schulmädchen sich auf den Schultisch stützt, wie es sorglos den Körper herumwarf und beim Lachen den Mund öffnete und die Zähne sehen ließ, wie es Gefrorenes aß, den Löffel ganz voll nahm und herzhaft zum Munde führte, als äße es Suppe. In dem allen lag etwas, über das Marie gern gelacht und geweint hätte. Auf der Bühne wurde es mittlerweile auch interessanter, Karl Moor war Räuber geworden, er trug einen kleinen schwarzen Schnurrbart, einen breitkrempigen Hut und roten Mantel. Beim Sonnenuntergange lagerte er mit seinen Räubern im Walde, schön und traurig, und seine großen, schmerzvollen Worte erfüllten Marie mit einem unendlich feierlichen Mitleid, alles hätte sie getan, um den armen, schönen Mann zu trösten. Ohne daß sie es wußte, rannen ihr die Tränen über die Wangen. Als sie nach Schluß des Aktes zu der Loge der Frau von Syrman hinübersah, entdeckte sie, daß auch das schwarze Mädchen verweinte Augen und tränenfeuchte Wangen hatte. Die Blicke der beiden Mädchen trafen sich, und unwillkürlich lächelten sie einander an. Das machte Marie glücklich, es war ihr, als hätte sie einen Bund geschlossen mit dem Mädchen drüben und mit dem schönen Armin Biber, er, der seine großen Schmerzen litt, und sie, die über ihn weinten. Von nun an erzitterte ihr ganzes Wesen in einer seltsam schmerzvollen und doch wohltuenden Ekstase, entrüstet wies sie ein Glas Limonade zurück, das ihr angeboten wurde, sie konnte jetzt nicht an Limonade denken. Während des Spieles weinte sie um Karl Moor, während der Pausen lächelte sie zu Fräulein Syrman hinüber, und als das Stück aus war, als alles sich zum Aufbruch rüstete und die Baronin Dünhof und der Baron Fürwit aufgeregt den Rückzug organisierten, erwachte sie wie aus einem schicksalsschweren Traume.

Marie drückte sich in die Wagenecke, versonnen und verweint träumte sie vor sich hin. Die Straßen des Städtchens waren jetzt stiller, die Vorhänge an den Fenstern niedergelassen. In einem Fenster, das offen stand, lehnte ein Mädchen und sprach mit einem Herrn unten auf der Straße, ein kleiner Biergarten war hell erleuchtet und

Musik scholl aus ihm herüber. »Das Leben geht hier weiter«, dachte Marie, das Leben, zu dem auch Armin Biber und das schöne Mädchen gehörten, sie aber fuhr hinaus in das nächtliche, schweigende Land. Doch sie hatte jetzt mitzutragen an Karl Moors Schmerzen, hatte zu tragen an dem Mitleid für das schöne Mädchen, von dem die anderen schlecht sprachen und das sie verachteten, sie gehörten jetzt zu ihr, sie nahm sie mit in ihre Einsamkeit.

Mariens Leben war jetzt um einen erregenden Traum reicher, einen Traum, vor dem die Ereignisse des Tages verblaßten. Die Fürstin fuhr mit Eleonore nach Karlstadt, um Eleonorens Verlobung zu feiern. Marie ertrug es ohne allzu große Empörung, daß sie zurückbleiben mußte. Auf den Spaziergängen mit Fräulein von Dachsberg oder Mademoiselle Laure war sie schweigsam, in den Unterrichtsstunden des Professors Wirth schweiften ihre Gedanken weit ab. Sie fühlte ein großes Bedürfnis, allein zu sein. Der Arzt hatte gemeint, die Herbstluft würde ihr gut tun, so irrte sie denn unablässig im Garten umher und wies schroff jede Begleitung ab. »Wenn Sie mich kontrollieren wollen«, sagte sie zu Fräulein von Dachsberg, »so können Sie das vom Fenster aus tun, ich gehe ohnehin nur vor dem Hause auf und ab.«

Fräulein von Dachsberg zog ergeben die Augenbrauen hinauf und sagte zum Baron Fürwit: »Prinzessin Marie wird immer schwieriger.«

Der Baron nickte. »Ja«, meinte er, »ihr fehlt die Hofluft, es ist schwer, Kamelien in Spargelbeeten zu ziehen.«

Die Herbsttage waren hell und kühl. Nachtfröste versengten die Köpfe der Dahlien, das Laub der Parkbäume wurde gelb und rot, und auf den Wegen der Allee raschelten schon welke Blätter. Drüben im Obstgarten hörte man das beständige Fallen der Äpfel, und ihr säuerlicher Duft erfüllte den Garten. Die Johannisbeeren in der Grube am alten Pflaumenbaum verloren ihre Blätter, die Trauben schrumpften ein und schmeckten ganz süß. Hier nun ging Marie, fest in den langen Herbstpaletot geknüpft, die Hände im Muff verborgen, mit kleinen, eiligen Schritten auf und ab. Ihr Gesicht hatte einen seltsam gespannten Ausdruck, ihre Augen schauten drein, als müßten sie sehr scharf in die Ferne sehen. Marie dachte an Armin Biber, ja, sie sah ihn, er kam durch die Allee auf sie zu mit seinem breitkrempigen Hute, das schöne Gesicht ganz bleich, Marie blieb vor ihm stehen, das Herz brannte ihr, sie wollte etwas sagen, das sie mit einem Schlage ihm ganz nahe brachte.

Da lächelte er sein schwermütiges Lächeln und sagte: »Kleine Prinzessin, kleine Prinzessin, Sie verstehen mich, Sie haben um mich geweint.«

Auch an das schöne, schwarze Mädchen dachte Marie, sie nannte es »Armelia«, weil das mit Armin verwandt war. Sie legte den Arm um Armelias Taille und war ihre Freundin.

Die Gräfin Dühnen beleidigte Armelia, Marie aber trat für sie ein, fand prachtvolle entrüstete Worte, dann führte sie die Freundin fort an einen stillen Platz des Waldes. Dort saßen sie festumschlungen, bis die Zweige sich auseinanderbogen und Armin Bibers schönes Gesicht auf sie niederschaute, er lächelte und sagte: »Meine treuen Kameradinnen.«

Zuweilen wollten die Traumbilder nicht kommen, dann war es nur ein köstlich starkes Fühlen, das Mariens Herz schneller schlagen ließ, sie hätte weinen können vor Sehnsucht nach Armin Biber, nach Armelia, nach Liebe, nach großen Worten und großen Schmerzen. Dieses Gefühl machte sie stolz, hob sie hoch über die anderen empor. Wie verachtete sie die Teestunde am Nachmittage, während der der Baron Fürwit von früheren Verlobungen früherer Prinzessinnen erzählte. Oder die Abende im Gartensaal, der Baron Fürwit las langsam und deutlich die Kreuzzeitung vor, Fräulein von Dachsberg und Mademoiselle Laure häkelten, der Major saß gerade auf seinem Stuhle und hörte aufmerksam zu.

Wenn eine Pause eintrat, wandte er sich mit einer höflichen Bemerkung an Marie. »Ich glaube, mit den Balkanvölkern werden wir noch manches erleben.«

»O wirklich, glauben Sie, Herr Major?« erwiderte Marie, die jäh aus ihren Gedanken auffuhr.

An einem Nachmittage kam Hilda von Üchtlitz. Sie war hübsch und lebensvoll, mit kühlen, rosa Wangen und blanken, scharf aufmerkenden Augen.

Marie ließ den Tee in ihrem Schreibzimmer servieren, sie hatte Hilda so viel zu sagen. Sie begann damit, von Armelia zu sprechen, allein das interessierte Hilda nur wenig.

»Die kenne ich«, meinte sie, »ich kümmere mich natürlich nicht um das Gerede, daß man mit diesen Leuten nicht umgehen kann, gerade deshalb bin ich zum Forsthause gegangen, nun, vielleicht wird einmal etwas aus dem Mädchen, Rasse hat es, aber bisher ist es noch ein wildes, kleines Tier. Sie heißt übrigens nicht Armelia, sondern Britta.«

Marie war verletzt, auch verstimmte es sie, daß Armelia Britta heißen sollte. Sie ließ daher dieses Thema fallen und sprach von Armin Biber.

Hilda hörte sehr aufmerksam zu. »Ja, das kenne ich«, sagte sie dann ernst, »das habe ich auch durchgemacht, das kommt so über uns, und da hilft nichts anderes, du mußt ihn sehen und sprechen.«

»Ihn sehen und sprechen«, rief Marie und wurde ganz rot vor Schrecken, »das ist doch nicht möglich!«

Hilda blieb ruhig und dachte ein wenig nach: »Es ist möglich«, erklärte sie dann. »Du bist eine Prinzessin, wenn du ihm schreibst, dann kommt er.«

»Das werde ich nie tun«, versicherte Marie mit zitternder Stimme.

»Doch, das mußt du tun«, fuhr Hilda fort, »du schreibst ihm, du willst ihm für seine große Kunst danken und so weiter, er soll um ein Uhr mittags auf der Landstraße an eurem Gartengitter vorübergehen, du erwartest ihn bei eurem alten Pflaumenbaume, nun und dann sprecht ihr miteinander durch das Gitter, mehr ist für den Augenblick nicht zu erreichen.«

Marie fühlte, wie ihre Hände kalt wurden vor Aufregung, und sie hatte Lust zu weinen. »Ich würde sterben, wenn er käme«, sagte sie leise.

Hilda lachte: »Davon stirbt man nicht, und dann, du bist zwar eine Prinzessin, aber du könntest dich doch bemühen, ein modernes Mädchen zu sein. Dieses Anschmachten aus der Ferne tut kein modernes Mädchen mehr. Wenn wir uns in einen Mann verlieben, und das läßt sich nicht vermeiden, dann handeln wir auch. Nur keine unnütze Gefühlsverschwendung mehr.«

»Ich werde es nie können«, stöhnte Marie.

Hilda zuckte die Achseln: »Setze dich nur an deinen Schreibtisch«, befahl sie, »ich nehme den Brief mit und besorge ihn, das wird gemacht, und du wirst sehen, es beruhigt.«

Und es wurde gemacht. Hilda fuhr mit Mariens Brief in der Tasche nach Hause.

Nun verbrachte Marie täglich eine qualvolle Stunde drüben bei dem alten Pflaumenbaume. Blaß, mit erregten Augen ging sie zwischen den entblätterten Johannisbeerbüschen hin und her und warf zuweilen einen angstvollen Blick auf das Gartengitter. Oft war sie nahe daran fortzulaufen, sich im Park zu verstecken, Armin Biber mochte nun kommen oder nicht, allein sie fürchtete sich vor Hildas Verachtung, sie wollte ja auch ein modernes Mädchen sein, und endlich zog dieses Erlebnis, das sie so angstvoll erwartete, sie dennoch unwiderstehlich an. Es war am dritten Tage nach Hildas Besuch, daß Marie am Gartengitter einen Herrn sah, der von seinem Rade sprang, das Rad gegen das Gitter lehnte und zu ihr hinübergrüßte. Er trug einen braunen Radfahreranzug und einen kleinen, schwarzen Filzhut. Regungslos blieb Marie stehen und starrte den Fremden an, dann ging sie langsam und wie mechanisch auf das Gitter zu. Der Fremde zog wiederum seinen Hut tief ab und verbeugte sich. War das Armin Biber, dieser kleine Herr mit dem geröteten Gesicht, dem glattrasierten bläulichen Kinn und dem langen bleichen Munde? Jetzt trat er nah an das Gitter heran, lächelte und zeigte dabei eine Reihe weißer Zähne, in denen eine Goldplombe blank hervorglänzte. Marie sah das alles ganz genau. Nun begann er zu sprechen, ja, das war Bibers schöne, tiefe Stimme.

»Durchlaucht haben befohlen«, sagte er, »hier bin ich.«

»Das ist sehr freundlich«, hörte sie sich sagen, und sie sah, wie ihre Hand zwischen den Gitterstäben hindurch sich Armin Biber reichte. Er ergriff sie und küßte sie.

»Ich wollte Ihnen so gern danken«, fuhr Marie fort, »für den großen Genuß damals im Theater.«

Armin Biber wurde ernst, und Marie fand in seinen Augen etwas von Karl Moor wieder. Er nahm den Hut ab und fuhr sich mit der Hand über die Stirne. »Ach, Durchlaucht«, versetzte er, »das ist ja der eigentliche Lohn unseres oft dornenvollen Berufes, daß unsere Kunst zuweilen in einem vornehmen und edeln Herzen wiederklingt.«

»Was soll ich jetzt sagen«, dachte Marie, aber da sagte sie schon: »Es muß sehr schwer sein, solche Rollen zu spielen.«

»Nun ja«, erwiderte Armin Biber, »die Hauptsache ist, daß man die Rolle fühlt, und da muß man schon einiges an Nervenkraft und Herzblut zusetzen.«

»Das kann ich mir denken«, bemerkte Marie. Eine Pause entstand, und Marie dachte: »Wie wird das enden?«

Aber Armin Biber begann wieder zu sprechen: »Ich hätte gern als Erinnerung an diese bedeutungsvolle Stunde Euer Durchlaucht mein Bild mitgebracht, allein ich wagte es nicht.«

»Wie schade«, meinte Marie, »aber vielleicht geben Sie mir als Andenken die kleine, gelbe Blume dort am Wege.«

»Die dort?« fragte Armin Biber und kniff seine Augen zusammen, »*bon*, ich fliege.« Er sprang zu der gelben Blume hin, pflückte sie und reichte sie lächelnd durch das Gitter.

Marie versuchte auch zu lächeln, als sie die Blume entgegennahm. »Ich danke Ihnen«, sagte sie, »jetzt aber glaube ich, muß ich gehen.«

Wieder streckte sie die Hand durch das Gitter, und wieder erfaßte Armin Biber sie und küßte sie. »Es wird mir eine unvergeßliche Erinnerung sein«, versetzte er leise und innig. »Adieu, Durchlaucht, adieu.« Er schwenkte seinen Hut, sprang auf sein Rad und fuhr schnell und elegant die Landstraße entlang.

Marie schaute ihm nach, und ein angenehmes Gefühl unendlicher Erleichterung erfüllte sie. Eilig schritt sie dem Schlosse zu, sie war froh, daß es vorüber war und stolz, daß sie das erlebt hatte. Als sie in ihrem Zimmer ankam, bemerkte sie, daß die kleine gelbe Blume ihr unterwegs entfallen war.

Der Winter setzte dieses Jahr früh mit starkem Schneefall ein. Nur selten drang die Sonne durch die niedrig hängenden hellgrauen Wolken. Immer wieder schneite es, jeden Morgen war der Park mit seinen Bäumen, der Garten, das Schloß wie in große Wellen weißen Musselins gehüllt. Der Baron Fürwit trippelte mit kleinen Schritten durch die Zimmer und regulierte ihre Temperatur. Graf Streith kam im Schlitten mit hellem Schellengeläute angefahren. Marie hustete viel, und nach Weihnachten wurde sie ernstlich krank. Mit hohem Fieber lag sie in ihrem Bette, und die kärglichen Erlebnisse ihres Lebens umschwebten sie in ihren Fieberphantasien, Armin Biber kam, aber er schwebte eine Spanne hoch über dem Boden, und seine Beine schwangen hin und her wie der Pendel einer Uhr. Britta stand neben ihm, lachte und sagte: »Ticktack, ticktack.« Auch Felix Dühnen erschien, er verzog seinen Mund zum höhnischen Knabenlachen und schlug Marie auf die Hand. Aber sie hatten alle etwas Gespenstisches und Feindseliges, Marie flüchtete angstvoll vor ihnen, flüchtete aus dem Traum in das Erwachen. Sie schlug die Augen auf, an ihrem Bette saß ihre Mutter und lächelte ihr zu.

»Geschlafen, mein Kind?« sagte sie.

»Ja«, erwiderte Marie. Die klaren, braunen Augen ihrer Mutter taten ihr wohl, es war, als wehte etwas angenehm Kühlendes aus ihnen herüber, als läge in ihnen etwas, das den Durst löschte.

»Schlafe nur, meine Tochter«, fuhr die Fürstin fort, »und wenn wir kräftiger sind, dann reisen wir dorthin, wo die Sonne ganz warm ist, an ein warmes, blaues Meer, dort werden wir ganz gesund.«

Marie versuchte zu lächeln, seufzte tief und schloß wieder die Augen. Jetzt war ihr wohl, sie sah diese gelbe, warme Sonne und das warme, blaue Meer, eine große blau und goldene Stille. Dann kamen wieder Bilder, aber dieses Mal friedliche, halb Erinnerung, halb Träume, ein Zimmer im Schlosse Birkenstein, Marie mußte noch sehr klein sein, denn das Zimmer erschien ihr unendlich hoch und die Möbel sehr groß. Sie saß auf dem Schoße ihrer Mutter, saß da ganz in veilchenblauer Seide und spielte mit einem kleinen, goldenen Herzen, das an einer Kette auf der Brust ihrer Mutter hing. Vor ihnen aber im Zimmer ging ein Herr hin und her und sprach laut und schnell. Marie wunderte sich, daß auf das goldene Herz, mit dem sie spielte, zuweilen warme Tropfen fielen. Und dann wieder lag sie in ihrem kleinen Bette, es war Nacht um sie her, aber das Zimmer nebenan, wo die Schwestern schliefen, war hell von Mondenschein. Und plötzlich erschienen da in der bleichen Helligkeit zwei kleine Gestalten in langen, weißen Hemden, und sie faßten einander und tanzten. Marie sah deutlich auf dem hell beschienenen Fußboden die rastlos tanzenden Füßchen. Allmählich verblaßten die Bilder und Marie sank in tiefen Schlaf.

Die Fürstin schaute sinnend den blonden Kopf ihres Kindes an, das Gesicht, über dessen weichen Zügen eine mutlose Erschöpfung lag, ein Ausdruck, wie Menschen ihn haben, die bei einer zu schweren Arbeit matt niedersinken. »Wie dieses arme kleine Leben kämpft«, dachte die Fürstin. In ihren Ohren klang Mariens Stimme: »Soviel ich sehe, ist jetzt für mich kein Vergnügen in Aussicht«, das rührte sie so stark, daß es wehetat. Sie wandte den Blick ab und schaute zum Fenster hinaus. Trotz der bleichen Wintersonne irrten doch einige große Schneeflocken langsam durch die Luft. Aus der Ferne klang das Schellengeläute eines Schlittens herüber. Die Gedanken der Fürstin suchten nach etwas, das nicht wehetat, das tröstete, sie dachte an das Jagdschlößchen, an Streith, wie er in den dunklen Garten hinausgeht und zu dem erleuchteten Gartensaale hinuntersieht. Sie kannte diesen Gartensaal, die Wände mit den vielen Ölbildern, die ihren Firnisgeruch in den Duft der ägyptischen Zigaretten mischten, die Möbel mit ihren seltsamen himbeerrot- und grüngestreiften seidenen Überzügen und den vergoldeten Zieraten auf der Lehne, den schwarzen Marmortisch mit den geschweiften, vergoldeten Füßen und das Tigerfell vor dem Kamin. Gut mußte es tun, dort abends zu sitzen ohne Gedanken, ohne Sorgen, denn draußen im dunklen Garten geht einer umher, der alle Härten des Lebens, ja auch das Schmerzvolle der Vergangenheit von ihr nimmt. Und sie steht dann auf, tritt in die offene Türe, schaut in die Nacht hinein, die ihr süß nach Rosen und Nachtviolen entgegenduftet. Er kann sie jetzt im Türrahmen stehen sehen, und sie will rufen. Ein leises Stöhnen ließ die Fürstin aufschrecken, sie schaute wieder auf das Bett, Marie schlief, aber über ihr Gesicht zuckte es wie eine Qual, und die Hand, die auf der Decke lag, wurde unruhig. Die Fürstin beugte sich vor und schaute ihr Kind angstvoll an. Sie war mit ihren Gedanken so weit von ihm fort gewesen, und es schien ihr, als hätte sie ihm ein Unrecht, eine Grausamkeit angetan. Sie neigte sich auf die ruhelose, fieberheiße Hand der Kranken nieder und küßte sie. Dann erhob sie sich und verließ leise das Gemach.

Draußen ging sie langsam und bekümmert durch die stille Zimmerflucht, in ihrem Boudoir setzte sie sich nieder, lehnte den Kopf zurück und schloß die Augen. Sie war krank vor Mitleid, Mitleid mit ihrem Kinde, Mitleid mit sich selbst. Irgendwo im Hause ging eine Türe, und das Parkett knarrte unter einem bekannten Schritte: Die Fürstin richtete sich auf und lächelte. »Ach ja, Streith ist da«, ging es ihr durch den Sinn.

Zwei Jahre waren verflossen, und an einem schönen Maientage saßen die drei Schwestern wieder unter dem alten Pflaumenbaume, der jetzt ganz in Blüten stand. Die Großfürstin Dimitri und die Erbprinzessin von Neustatt-Birkenstein waren nach Gutheiden gekommen, um in der alten Heimat einige Tage beisammen zu sein, ganz wie einst in ihren Mädchenjahren. Nun gingen sie ihren Erinnerungen nach. Auf dem besonnten Rasen waren Decken gebreitet worden, auf welche die Damen sich niedergelassen hatten. Roxane saß wie früher aufrecht da unter ihrem roten Sonnenschirme, sie war sehr stattlich geworden, die regelmäßigen Züge hatten sich ein wenig verschärft, die Augen mit dem ruhigen Edelsteinglanz schauten gerade vor sich hin, so saß sie da wie eine sinnende Göttin unter ihrem roten Baldachin. Eleonore hatte sich bequem hingestreckt, sie war etwas stark geworden. Das Gesicht, wenn es lachte, war noch das freundliche Mädchengesicht von früher, es war jedoch blaß und, wenn es ernst dreinschaute, lag es über ihm wie verdrossene Müdigkeit. Marie lag platt auf dem Rücken und schaute zum Himmel hinauf. Die Jahre hatten ihre Gestalt schlanker und mädchenhafter gemacht. Das blonde Haar lockte sich noch ebenso eigensinnig über der kurzen Stirn, und die runden Augen schauten noch ebenso erwartungsvoll und kritisch in die Welt hinaus. Die Schwestern hatten lange geschwiegen, jetzt begann Marie zu sprechen: »Nun, erinnert ihr euch?«

»Dazu sind wir ja da, Kleine«, erwiderte Roxane.

»Es ist nur merkwürdig«, fuhr Marie fort, »daß es nichts zu erinnern gibt. Es geschah damals nichts.«

»Das ist ja das Schöne«, meinte Eleonore, »eine Zeit, in der nichts geschah. Nur so das bekannte Licht, die bekannten Gerüche.«

»Sehr gut«, plauderte Marie weiter, »aber man kann

auch davon zuviel haben. Wenn wir von San Remo nach Hause reisen, freue ich mich auch. Ich denke, zu Hause wird es besser sein. Es ist nämlich sehr langweilig, in San Remo die kranke Prinzessin zu sein, rechts Mama, links die Baronin Dünhof, und es ist nur davon die Rede, ob ich mich erhitzt oder erkältet habe. Gut, wir kommen nach Hause, und dann liegt zu denselben Stunden, in denselben Ecken derselbe Sonnenschein. Wenn wir spazierenfahren, stehen im Dorfe dieselben Frauen an den Fenstern, und dieselben Hunde bellen, und der Baron Fürwit macht dieselben Späße, und der Graf Streith spricht bei Tisch wieder von der Psyche der Franzosen und der Engländer. Das ist dann auch nicht heiter. Übrigens hat sich manches verändert. Mademoiselle Laure ist nicht da, die Dühnenschen Jungen gehen nicht mehr vorüber, sie haben eine andere Badestelle. Felix ist jetzt Leutnant. Er war gestern hier, er sieht lächerlich aus mit seinem Scheitel über den ganzen Kopf. Heute kommt er mit Üchtlitzens zum Tennis, denn Doktor Ruck hat mir Tennis verordnet. Nun ja, und die alte Alwine bekommt das Gnadenbrot, und die kleine Emilie bedient mich, und Professor Wirth kommt nicht mehr.«

»Ach, der arme Wirth«, meinte Eleonore.

Marie lachte: »Ja, der arme Wirth, es hat wohl nie ein Professor drei unaufmerksamere Schülerinnen gehabt als er. Und wie höflich er immer war, besonders mit Roxane. ›Darf ich vielleicht fragen, wie der Volkstribun hieß, von dem wir in voriger Stunde sprachen?‹ Und Roxane war dann auch sehr liebenswürdig: ›Gewiß, Herr Professor, sehr gern, ich glaube, der Name fing mit einem R an.‹ Und Lore war immer so mitleidig, wenn sie nichts wußte. ›Es tut mir schrecklich leid, Herr Professor, aber ich habe es vergessen.‹«

Sie lachten ein wenig, dann brach die Unterhaltung ab,

und sie hörten still dem Läuten der Bienen in den Pflaumenblüten zu.

Einmal äußerte Marie noch feierlich: »Nur wer etwas erleben will, erlebt etwas, sagt Hilda.«

»Ach die«, warf Eleonore hin, aber das ärgerte Marie: »Bitte«, sagte sie, »Hilda ist meine Freundin.«

Vom Hause klangen jetzt Stimmen herüber, und Marie richtete sich auf: »Da kommen sie schon zum Tennis«, meinte sie, »ihr bleibt wohl noch?«

»Ja, wir bleiben noch ein wenig«, erwiderte Roxane.

Marie erhob sich langsam und widerwillig, sie warf noch einen letzten Blick auf ihre Schwestern und sagte: »Roxane ist prachtvoll, wie ein russisches Heiligenbild. Lore ist noch nicht soweit.« Dann ging sie.

Auf dem Tennisplatze fand sie eine größere Gesellschaft, Hilda, ihr Bruder der Referendar und Felix waren gekommen, auch die Damen und Herren des Gefolges waren da, die üppige Fürstin Kusmin mit den schönen Augen, dem unreinen Teint und dem großen weichen Munde, das Fräulein von Dietheim, blond und zierlich und so bleich, daß selbst ihre Lippen weiß waren, der Hauptmann von Keck und endlich der prachtvolle Graf Minsky mit seinem klassischen Profil und einer hohen, dünnen Stimme. Marie begrüßte die Angekommenen, küßte Hilda und sagte: »Ich denke, wir fangen an.«

»Du bist verstimmt«, flüsterte Hilda ihr zu.

Marie zuckte die Achseln, und das Spiel begann. Marie spielte heute nachlässig und schlecht.

»Wenn Graf Dühnen die Bälle so perfide serviert«, sagte sie ärgerlich, »dann kann ich keinen Ball machen.«

»Galant, Graf Dühnen serviert nicht galant«, rief Graf Minsky mit seiner hohen, singenden Stimme.

Felix lachte. »Wie kenne ich dieses Lachen«, dachte

Marie. Das Spiel machte ihr heute keine Freude, so gab sie denn vor, es mache sie müde, und man brach ab. Die Gesellschaft stand noch auf dem sonnigen Platze umher und unterhielt sich. Marie nahm Hildas Arm und sprach mit Felix vom Tirnowschen Parke und dem Frühling in Berlin. Dabei begannen sie langsam den Gartenweg hinabzugehen.

Die Fürstin Kusmin schaute den Fortgehenden mit zusammengekniffenen Augen nach und meinte: »Die Prinzessin macht einen kleinen Spaziergang.«

»Ja«, erwiderte Fräulein von Dachsberg leise, »die Prinzessin tut, was ihr gerade einfällt. Es heißt immer: ›Das arme Kind, lassen Sie es doch‹, und wir Hofdamen sind eigentlich nur dazu da, um vermieden zu werden.«

»Ja, so auf dem Lande«, sagte die Fürstin gerührt.

Hilda hatte dem Gespräch zwischen Marie und Felix schweigend zugehört, jetzt sagte sie: »Sind Sie denn noch böse wegen des Servierens der Bälle?«

Marie lachte: »Ach nein, das habe ich verziehen.«

Felix entschuldigte sich, er war es nicht mehr gewohnt, bei Hof zu servieren.

Marie beugte sich vor und schaute lustig zu ihm auf: »Wie geht es jetzt mit der Subordination?«

»Ich danke«, erwiderte Felix, »es muß wohl.«

»Schwer wird es dir fallen«, bemerkte Hilda; sie und Felix sagten als Nachbarskinder zueinander du.

»Es kommen einem zuweilen Gedanken«, berichtete Felix, »wenn ich vor dem Kommandierenden stramm stehe und er schnauzt mich an, dann denke ich zuweilen: Was würde geschehen, wenn ich statt ›zu Befehl‹ nur ›Kikeriki‹ sagen würde, nichts weiter als ›Kikeriki‹? Das gäbe doch eine Aufregung in der ganzen Armee, es würde in allen deutschen und ausländischen Zeitungen stehen, es wäre ein Weltereignis.«

»Das werden Sie doch nicht tun«, rief Marie erschrokken.

Felix beruhigte sie: »Nein, das tue ich nicht, ich bin jetzt ein Normalmensch, ein Leutnant. Ein Leutnant tut, was alle anderen Leutnants tun, im Dienste tun sie alle dasselbe, und im Kasino und wenn sie mit Damen sprechen, sagen sie alle dasselbe, und wenn sie Zivil anziehen, haben sie alle blaue Anzüge und gelbe Stiefel. Und wenn ich mich nachts zu Bett lege, weiß ich, daß tausend ganz solcher Herren wie ich sich zu Bett legen. Das ist so wie mit dem Zinnsoldaten, der weiß auch, wenn er in die Schachtel gelegt wird, daß zwei Dutzend ganz solcher Kerlchen wie er in der Schachtel liegen.«

»Meine Brüder hatten Zinnsoldaten, mit denen ich gern spielte«, erzählte Hilda, »da war einer, bei dem hatte das Zinn nicht gereicht, er hatte ein zu kurzes Bein, den liebte ich besonders, weil er anders war als die anderen.«

Felix seufzte: »Ach, ich glaube, bei mir hat das Zinn auch nicht gereicht, jedenfalls ist mein Vater dieser Ansicht.«

»Und hier zu Hause?« fragte Marie.

»Hier zu Hause versuche ich zu tun, was nur ich tue. Gestern stand ich auf dem großen Rasenplatze im Hofe auf dem Kopfe. Mein Vater fand das unwürdig.«

»Das war es wohl auch.«

Felix zuckte die Achseln: »Nun ja, aber man will doch etwas für seine Persönlichkeit tun.«

»Du kannst ja wieder auf einen Baum steigen und wie eine Taube girren«, schlug Hilda vor.

Felix lachte: »Wozu? Es hört es ja doch nur der alte Gartenwächter.«

Jetzt gingen sie an den Johannisbeerbüschen vorüber. Felix' und Mariens Augen trafen sich in einem schnellen Blick des Einverständnisses, und ihre Lippen zuckten.

Dann sagte Felix: »Ich glaube mich zu erinnern, daß hier im Gitter eine Tür ist. Ich würde sie benutzen, um mich hier von den Damen zu empfehlen.«

»Ja, die Tür ist noch da«, sagte Marie und errötete.

Felix nahm Abschied und ging. Die beiden Mädchen schauten ihm nach, wie er die Dorfstraße hinabeilte, schmal und knabenhaft im hellen Tennisanzuge.

»Der geht nicht wie ein Leutnant«, bemerkte Hilda. Dann schlugen sie den Rückweg ein. Nach einer Pause sagte Hilda: »Es ist wahrscheinlich, daß er sich in dich verlieben wird, was wirst du dann tun?«

»Was soll ich tun?« erwiderte Marie ärgerlich.

Aber Hilda fuhr fort: »Männer sind solche Kinder, sie glauben, eine Prinzessin –«

»Sprich doch nicht so«, unterbrach Marie.

Da schwiegen sie beide, Marie aber dachte an den schnellen Blick des Einverständnisses, den sie mit Felix getauscht. Sie hatte noch nie so in fremde Augen hineingesehen, und es machte sie froh.

Zum Diner war Graf Streith gekommen. Er sprach bei Tisch mit Roxane über die hellen Nächte in Rußland, er war einmal in St. Petersburg gewesen.

Roxane liebte die hellen Nächte nicht. »Ich fürchte mich vor ihnen, meine Fenster können nicht dicht genug verhängt sein, ich habe dann eine solche Sehnsucht nach Dunkelheit.«

»Dunkelheit«, bemerkte die Fürstin, »ist oft so wohltuend, wenn sie alles um uns fortnimmt.«

»Unsere Nächte«, sagte Graf Minsky, »sind nicht zum Schlafen da, sie sind da zum Singen, zum Träumen, zum Flirten.«

»Nun ja«, bemerkte Graf Streith, »man muß in ihnen gesellig sein, sonst machen sie einen zu melancholisch.«

»Sie machen nervös«, flüsterte die Fürstin Kusmin und

zog die Augenbrauen zusammen, als gebe schon der Gedanke an diese Nächte ihr Migräne.

Das Fräulein von Dietheim wünschte sich vom Hauptmann von Keck darüber belehren zu lassen, warum die Nächte in Rußland so hell seien. Sie liebte es, sich vom Hauptmann von Keck belehren zu lassen.

»Es wird wohl mit der Sonne zusammenhängen«, murmelte dieser mißmutig.

Da unternahm es Baron Fürwit, die Dame darüber aufzuklären.

Am anderen Ende des Tisches hatte das Gesprächsthema gewechselt, man sprach jetzt von der Gesundheit des Großherzogs von Mecklenburg, die zu Befürchtungen Anlaß gab.

Nach dem Diner wurde nach Mänteln gerufen, die Fürstinnen wünschten in den Garten hinunterzugehen, sie wollten alles tun, was sie einst als Mädchen getan hatten. So wandelten denn die drei Schwestern Arm in Arm den breiten Kiesweg hinab, die Hofdamen folgten ihnen zu zweien.

Die Fürstin trat mit dem Grafen Streith auf die Gartentreppe hinaus. Der Halbmond hing am Himmel, ein lauer Wind raschelte in den Buchsbaumhecken.

»Wie warm es ist«, sagte die Fürstin.

Streith bog den Kopf zurück und atmete den Duft der Nacht ein. »Seltsam warm«, erwiderte er, »am Horizonte wetterleuchtet es.«

Vom Garten her scholl helles Lachen herüber.

»Wie sie lachen, die lieben Kinder«, sagte die Fürstin und legte ihre Hand leicht auf Streiths Arm, »Roxane ist ganz wie ich es erwartet habe, sie geht ruhig und würdig ihren Weg, ein wenig starr ist sie geworden, aber das werden wir ja, wenn wir innerlich wund sind, und der Tod ihres Kindes hat viel Kühle in ihr Leben gebracht. Meine arme Eleonore aber, so liebevoll und liebebedürftig und – was hat sie jetzt?«

Die Stimme der Fürstin wurde klagend und versiegte dann. Streith erwiderte nichts, er stand regungslos da, um die Hand, die auf seinem Arme lag, nicht zu verscheuchen.

»Ich bin so froh, Sie bei mir zu haben«, hub die Fürstin wieder an, »aber sehen Sie, zuweilen kommen mir Gedanken, deren ich mich schäme. Ich ertappe mich darauf, froh zu sein, daß ich nicht mehr in jener Welt dort lebe. Das ist unrecht; der Welt, in der meine Kinder leben, darf ich nicht ferne sein, ich muß ihnen doch helfen.«

Als die Fürstin jetzt schwieg und eine Antwort erwartete, sagte Streith langsam, indem er die Worte suchte: »Gewiß, ich meine nur, wenn wir helfen wollen, müssen wir stark sein, und wir sind am stärksten, wenn wir ein wenig glücklich sind.«

»Ich weiß, Streith, ich weiß«, versetzte die Fürstin, ihre Stimme wurde ganz weich, und sie strich mit der Hand sachte über Streiths Rockärmel.

Streith schwieg, diese leichte Liebkosung ergriff ihn zu sehr. Es wurde nichts mehr gesprochen, beide schauten in die Nacht hinaus, ein stärkerer Wind fuhr in die Bäume und ließ sie aufrauschen, am Horizonte wetterleuchtete es, als würden immer wieder Türen zu hellen Sälen auf- und zugemacht. Da entschloß sich Streith, er ergriff die Hand, die auf seinem Arme ruhte, und führte sie an die Lippen. Die kleine, kühle Hand folgte willenlos der seinen.

Die Spaziergänger kamen zurück, denn sie fürchteten das aufziehende Gewitter. Streith war bleich, und die Fürstin hatte feuchte, schimmernde Augen. Einen Augenblick ruhten Roxanens Blicke wie fragend auf den beiden, und die Fürstin wandte sich vor ihnen ab. Jetzt kamen auch die Herren aus dem Rauchzimmer, und die Fürstin Kusmin wurde gebeten, ein wenig zu musizieren. Sie setzte sich an den Flügel und spielte mit großer Bravour und glänzender Technik Liszts zweite Rhapsodie. Alle lauschten andächtig. Die Kaskaden von Tönen, die auf die Zuhörer niederrauschten, machten diese seltsam regungslos, als hielten sie stille unter einer Dusche. Fräulein von Dachsberg saß gerade da, ein starres Lächeln auf den Lippen. Graf Minsky verzog das Gesicht, als hätte er etwas Süßes im Munde. Die Fürstin hatte den Kopf zurückgelehnt, sie hielt die Augen halb geschlossen, und auf ihrem Gesichte lag noch der Ausdruck einer sanften Erregung. Eleonore war einfach schläfrig, sie zog die Stirn kraus, als täte die Musik ihr weh, während Roxane, die Augen weit offen, vor sich hinblickte, wie man in eine Ferne sieht. Marie lag bequem in ihrem Sessel, die Frühlingstage machten ihr die Glieder schwer, sie dachte an Felix, sie dachte an Hildas Worte: »Wahrscheinlich wird er sich in dich verlieben«, sie dachte sie immer wieder, sie versuchte es, sie dem Rhythmus der Musik anzupassen, und sie entzündeten in ihrem Blute ein leichtes Fieber, das angenehm müde machte. Halb hinter dem Vorhang aber, in der Fensternische, stand Graf Streith, er schaute zu, wie draußen das Frühlingsgewitter aufzog, und sein scharfes Profil, seine mächtige Nase hoben sich dunkel von der mondbeschienenen Fensterscheibe ab.

Nun schlug die Fürstin Kusmin die letzten Akkorde an, stand auf und zog klirrend ihre Armbänder über, die sie vor dem Spiel abgelegt hatte. Eine leichte Bewegung entstand unter den Zuhörern, als erwachten sie. Die Fürstin erhob sich, um der Fürstin Kusmin zu danken, auch die anderen traten hinzu, man stand beisammen und sprach über Musik, bis die Fürstin das Zeichen zum Aufbruch gab.

Die Fürstinnen hatten gewünscht, wieder in dem großen, gemeinsamen Schlafzimmer zu schlafen. Marie ließ sich von Emilie schnell zu Bette bringen, sie wollte wieder wie früher im Halbschlummer daliegen und hören, wie ihre Schwestern sprachen. Die Kammerzofen wurden fortgeschickt, die Fürstinnen in ihren langen Nachtgewändern saßen vor dem großen Toilettenspiegel und unterhielten sich halblaut. Marie konnte auf der Wand ihre Schatten sehen, wie sie sich zueinanderneigten und wieder auseinanderfuhren. Roxanens tiefe Stimme erzählte langsam und eintönig: »Es war jene schreckliche Nacht, in der mein Kleiner starb. Draußen lag ein dichter, weißer Nebel, die Stadt war totenstill, man hörte nur die Schritte der Soldaten, die vor dem Palais auf und ab gingen. Aber wenn man das Fenster öffnete, schien es, als hörte man dort, irgendwo, ganz weit etwas rufen oder schreien. Ich weiß nicht, was es war, aber es klang, als geschähe dort etwas Entsetzliches. Mein Kleiner lag in hohem Fieber, und ich hatte mich auf sein Bett gesetzt und hielt ihn in den Armen. Alle, die in das Zimmer kamen, hatten seltsam bleiche Gesichter und angstvolle Augen, und wenn sie an den Fenstern vorübergingen, blieben sie stehen und horchten hinaus. Eudoxia, die alte Wärterin, und die Amme warfen sich immer wieder vor dem Heiligenbild auf den Boden und beteten leise. Die Ärzte kamen und, ich glaube, ein Geistlicher. Dimitri war nicht da. Ich hielt meinen Kleinen im Arm und hörte auf seinen Atem, er ging so schnell, als müsse das arme Kind laufen, immer laufen, und in seiner Brust gab es ein leises Geräusch wie von einer kleinen Uhr, in der etwas gesprungen ist. Und mir war es, als müßte auch ich so schnell atmen, als müßte auch ich laufen mit ihm zusammen, laufen, laufen, und wir beide waren so müde. Und plötzlich wurde es in meinen Armen ganz still, und mir selbst war, als wäre ich irgendwo hingefallen, und es kam eine große, dunkle Ruhe.« Roxane schwieg.

»Das ist zu traurig«, dachte Marie und drehte sich auf die andere Seite.

Nach einer Weile sagte Eleonore etwas und Roxane antwortete: »Ja, ein großes, schönes Land und die Menschen sind freundlich und liebenswürdig. Wenn nur nicht die Angst wäre, die zuweilen über mich kommt. Weißt du, solch eine Angst wie in Birkenstein, wenn man des Nachts erwachte und an den Turm im Park dachte, mit seinem Verlies, von dem der alte Gärtner erzählte, daß man dort ein Gerippe gefunden habe.«

»Ja, ich weiß«, sagte Eleonore.

Marie wußte das auch, an den alten Turm in Birkenstein jedoch wollte sie nicht denken. Dann mußte sie etwas geschlafen haben, denn als sie wieder die Stimmen ihrer Schwestern hörte, war von anderem die Rede.

Eleonore lachte leise und Roxane sagte: »Was geht da vor? Eine Mutter bräutlich, eine Mutter verliebt, das ist unmöglich.«

Marie war zu müde um zu verstehen, sie dachte noch einmal: »Wahrscheinlich wird er sich in dich verlieben«, und schlief dann ein.

Der Graf Streith hatte schlecht geschlafen, nun saß er am Frühstückstisch, trank seinen Tee und starrte sinnend auf einen Kastanienzweig voll grellgrüner Blätter, der sich vor dem Fenster in der Maiensonne wiegte. Roller, der rotbraune Setter, hatte sich eine sonnige Stelle auf dem Parkett ausgesucht und schlief dort. Oskar Pose, der alte Diener, mit dem Gesicht eines Heldenvaters, ging leise ab und zu und bediente seinen Herrn.

Das Fatale an solch schlimmen Nächten war, daß Gedanken dann herandrängten und sich breit machten, die Streith sonst im Zaume zu halten verstand. Als er den Hofdienst aufgegeben und sich hierher zurückgezogen hatte, war ihm das wie eine Erlösung erschienen. Der Hofdienst war ein Mißgriff gewesen, wie denn manches in seinem Leben ein Mißgriff gewesen war. Jetzt, obgleich er die Vierzig überschritten hatte, jetzt sollte das eigentliche Leben beginnen. Erfahrungen hatte er genug gesammelt, das Handwerk des Lebens hatte er genügend gelernt, da mußte es mit dem Teufel zugehen, wenn nicht etwas seiner Würdiges dabei herauskam. So begann er denn sich einzurichten, er baute sein Schlößchen aus, kaufte schöne Sachen, legte seinen Garten an, ließ seinen Wald vermessen. Einige Jahre waren vergangen, und er richtete sich noch immer ein, immer noch war alles Vorbereitung, und das Leben, auf das er sich freute, hatte noch nicht begonnen. Dazu verrann die Zeit, nach einer solch schlaflosen Nacht hörte er sie ordentlich an sich vorübersausen wie ein durchgehendes Gespann, und er hatte das Gefühl eines Schülers, dessen Ferienzeit zum größten Teil vorüber ist und der noch immer auf die eigentliche Ferienlust wartet.

Die Türe öffnete sich, und Frau Buche, die Mamsell, erschien. Sie war ältlich und recht stark, und aus ihrem großen, bleichen Gesichte schauten zwei sehr friedliche, mausegraue Augen heraus. Sie verbeugte sich, und Streith erwiderte sehr höflich den Gruß. Dann lehnte Frau Buche an der Türe und begann, wie sie das jeden Tag tat: »Ich komme wegen des Essens, Herr Graf. Zum Frühstück habe ich Hechtkoteletten mit Morchelsoße, dann dachte ich –« Allein Streith winkte ab: »Genug, geben Sie eine Tasse Bouillon und eine Omelette, das genügt. Übrigens wird das Diner sich heute ein wenig verspäten, denn ich will noch einmal nach den Schnepfen sehen.«

Frau Buche neigte den Kopf und fuhr dann fort: »Für das Diner habe ich eine Krebssuppe vorbereitet, dann haben wir das Haselhuhn, dann dachte ich ...«

Aber Streith unterbrach sie wieder: »Es ist gut, Frau Buche, Sie werden es schon machen.«

Die alte Frau zog ihre Mundwinkel herab, was ein verhaltenes Lächeln bedeutete, und meinte: »Der Herr Graf muß heute wichtige Dinge im Kopfe haben, daß er nicht an unser Essen denken mag.«

Streith lehnte sich in seinen Stuhl zurück, blies den Rauch seiner Zigarette vor sich hin und betrachtete aufmerksam das Gesicht der Mamsell und sagte: »An Essen denken ist eine gute Sache, aber zu jeder guten Sache gehört auch die rechte Stimmung. Sind Sie immer in der Stimmung, an Essen zu denken?«

Frau Buche wurde ernst: »Bei mir, Herr Graf, ist es Pflicht, wollte ich nicht an das Essen denken, so wäre das Sünde.«

Streith zuckte die Achseln. »Sünde, Frau Buche, ist ein großes Wort, aber sagen Sie, waren Sie immer so still befriedigt, oder gab es in Ihrem Leben auch Leidenschaften?«

Die alte Frau errötete: »Von Leidenschaften weiß ich nichts«, erwiderte sie abweisend.

»Da war doch Herr Buche«, warf Streith ein.

»Buche war ein starker Mann«, berichtete die Mamsell, »und ein jähzorniger Mann, ich war jung und dumm, das ist nun vorüber, ich habe jetzt meine Arbeit und keine Sorgen, bis auf die Sorge um das ewige Seelenheil.«

»Beste Frau Buche«, rief Streith, »wenn Sie sich auch für die Ewigkeit einrichten wollen, dann werden Sie nie fertig.«

Die alte Frau kniff die Lippen zusammen, darüber wollte sie nicht sprechen. Sie wartete noch einen Augenblick, fragte dann, ob der Herr Graf noch etwas befehle, und als Streith verneinte, verließ sie das Zimmer.

Streith stand auch auf und ging in sein Arbeitszimmer hinüber. Dort lagen neuangekommene Bücher bereit, die er durchsehen wollte. Als er jedoch in seinem Sessel saß, das Falzbein in der Hand, verfiel er wieder in Sinnen. Der Abend gestern drüben auf dem Schlosse hatte ihn beunruhigt. Eine Verbindung mit der fürstlichen Frau betrachtete er als die Krönung seines Lebens. Sie sollte es zu jener kostbaren Ausnahme machen, die Donald von Streiths Leben sein mußte. Seit er die Fürstin kannte, schon am Birkensteiner Hof, als sie die unglückliche Gattin eines allzu lebenslustigen Fürsten gewesen war, hatte er in ihr das auserlesenste Wesen der Schöpfung verehrt. Sie wußte, daß er sie liebte, daß er auf sie wartete, sie ließ das nicht nur geschehen, nein, sie wollte es. Nun waren gestern wieder mütterliche Gefühle und Skrupel in ihr aufgestiegen, die seine Hoffnungen bedrohten. Ein leiser Ton machte ihn aus seinen Gedanken aufschrecken, das Schildkrötfalzbein in seinen Händen war mitten entzweigebrochen. Ungeduldig warf er es fort, erhob sich und ging schnell in den Flügel des Schlosses hinüber. Dort befanden sich drei Zimmer, deren Einrichtung noch unvollständig war. Die Wände des ersten Zimmers bedeckte eine hübsche japanische Seidentapete, auf mattblauem Grunde blühende Kirschzweige und ein Zug silbergrauer Kraniche. Ein Chippendale-Schreibtisch stand da noch, eine Vitrine mit Porzellanfigürchen und kleine mattblaue Möbel. Die anderen Zimmer waren fast leer, nur ein Spiegel in silbernem Rahmen, eine fliederfarbene Couchette und ein weißes Bärenfell befanden sich dort. Streith ging hin und her, rückte an den Möbeln, dachte nach. An diesen Räumen dichtete er schon manches Jahr, jetzt aber mußte das mit mehr Eifer betrieben werden. Roller war seinem Herrn gefolgt, stand da, sah ihn mit geduldigen Hundeaugen an und war freudig überrascht, als Streith ihn anredete: »Roller, mein Alter«, sagte er, »eile, wir haben Eile.« Damit verließ er das Gemach, nahm seinen Hut und ging in den Hof hinaus.

An der einen Seite des Schlößchens wurde ein Wintergarten angebaut, die Mauern standen schon, und die Arbeiter waren eben dabei, die Tragbalken hinaufzuwinden. Streith blieb stehen, um der Arbeit zuzuschauen.

Der Baumeister trat an ihn heran, ein grämlicher Alter mit grauem Ziegenbart, und begann Bericht zu erstatten.

Streith hörte ihm nicht zu, er interessierte sich für die großen, blonden Burschen, die sich da mit den großen, gelben Balken zu schaffen machten. Die Sonne setzte ihnen hart zu, sie hatten die Mützen in den Nacken geschoben, die Gesichter waren gerötet, und auf den Rücken der Kittel zeigten sich nasse Flecken. Es war jedoch hübsch, wie sie die schweren, heißen Glieder als Werkzeuge benutzten, mit ihnen hoben, stützten und stemmten, wie die Muskeln sich spannten und die jugendliche Kraft die Körper schwellte. Streith wurde es ganz warm bei diesem Anblicke, doch plötzlich wandte er sich ab, ließ den Baumeister mitten in seinem Berichte stehen und ging in seinen Garten hinüber. Dort schritt er langsam an den Rosenbüschen entlang, allein er beachtete sie nicht, er war verstimmt, denn er fühlte sich heute als ältlichen Herrn, der langsam auf und ab geht, um sich in der Sonne zu erwärmen.

Nach dem Frühstück ritt Streith aus. In den Waldschneisen zwischen den dichten Wänden der jungen Tannen war die Luft warm und feucht, sie machte den Reiter und das Pferd schlaff. Streith ließ den Falben gehen, wie er wollte, er selbst gab sich seinen Gedanken hin, aber auch diese hatten heute nicht den rechten Fluß. Immer wieder hakten sie sich an kleine Widerwärtigkeiten und kamen nicht davon los. Als er wieder um sich schaute, befand er sich am Rande seines Waldes, drüben begann der Tirnowsche Wald, dort lag auch der graue Holzbau des alten Forsthauses. In dem kleinen Gemüsegarten vor dem Hause ging eine schlanke Dame in dunklem Kleide, die Gießkanne in der Hand, langsam die Beete entlang und begoß die Kohlpflänzchen. Als sie den Hufschlag des Pferdes hörte, wandte sie ein wenig den Kopf, kehrte ihn jedoch gleich wieder ab, als gäbe es da nichts zu sehen und fuhr in ihrer Beschäftigung wieder fort. »Ah, die kompromittierte Dame«, dachte Streith, »die Bankiersfrau mit dem Roman, die sich in die Einsamkeit zurückgezogen hat.« Auf der anderen Seite des Hauses lag eine kleine, eingezäunte Wiese, auf der zwei braune Kälber weideten, ein Kind hütete sie, ein kleines, verkümmertes Wesen mit einem roten Tuche auf dem Kopfe. Neben dem Kinde auf dem Boden saß ein junges Mädchen in blauem Leinwandkleide, der Wind ließ das krause, schwarze Haar um das runde, rosige Gesicht flattern. Beide, das Kind und das Mädchen, sangen aus vollem Halse. Als Streith vorüberritt, sprang das Mädchen auf, lief zum Zaune, stützte die Arme in den zu kurzen Ärmeln auf die Zaunlatten und betrachtete den Reiter. Streith waren diese großen, dunkeln Augen peinlich, die ihn mit ruhiger Neugierde anstarrten, als sei er eine Sache. Er trieb sein Pferd an, vom Hause rief eine Stimme: »Britta! Britta!«

»Wie das mit Leben protzt«, ging es Streith durch den Sinn. In scharfem Trabe ritt er der Landstraße zu und dann an Gutheiden vorüber. Durch das Gartengitter sah er die Fürstin und Roxane langsam den breiten Kiesweg entlanggehen, zuweilen blieben die Damen vor einem

Beete stehen und beugten sich auf die Frühlingsblumen nieder. Es schien Streith, als wehe ihm aus diesem Garten wieder die feine, milde Luft entgegen, die zu atmen er gewohnt war, und er wurde wieder heiter.

Die gute Stimmung hielt auch an, als er sich zu Hause in seinem Arbeitszimmer auf den Diwan ausstreckte, um ein wenig zu ruhen. Im Halbtraum sah er noch die edle Gestalt der Fürstin, die leichte Bewegung der dunkelvioletten Schleppe auf dem gelben Kies, das gütige Sichniederbeugen zu den Hyazinthen und Krokussen des Gartenbeetes.

Um Sonnenuntergang ging Streith auf den Schnepfenstand. Nicht weit vom Hause lag eine kleine, feuchte Wiese mitten im Walde. Dort stellte er sich auf. Die Sonne war im Untergehen, goldene und rosige Wolkenflocken hingen am blaßblauen Himmel, die Vögel lärmten aufgeregt im Unterholze, Züge von Krähen flogen eilig über die Wipfel hin und riefen einander ihre heiseren Nachrichten zu, und unten in den Wasserlachen quarrten die Frösche. Streith war diese Lebhaftigkeit peinlich, er war froh, als die Sonne vollends unterging, er freute sich auf die Abendstille. Nun hörte er eine Schnepfe kommen, es war, als flöge sie direkt aus dem Gold des westlichen Abendhimmels heraus, langsam näherte sie sich, es schien, als schwimme sie wohlig in der Luft, die schwer von Düften und bunt von Farben war. Als sie nahe genug war, schoß Streith, sie fiel und Roller eilte, sie seinem Herrn zu bringen. »Fatal«, dachte Streith, als er den toten Vogel in der Hand hielt, »aus einer so hübschen Situation so herausgerissen zu werden.« Dann lud er sein Gewehr und wartete wieder. Die Farben am Himmel verblaßten, die Vögel wurden stiller, und das Quarren der Frösche klang jetzt beruhigt und eintönig. Streith hörte neben sich auf dem feuchten Boden Schritte, und als er hinschaute, gewahrte er zwischen den Erlenbüschen ein Mädchen. »Das ist die Tochter vom Forsthause«, sagte er sich, »diese Britta.« Er erkannte sie an den großen schwarzen Augen. Britta grüßte, indem sie die Hand an den kleinen, grünen Filzhut legte.

»Darf ich hier stehen?« fragte sie.

»Bitte«, erwiderte Streith kühl und wandte sich ab. Britta stand nun da, die Hände in die Taschen der grauen Lodenjacke gesteckt, den Kopf zurückgebogen, gespannt lauschend. Ihr Gesicht war vom Gange heiß, die Lippen halb geöffnet atmete sie schnell. Als sich jetzt in der Ferne eine Schnepfe hören ließ, wandten Roller und Britta die Köpfe der Richtung des Tones zu, und Britta sagte: »Jetzt kommt sie.« Hoch und schnell flog die Schnepfe heran, Streith schoß, die Schnepfe machte eine Zickzackbewegung und flog weiter. Streith hörte Britta leise lachen. »Zu hoch«, murmelte er und ärgerte sich darüber, daß er sich vor dem Mädchen wegen des Fehlschusses entschuldigte. Aber das kam von solch ungebetenen Zuschauern. Eine Weile stand er noch da, durchsichtig und farblos wurde der Himmel, leichte Nebel stiegen von der Wiese auf, und die Tannenwipfel wurden schwarz. »Sie kommen nicht mehr«, sagte Streith endlich und warf sein Gewehr über die Schulter.

»Sie kommen nicht mehr«, wiederholte Britta. Erstaunt schaute Streith zu ihr hinüber, da griff sie wieder an den Rand ihres Filzhutes, sagte »Guten Abend, danke«, und wandte sich zum Gehen.

»Mein Fräulein«, rief Streith ihr nach, »der Weg dort ist sumpfig. Sie tun besser, hier die Schneise hinabzugehen.«

Gehorsam kehrte Britta um, sie blieb neben Streith stehen und schaute ihn an, als erwartete sie von ihm weitere Befehle. »Ja«, sagte Streith, »das ist auch mein Weg.« So gingen sie denn nebeneinander über die Wiese, Britta, die Hände noch immer in den Taschen ihrer Jacke, trat kräftig in die Wasserlachen, und es schien ihr Freude zu machen, wenn es tüchtig um sie her aufspritzte.

»Sie interessieren sich für die Jagd«, begann Streith die Unterhaltung.

»Ja, sonst gibt es hier nichts zu sehen«, erwiderte Britta, ihre Stimme hatte einen gedämpften, warmen Klang, gemischt mit ein wenig Herbigkeit, wie sie Mädchen aus dem Volke haben, die ihre Kehlen in der freien Luft nicht schonen.

»Im Forsthaus ist es wohl einsam?« fragte Streith weiter.

»Im Winter«, berichtete Britta, »wenn es früh dunkel wird und wenn Schritte am Hause vorübergehen und vor den Fenstern stehenbleiben und wieder weitergehen, dann fürchten wir uns wohl.«

»Sind die Damen ganz allein?«

Nein, der rote Andree wohnte bei ihnen, er pflegte den Schimmel. Er war aber des Nachts oft nicht zu Hause. Streith lachte: »Weil er wildert.«

»Ja, aber er ist noch nie erwischt worden«, verteidigte ihn Britta. »Ich wollte, er soll mich einmal mitnehmen, aber er tut es nicht.«

»Das würde sich für eine junge Dame auch nicht schicken«, bemerkte Streith zurechtweisend.

»Für eine junge Dame«, bemerkte Britta nachdenklich, »nein, das würde sich nicht schicken, aber wer kümmert sich um uns? Übrigens fahre ich jede Woche einmal in die Stadt, um Musikstunden zu nehmen. Ich habe dort auch Freundinnen, die Tochter des Bahninspektors Müller und die Töchter des Postmeisters. Die wollen eine Gesellschaft geben, aber ich tanze so schlecht, Mama tanzt mich ein, dann ist aber niemand da, der Klavier spielt.«

»Hm, ja, das ist schlimm«, bemerkte Streith.

Die Unterhaltung verstummte für eine Weile, schweigend gingen beide nebeneinander her. Unter den großen Tannen dunkelte es bereits, in den Wasserlöchern begannen die Unken ihr dünnes Liebeslied vor sich hin zu singen, drüben im Walde riefen zwei Käuzchen leidenschaftlich einander zu, über das Moos huschten leise Schritte, und es war, als würde ein keuchender Atem hörbar, das mochte wohl ein Dachs auf der Nachtwanderung sein. Streith wurde wunderlich zumute, als er in dieses heimliche Locken, Schleichen und Werben hineinhorchte, dazu neben ihm dieses Kind, dem die Mainacht wie starker Wein in das Blut gehen mußte.

Britta blieb stehen: »Hören Sie, da ist er wieder.« Aus der Ferne kam der Ton eines kollernden Birkhahns herüber. »Er kommt immer noch heraus«, fuhr Britta leise fort, »gestern habe ich ihn ganz nahe gesehen, ich mußte über ihn lachen. Warum springt er da ganz allein herum? Die Hennen kommen ja doch nicht mehr.«

»Vielleicht gerade, weil er so allein ist«, sagte Streith, um etwas zu sagen, und begann weiterzugehen.

»Das ist wahr«, bestätigte Britta eifrig, »wenn man ganz allein ist, will man sich zuweilen drehen, drehen, bis man umfällt.« Dann lachte sie plötzlich.

»Warum lachen Sie?« fragte Streith.

»Ich dachte«, antwortete Britta zögernd, »wie das aussehen würde, wenn Sie sich auf der Wiese ganz allein drehen würden. Aber verzeihen Sie, das war dumm.«

Streith lachte gezwungen: »Das wäre allerdings merkwürdig«, meinte er.

Nun waren sie an die Stelle gekommen, wo der Weg sich teilte. »Sie müssen dort hinabgehen«, sagte Streith. »Fürchten Sie sich nicht, allein zu gehen?«

»Ich fürchte mich nicht«, erwiderte Britta zuversichtlich. »Gute Nacht.«

Sie bog in den Weg ein, tauchte unter in die flüsternde

Nacht, als gehörte sie zu ihr. Streith hörte noch eine Weile ihren Schritt auf dem feuchten Grunde. Während er langsam nach Hause ging, war es ihm zuweilen, als hörte er noch in der Finsternis des Waldesdickichts den leisen Atem des Mädchens.

Zu Hause zog Streith sich um. Er liebte es, auch wenn er bei sich allein war, zum Mittagessen feierlich angezogen zu sein. Im Eßsaal erwartete ihn der hübsche Mittagstisch, übersät mit den kleinen Feuern, welche die Kerzen im Kristall und Silber entzündeten. Oskar stand da im Glanze seiner weißen Hemdbrust. Streith war hungrig, es konnte also behaglich werden. Während des Essens jedoch bemerkte er, daß es ihm nicht soviel Vergnügen gewährte, als er geglaubt hatte. Ja er war froh, als es zu Ende war. Er blieb am Tische sitzen, zündete sich eine Zigarre an und goß mehr Burgunder in sein Glas. Sonst, wenn er von der Jagd kam, liebte er es, sich in einem Sessel auszustrecken, die wohltuende Müdigkeit zu genießen und den grünen Waldbildern nachzuträumen, bis der Schlaf kam. Heute fand er diese angenehme Ruhe nicht. Da war etwas, das mit Burgunder hinuntergespült werden mußte, eine unbegreifliche Melancholie, ja, ganz unbegreiflich.

In Gutheiden war es Sitte, im Mai eine Nachtigallenpartie nach der Webbra zu machen, einem dicht mit Erlen bestandenen Hügel auf einem der Vorwerke. Die Fürstinnen hatten gewünscht, auch dieses wieder zu erleben, so wurden die Diener mit Feldstühlen und Decken, mit der Waldmeisterbowle und Kuchen vorausgeschickt. Die Gräfin Dühnen mit Felix, die Üchtlitzschen Damen und die Pfarrerstöchter waren eingeladen worden.

Als Streith zur Gesellschaft stieß, ging die Sonne rot und strahlenlos unter.

»Der Sonnenuntergang ist heute nicht prima«, meinte Graf Minsky.

Aber Fräulein von Dietheim sagte: »Ich finde ihn dramatisch.«

Die Damen saßen auf den Feldstühlen, die Herren hatten sich auf die Decken gelagert. Marie saß ein wenig abseits unter den jungen Mädchen, bei denen die klaren, lauten Stimmen der Pfarrerstöchter die Unterhaltung beherrschten. Pfarrers Johanna neckte Felix Dühnen, der schweigsam und verstimmt seine Bowle trank.

»Es ist sehr schade, daß Graf Dühnen heute wieder ganz *le beau ténébreux* ist, und ich hatte soviel von der Liebenswürdigkeit der Berliner Leutnants gehört.«

»Es ist ja Urlaub«, warf Felix hin.

Die Pfarrerstöchter lachten zu gleicher Zeit hell auf, und Pfarrers Wilhelmine rief: »Natürlich, für uns arme Mädchen vom Lande ist diese Liebenswürdigkeit nicht, die wird für die Damen der Hauptstadt aufgespart.«

»So war er schon gestern auf der Krebspartie«, berichtete Henriette von Üchtlitz, »er trank Bowle, sprach kein Wort, und als es dunkel wurde, verschwand er.«

»Wie geheimnisvoll«, meinte Johanna.

In der Gesellschaft der älteren Leute sprach man von Nachtigallen. »Warum singt die Nachtigall bei Nacht?« fragte Fräulein von Dietheim den Hauptmann von Keck.

»Wohl weil sie bei Tage keine Zeit hat«, erwiderte dieser mürrisch.

Aber das Fräulein war damit nicht zufrieden. »Ach Keck, was Sie einem immer für Antworten geben«, sagte sie gereizt.

Da ergriff die Baronin Dünhof das Wort, man hörte ihrer Stimme an, daß der Abend sie bereits gefühlvoll machte: »Herr von Keck hat ganz recht, der Tag mit seinem Lärm zerstreut, erst wenn es dunkel und still ist, kann die Nachtigall ihren einen schönen Lieblingsgedanken immer wieder denken.«

»Ja, es ist merkwürdig«, begann Fräulein von Dachsberg, »wenn alles um uns still und ruhig ist, dann kommt oft ein Gedanke, den wir immer wieder und wieder denken können.«

»Zum Beispiel an unsere Schulden«, flüsterte Graf Minsky dem Baron Fürwit zu. Das Fräulein von Dietheim jedoch hatte es gehört und sagte: »Schämen Sie sich, Graf.«

»Die Nachtigall hat ganz recht«, begann jetzt die Fürstin, »wenn wir ein Gefühl haben, das uns glücklich macht, oder einen schönen Gedanken, warum sollen wir dieses Gefühl nicht immer fühlen und diesen Gedanken nicht immer wieder denken?«

Eifrig stimmten alle zu, und Baron Fürwit murmelte: »Sehr schön«.

»Mein Onkel, der General Bagration«, berichtete Graf Minsky, »haßt die Nachtigallen. Wenn sich eine in seinen Park verirrt, läßt er sie abschießen. Er sagt: der Gesang der Nachtigall klinge nach bösem Gewissen.«

»Dann hat der Herr wohl selbst kein gutes Gewissen«, bemerkte die Fürstin Kusmin.

»Sehr möglich«, bestätigte der Graf, »wenn man lange General im Kaukasus gewesen ist, da hat man manches erlebt.«

»Jetzt fängt sie an«, sagte die Fürstin.

»Ja, bitte um Ruhe«, flüsterte Baron Fürwit, und er wandte sich auch an die jüngere Gesellschaft, um Ruhe für die Nachtigall zu erlangen.

Aus dem Erlendickicht, das in der niedersinkenden Dämmerung schwarz und regungslos dastand, klangen die ersten Töne von der Nachtigall herüber, zuerst zögernd und wie suchend, dann wurde die kleine, erregte Stimme sicherer und lauter, bis sie endlich leidenschaftlich und hastig ihr Lied in den Abend hinausrief. Die Zuhörer nahmen weiche, nachdenkliche Stellungen an, die Augen schauten verträumt vor sich hin, die Fürstin Kusmin bedeckte die Augen mit der Hand, Fräulein von Dachsberg hatte ein mitleidiges Lächeln auf den Lippen, und der Graf Minsky saß da, den Kopf zur Schulter geneigt. Eine zweite Nachtigall setzte jetzt ein, es war, als wollte sie ihre Gefährtin übertönen, und auf der andern Seite erwachte ein ganzer Chor, aus allen Büschen erklang das Flöten und Rollen, und jede dieser vielen Stimmen behielt doch ihre Einsamkeit, erzählte für sich ihre kleine leidenschaftliche Geschichte. In der Gesellschaft entstand einen Augenblick eine Bewegung, der Baron Fürwit flüsterte der Fürstin Kusmin zu: »Die Erbprinzessin weint.« Die Fürstin gab die Nachricht an Fräulein von Dietheim weiter, und diese erhob sich leise, ging zur Erbprinzessin hinüber, um ihr Kölnisches Wasser anzubieten. Auch drüben bei den jungen Mädchen wurde es unruhig, die Pfarrerstöchter konnten nicht mehr stillesitzen, sie mußten ein wenig gehen, und Henriette von Üchtlitz schloß sich ihnen an. Hilda berührte Mariens Schulter und flüsterte: »Gehen wir auch?«

»Gewiß«, erwiderte Marie erfreut und nahm Hildas Arm. Felix sprang auf, um die Freundinnen zu begleiten. Seit den Tennispartien im Schlosse hielt er das für sein Recht.

Schmale Wege führten durch das Erlengebüsch hindurch. Hier war es dämmerig und duftete stark nach jungem Laub, am Rande des Hügels aber sah man auf das Land herab, das flach und farblos dalag, nur die Nebel, die vom Bache aufstiegen, zeichneten ein leuchtend weißes

Band hinein. Unten im Vorwerk erglommen in den Fenstern trübe, rote Lichter, und vor den Häusern schlangen Kinder einen Reigen, sie waren im Hemde, kleine, weiße Gestalten, hielten sich an den Händen und sangen ein Lied vom »blauen, blauen Fingerhut«, und die dünnen, heiseren Stimmchen mischten sich in das Schlagen der Nachtigallen.

»Ich weiß sehr gut, warum du heute wieder die Flügel hängen lässest«, sagte Hilda zu Felix, und ihre Stimme klang gereizt, »du hast wohl die Auseinandersetzung mit deinem Vater gehabt.«

»Nun ja«, erwiderte Felix, »so etwas erhöht nicht gerade die Stimmung, aber sollen wir jetzt davon sprechen?«

»Ja, ja, gerade davon will ich sprechen«, fuhr Hilda fort, »ich finde es unmännlich, sich so niederdrücken zu lassen. Als du deine Schulden machtest, wußtest du, daß die Szene mit deinem Vater kommen mußte; kann man so etwas nicht ertragen, nun so macht man keine Schulden. Macht man die Dummheiten aber doch, so erträgt man die Folgen und macht nicht ein Gesicht wie ein Bube, der in den Winkel gestellt worden ist.«

»Du hast gut predigen«, entgegnete Felix, die Stimme heiser vor Erregung, »laß dich einmal so behandeln, als wärest du der Auswurf der Menschheit, als wärest du unwürdig, noch zur Familie zu gehören und was weiß ich, nur um einiger hundert Mark willen. Gut, man ist abhängig, aber es ist nicht angenehm, wenn an dem Stricke, der einen bindet, immer wieder gezerrt wird.«

»Gut, ist das zu demütigend«, meinte Hilda, »dann mache keine Schulden; aber ich finde es lächerlich, wenn ein Mann nicht den Mut seiner Dummheiten hat.«

»Ach, ich kann das so verstehen«, mischte sich nun Marie in das Gespräch, »ich würde in solchen Augenblicken sterben.«

»Nicht wahr«, rief Felix, froh über den unerwarteten Beistand, »aber Hilda versteht das nicht, sie hat so ein Heldenideal, und wenn man nicht ganz so ist, wie ihre Romanhelden, dann verachtet sie einen.«

»Von Helden ist hier nicht die Rede«, höhnte Hilda, ihre Stimme zitterte, und das Weinen war ihr nah, »mir ist nur diese Weichlichkeit zuwider. Übrigens, wenn ihr euch so gut versteht, bin ich ja unnütz, bitte.«

Sie ließ Mariens Arm los, trat zurück und verschwand hinter den Büschen. Betroffen blieben die beiden stehen, Felix zuckte die Achseln und meinte: »So ist sie immer, ein gutes Mädchen, aber zu leidenschaftlich. Man soll immer so sein, wie sie es verlangt, aber ich habe nun mal nicht diese edle Männlichkeit, von der sie träumt, wo soll ich sie hernehmen?«

»Das muß schrecklich sein, Schulden zu haben«, sagte Marie.

Felix lachte: »O, das ist nicht so schlimm.« Beide schwiegen dann, Marie schaute befangen zu Boden. Endlich fragte Felix leise: »Es ist wohl etwas Unerhörtes, daß Hilda uns hier so allein läßt?«

Marie lachte: »Ja, aber ich habe schon zuweilen etwas Unerhörtes getan.«

»So, nun dann können wir noch ein wenig weiter gehen.« Sie schritten langsam zwischen den Büschen hin.

»Gestern um die Mittagszeit«, erzählte Felix, »war ich in Gutheiden im Parke.«

»Bei uns?« fragte Marie.

»Ja, es ist natürlich unschicklich, ohne Erlaubnis in einen fremden Park zu gehen, aber was angenehm ist, ist gewöhnlich unschicklich. Dort ist ein kleiner, schwarzer Teich und Fliederbüsche und eine Steinbank, dort saß ich. Durch die langen Alleen hindurch konnte ich bis zum Schlosse sehen, gerade ein Stück der Gartentreppe sah ich und kleine, blaue und rosa Gestalten, die dort ab- und zugingen.«

Marie blieb stehen und sagte besorgt: »Ich glaube, wir müssen zu den anderen zurückgehen. Ich fürchte, Fräulein von Dachsberg fängt schon an mich zu suchen.«

»Gut«, erwiderte Felix, »aber bitte wollen wir noch einen Augenblick hier stehen, nur so einen Augenblick still beieinander stehen.«

Sie waren dicht vom Erlengestrüpp umgeben, der Nachttau raschelte im Laub, ganz nah bei ihnen schlug eine Nachtigall. Marie sah Felix an, sein Gesicht hatte einen hübschen, andächtigen Ausdruck, er schaute an ihr vorüber. »Wenn ich nicht eine Prinzessin wäre«, dachte Marie, »würde er mich jetzt küssen«, und dann wurde ihr seltsam weich um das Herz, denn sie fühlte, daß ihre Augen sich mit Tränen füllten. Sie fuhr mit der Hand nach den Augen.

»Weinen?« fragte Felix.

»Nein, nein«, sagte Marie angstvoll, »gehen wir schnell zu den anderen zurück.«

Eilig und schweigend schlugen sie den Rückweg ein.

Nur einmal sagte Felix: »Wenn wir hier gehen, kommen wir unbemerkt zu den anderen.«

Ihr Wiedererscheinen in der Gesellschaft fiel nicht auf, denn es war dort eben eine kleine Aufregung entstanden, Fräulein von Dietheim war ohnmächtig geworden und wurde von den besorgten Damen umringt.

»Sie verträgt die Nachtigallen nicht«, sagte Streith zu Roxane.

»So nervös zu sein«, erwiderte diese.

Streith hatte den ganzen Abend versucht, eine Unterhaltung mit Roxane anzuknüpfen, hatte jedoch stets kühle und abweisende Antworten erhalten.

Da es stark zu dunkeln begann und der Abend feucht

wurde, gab die Fürstin das Zeichen zum Aufbruch. Streith führte sie den Hügel hinab.

»Es war sehr schön«, sagte die Fürstin, »wir in unserm stillen Winkel werden eben zu einfachen Menschen. Die Armen, die aus der großen Welt mit ihren komplizierten Herzen kommen, die greift ein Nachtigallenabend an.«

»Einfach, ja, hm«, meinte Streith, »stark werden wir.«

Unten standen die Wagen bereit. Die Pfarrerstöchter wollten zu Fuße gehen, und die Fahrenden hörten noch vom Feldwege her die klaren Stimmen der beiden Mädchen in die Mainacht hinaussingen:

»In einem kühlen Grunde
Da rauscht ein Mühlenrad,
Mein Liebchen ist verschwunden,
Das dort gewohnet hat.«

Graf Dühnen hatte bei Streith gefrühstückt, jetzt saßen sie im Gartensaale und nahmen den Kaffee. Streith liebte diesen alten Herrn mit dem gelben Gesicht des Leberkranken, den bleichen, bösen Augen und dem zu blanken Gebisse nicht. Graf Dühnen war mit allem unzufrieden, mit dem Reich, mit der Regierung, die nichts für die Landwirtschaft tat, selbst mit Seiner Majestät, und er behandelte diese Dinge mit einer säuerlichen Beredsamkeit, die ermüdete. Nun saß er schon eine ganze Weile im Gartensaale und hatte ein neues Thema aufgenommen, das ausgiebig zu werden versprach, den Leichtsinn seines Sohnes Felix.

»Den heutigen jungen Leuten fehlt es an Würde«, sagte er und schlug mit dem Zeigefinger hart auf die Tischplatte. »Ich bin auch jung gewesen, ich habe als Kürassierleutnant den siebziger Krieg mitgemacht. Wir waren damals auch heiter, ja ausgelassen, machten tolle Streiche, aber wir vergaßen nie, was das heißt, des Königs Rock tragen. Schulden, nun ja, kleine Ausstände gab es auch damals, aber daß ich zu meinem Vater gekommen wäre, so ganz leger wie zu einem Bankier und gesagt hätte, ich habe ein paar tausend Mark Schulden, ich habe gejeut, das gab es nicht, lieber eine Kugel vor den Kopf. Also ich habe zu meinem Felix gesagt: Bon! ich bezahle dieses Mal deine Schulden, und weil ich ein guter Vater bin, erhöhe ich deine Zulage. Aber es ist zwischen uns beiden nie mehr von Schulden, die du gemacht hast, die Rede. Hast du Schulden, so werde mit ihnen fertig, wie du kannst, auf mich rechne nicht. Ich werde nicht des einen wegen meine anderen Söhne benachteiligen, die vielleicht die Wertvolleren sind. So, und nun weißt du, wie wir miteinander stehen.«

»Sie sind streng«, warf Streith zerstreut ein.

»Ich bin sehr streng«, fuhr der Graf fort, »ich habe drei Söhne, ich bin ein guter Vater, ich liebe meine Kinder, aber ich will wertvolle Menschen, gute Edelleute und würdige Dühnens erziehen. Will einer das nicht, nun dann, so schmerzhaft das ist, ziehe ich meine Hand von ihm ab. Nur so, mein Lieber, können wir in diesen schweren demokratischen Zeiten den Adel hochhalten. Strengste Auslese ohne Gefühlsduselei. Leichtsinn, ich weiß überhaupt gar nicht, wie der Leichtsinn in meine Familie kommt.«

»Vererbung bei den vielen Ahnen«, bemerkte Streith und unterdrückte ein Gähnen, »die Dühnens sind sehr alt, sie haben schon die Kreuzzüge mitgemacht. Dort in Palästina mag das Leben ein wenig wild gewesen sein. Diese ganzen Kreuzzüge waren ja eigentlich ein Leichtsinn, so was vererbt sich.«

»Das ist nichts, mein Lieber«, sagte Graf Dühnen ärgerlich und machte mit der Hand eine Bewegung, als verscheuche er eine Fliege, »auf Vererbung berufen sich nur Leute, die schlecht erzogen sind. Ich werde meinen Söhnen die Vererbung schon forterziehen.«

»Sehr verdienstvoll«, stimmte Streith zu. Dann schien das Thema erschöpft, und der Graf stand auf, um sich zu verabschieden.

Streith atmete auf, als sein Gast fort war. »Solch ein Besuch«, dachte er, »hinterläßt einen bitteren Geschmack im Munde.« Er pfiff Roller und eilte in den Wald hinaus. Der Tag war kühl, weiße Wolkenballen wurden schnell über den hellblauen Himmel getrieben, ein lebhafter Ostwind fuhr in die Tannen, ließ sie mit den großen Zweigen leidenschaftlich um sich greifen und mächtig aufrauschen. Die tiefe, ereignisvolle Stimme des Waldes tat Streith wohl. Er nahm den Hut ab und ging gegen den Wind an, es war ihm, als fühle er so angenehm die Elastizität seiner Glieder. Er ging schnell, als hätte er ein Ziel. Bald war er an der Grenze seines Waldes angelangt und stand vor dem alten Forsthause. Wieder weideten die braunen Kälber, wieder saßen Britta und das Kind mit dem roten Tuche auf dem Rasen und sangen. Sie sangen sehr laut, um die Begleitung des Waldesrauschens zu übertönen. Streith grüßte.

Als Britta ihn sah, sprang sie auf, lief zum Zaune und streckte Streith ihre Hand entgegen. Sie lachte über das ganze Gesicht, legte die andere Hand auf ihr Haar und sagte: »Der Wind zerzaust einen heute so.«

»Ja, hm«, meinte Streith und lehnte sich an den Zaun, »der Wind ist allerdings lebhaft. Sie haben da hübsche Kälber.«

»Es sind Kuhkälber«, erklärte Britta, »wir wollen sie aufziehen, sie sind aber zuweilen sehr wild.«

»Es muß ihnen deshalb vorgesungen werden?« fragte Streith.

»Das ist es nicht«, erwiderte Britta, »wir singen, was soll man anders tun!«

Am Fenster des Hauses erschien Frau von Syrman: »Margusch!« rief sie, »treibe die Kälber nach Hause.« Als sie Britta im Gespräch mit Streith sah, grüßte sie und trat zurück.

»Jetzt werden Sie etwas sehen«, rief Britta und öffnete die Pforte des Zaunes. Mit einem wilden »ho! ho!« trieb Margusch die Kälber vor sich her, diese sprangen und galoppierten, und als sie endlich die Pforte passiert hatten, erschreckten sie sich vor Roller und jagten dem Walde zu, Margusch und Britta folgten ihnen. »Laufen Sie dort vor, Herr Graf«, rief Britta, und Streith lief und wehrte mit seinem Stock den Kälbern den Durchgang. Aus dem Hause stürzte eine alte Frau, groß wie ein Mann, mit flatternden, grauen Haarsträhnen und beteiligte sich mit wildem »hü, hü« an dem Treiben. Endlich waren die Kälber eingekreist und glücklich in den Stall gebracht.

Streith stand an der Stalltüre, ein wenig atemlos, das Herz klopfte ihm stark.

Da trat Frau von Syrman aus dem Hause, sie hatte sich eine Federboa umgelegt und ging mit kleinen Schritten über den unreinlichen Hof, wie eine Dame auf der Promenade. Sie lächelte. »Aber Kind«, sagte sie, »wie kannst du den Herrn Grafen so bemühen.«

»O, es war sehr interessant«, versicherte Streith, »Ihre Kälber sind in der Tat recht temperamentvoll.«

»Das ist so die Aufregung des Abends«, meinte Frau von Syrman.

»Der Abendsport«, sagte Streith.

Frau von Syrman zuckte leicht mit den Schultern:

»Ich fürchte, hier in unserer Wildnis werden wir alle ein wenig wild. Aber wollen Sie sich nicht setzen, Herr Graf, hier haben wir eine sogenannte Veranda, alles sehr primitiv, natürlich.« Frau von Syrman ging auf die Haustüre zu, vor der unter einem kleinen Vordach zwei Bänke standen.

Streith folgte zögernd, diese Einladung kam ihm nicht gelegen.

»Bitte Platz zu nehmen«, sagte Frau von Syrman, »Britta, Kind, komm, setze dich her. Wie erhitzt du bist.«

Streith setzte sich, Frau von Syrman lehnte in der Türe, immer noch ihr melancholisch nachsichtiges Lächeln auf den Lippen. »Ein beschauliches Plätzchen«, meinte sie, »auch im Sommer ist es hier kühl. Hier verbringen wir unsere langen, stillen Sommerabende.«

»Eine sehr hübsche Aussicht«, bemerkte Streith.

»Sie entschuldigen einen Augenblick«, sagte Frau von Syrman dann und zog sich in das Haus zurück.

Britta saß Streith gegenüber, die Sonne schien ihr gerade in das Gesicht, das Schwarz der großen Augen bekam einen rötlichen Schein und kleine, goldene Punkte entzündeten sich in ihnen.

Streith lächelte, er wußte nicht warum, wohl nur, weil dies Gesicht ihm gegenüber so jung und hübsch war. »Ob die Kälber schon schlafen?« sagte er, um etwas zu sagen.

Britta blieb ernst. »Die armen Kälber«, erwiderte sie. »Wenn das mit den Kälbern vorüber ist, dann wird es hier ganz still, dann geschieht hier nichts mehr.« Sie hielt die Hände im Schoße gefaltet, breite Hände von noch kindlicher Form, sie waren rot und schienen rauh.

Streith schaute diese Hände an, sie rührten ihn.

Britta war seinem Blick gefolgt, sah auch auf ihre Hände nieder und sagte: »Ja, sie sind rot. Im Winter springt die Haut, aber ich mag keine Handschuhe tragen.«

»In der warmen Jahreszeit gibt sich das«, tröstete Streith.

Aber Britta schüttelte den Kopf: »Ach nein. Fräulein Wolwer, meine Klavierlehrerin in der Stadt, will, daß ich mir eine Salbe des Nachts auf die Hände streiche und Handschuhe anziehe, aber mit Handschuhen könnte ich nicht schlafen.«

»Allerdings, das müßte peinlich sein«, bestätigte Streith.

»Mama hat immer weiße Hände«, fuhr Britta fort, »was sie auch tut, kleine, weiße Hände. Die Prinzessinnen drüben haben wohl auch sehr weiße Hände?«

»Hm, ja«, erwiderte Streith, »ich denke, die haben recht weiße Hände.«

»Natürlich Prinzessinnen«, äußerte kurz Britta.

Frau von Syrman erschien wieder in der Türe: »Ich bitte, Herr Graf, nehmen Sie nicht ein Täßchen Kaffee? Der Kaffee ist ganz frisch gemacht.«

Erschrocken sprang Streith auf: »Ich danke, gnädige Frau«, rief er, »aber ich darf Ihre Güte nicht weiter in Anspruch nehmen, ich bin schon zu lange geblieben.«

»Das hilft jetzt nichts«, meinte Frau von Syrman kokett und einschmeichelnd, »jetzt müssen Sie auch bei uns eine Tasse Kaffee einnehmen.« Sie ging in den Flur voraus, und Streith folgte ihr mit finsterem Gesicht.

Das Wohnzimmer war ein breiter, etwas niedriger Raum, grellblaue Tapeten an den Wänden, viele Möbel befanden sich hier, die nicht zueinander zu gehören schienen, ein großes mit Roßhaar bezogenes Sofa, Stühle, ein runder, gelber Tisch, daneben ein kleiner, elfenbeineingelegter Nähtisch, ein Klavier, eine zierliche, metallbeschlagene Kommode, auf ihr eine goldbronzene Uhr, Tasso, vor ihm auf einem antiken Säulenstumpf ein aufgeschlagenes Buch. An den Wänden hingen Photographien und ein Pastellbild der Herrin des Hauses, ein hübsches Köpfchen mit Botticelli-Frisur, verträumten Augen und einem feinen, klugen Munde.

»Bitte Platz zu nehmen«, sagte Frau von Syrman. Sie selbst setzte sich auf das Sofa, schenkte den Kaffee aus einer blauen Kanne in eine große, blaue Tasse, schob den Zucker, den Teller mit gelbem Kuchen näher, »Zucker gefällig? Bitte sich mit Cake zu versorgen.« Dabei begann sie gleich die Unterhaltung mit der lässigen Sicherheit einer geübten Wirtin eleganter *five o'clocks.* »Ein merkwürdig schönes Frühjahr haben wir. Aus Cannes schreibt man mir, es sei dort so heiß, daß alles flieht. Ja, Streith glaubte das wohl. »Planten die Hoheiten nicht auch eine Reise?«

Streith hatte davon nichts gehört.

Britta hatte sich auch an den Tisch gesetzt, sie trank Milch aus einem großen Glase, tauchte ihre breiten, roten Lippen in all das Weiß, blinzelte mit den Wimpern und schaute Streith über den Rand des Glases ruhig und nachdenklich an.

Frau von Syrman lehnte sich in die Sofaecke zurück, zog die Federboa fester um die Schultern und zündete sich eine Zigarette an. »An unsere Wildnis hier«, sagte sie, »gewöhnt man sich ja mit der Zeit. Wenn das Schicksal einen in diese Einsamkeit verschlägt, so gewinnt man die Einsamkeit auch lieb.«

»Die Stadt ist nicht weit«, wandte Streith ein.

Frau von Syrman zuckte mit den Schultern: »Ach diese kleinstädtische Gesellschaft bietet nicht viel. Nein, ich habe immer die Natur geliebt, unsere nordische Natur, und doch – Sehen Sie, Herr Graf, es ist merkwürdig, ich bin in Deutschland geboren, schon mein Vater war Deutscher, aber unsere Familie stammt aus Italien, Arci war mein Mädchenname, nun und da gab es von Jugend auf

Momente in mir, in denen ich meine Umgebung, meine nordische Umgebung als mir fremd, als etwas nicht zu mir Gehöriges empfand. In Italien, in Nizza, in Mentone, da ging mir das Herz auf. Seltsam, das muß doch der Rest des fremden Blutes sein.«

»Hm, ja«, murmelte Streith.

»Und dieser Zwiespalt im Blute«, fuhr Frau von Syrman sinnend fort, »der erklärt, glaube ich, manches. Auch in dieser«, und Frau Syrman wies mit dem Kopf nach Britta, »ist viel fremdländisches Blut, und auch bei ihr erklärt sich daraus manches, das vielleicht nicht sein sollte.«

Britta machte ein böses Gesicht, stand auf und ging an das Fenster.

Ihre Mutter lachte gerührt. »Sie liebt es nicht, daß man von ihr spricht«, sagte sie, dann seufzte sie: »Sie hat aber auch viel Germanisches, viel von ihrem Vater.«

Schräg fiel die Abendsonne in das Zimmer, streifte den goldenen Tasso, beschien den Tisch, den gelben Kuchen, die große, blaue Tasse mit dem dünnen Kaffee und verfing sich in die Rauchwölkchen der Zigarette. Frau von Syrman sprach weiter mit klagender Stimme, Britta stand am Fenster und schaute düster hinaus.

»Das ist traurig«, ging es Streith durch den Sinn, »unerträglich traurig. Warum sitze ich hier?«

»Mein Mann war ein echter Germane«, fuhr Frau von Syrman fort, »groß, blond, blaue Augen, sehr musikalisch, ein guter Geschäftsmann und –«, sie seufzte, »und ein naiver Egoist. War jemand ihm nicht recht, so hatte er eine Art ihn beiseite zu schieben, wie ein Satter seinen Teller beiseite schiebt, und, Sie verstehen, das kränkt, das empört.«

Streith beugte sich tiefer auf seine Tasse nieder, es ärgerte ihn, so in die Verhältnisse der Syrmanschen Familie eingeweiht zu werden, er fürchtete, nun würde auch der

Roman mit dem amerikanischen Versicherungsbeamten kommen, von dem er gerüchtweise gehört hatte. Um abzubrechen sagte er daher: »Solche Blutmischungen, meine Gnädige, sind oft sehr wertvoll. Aber ich halte die Damen schon zu lange auf.«

Frau von Syrman lächelte melancholisch: »Aufhalten, Herr Graf, wir haben nie etwas vor.«

Streith erhob sich, um sich zu verabschieden.

Frau von Syrman reichte ihm mit lässiger Kameradschaftlichkeit die Hand und sagte: »Ich hoffe, Herr Graf, Ihr Spaziergang führt Sie recht bald wieder an unserer Hütte vorüber.«

Streith wandte sich Britta zu, diese hielt ihren Filzhut in der Hand wie bereit zum Gehen und meldete ernst: »Ich begleite den Herrn Grafen.«

Frau von Syrman schüttelte unzufrieden den Kopf. »Wenn er es gestattet, Närrchen«, meinte sie.

»Sehr angenehm«, murmelte Streith. So gingen sie miteinander fort.

Britta schwieg. Auf ihrem Gesicht lag noch immer der ernste, mißmutige Ausdruck, im Vorübergehen streifte sie die jungen Sprossen von den Tannenzweigen und zerbiß sie.

Streith dachte über einen Gesprächsstoff nach, er wollte etwas sagen, das dem jungen Mädchen wohltat, es erheiterte. Da ihm jedoch nichts Besseres einfiel, fragte er: »Warum sehen Sie so böse aus?«

»Es ärgert mich«, erwiderte Britta, und ihre Stimme wurde tief vor Erregung, »es ärgert mich, daß jedem, der zu uns kommt, die alten Geschichten von Schicksal und Blut und Einsamkeit erzählt werden müssen. Es ist so, als wollten wir uns entschuldigen, als müßten wir erklärt werden wie Wundertiere. Wir sind nun einmal, wie wir sind.«

»Gewiß, gewiß«, bestätigte Streit und schaute erstaunt in das hübsche Gesicht, das jetzt so leidenschaftlich und zornig aussah. »Nur würde ich mir durch solchen Ärger nicht den schönen Abend verderben lassen.«

Britta lächelte wieder, zuckte mit den Schultern und meinte: »Ach ja, das sind Dummheiten. Wissen Sie, daß ich gestern morgen, als Sie ausgegangen waren, bei Ihrem Hause war. Ich sah mir durch das Gitter den Garten an, dann stieg ich auf die Bank vor dem Hause und sah durch das Fenster hinein. Ich weiß wohl, daß man das nicht tun darf, daß das unanständig ist, aber ich war so neugierig. Ich sah ein wunderschönes Zimmer, viele Bilder in goldenen Rahmen und ein wunderschönes Tigerfell. Ein alter, böse aussehender Mann kam dann in das Zimmer, und da bin ich fortgelaufen.«

Streith lachte wohlwollend: »So, so, Sie sollten sich das Zimmer von innen ansehen.«

Britta erwiderte nichts, und Streith bedauerte sofort seine Worte. Warum lud er dieses Mädchen ein? Was gingen ihn diese Leute an? Er hatte sich heute einfangen lassen. Zugleich fühlte er ein quälendes Mitleid mit diesem Kinde, er hätte etwas für Britta tun mögen, er wünschte, er wäre jung wie sie, um ihr ein heiterer Kamerad zu sein, und alles das paßte nicht zu ihm, gehörte nicht in sein Leben hinein. Britta blieb stehen: »Jetzt gehe ich nach Hause«, sagte sie.

Streith reichte ihr die Hand. »Ich danke Ihnen für Ihre Begleitung.«

»Ich war so froh, daß ich mitgehen durfte«, erwiderte Britta, »ich hätte jetzt unmöglich zu Hause bleiben können.« Dann ging sie mit ihren ein wenig langen, gleitenden Schritten den Waldpfad zurück und verschwand im Dickicht.

Roxane und Eleonore saßen auf der Gartenveranda und schauten in den Garten hinab, der friedlich im Nachmittagsonnenscheine dalag. Endlich sagte Eleonore: »Wo sind sie? Mama ist schon eine ganze Weile verschwunden, und die Kleine geht auch ihre eigenen Wege. Beide haben ein merkwürdiges Bedürfnis nach Alleinsein. Was geht denn hier vor?«

»Nach uns ist das Bedürfnis nicht groß«, meinte Roxane.

Eleonore seufzte: »Wie habe ich mich hierher nach Hause gesehnt.«

»Und nun?« fragte Roxane.

»Nun«, fuhr Eleonore nachdenklich fort, »ist es doch nicht, wie ich glaubte. Es ist sich ja alles so lächerlich gleich geblieben, und doch ist es anders. Ich bin nur ein fremder Besuch, selbst die Hunde gehen an mir vorüber, als ob ich eine Fremde wäre.«

»Das erste Jahr drüben in Petersburg«, sagte Roxane, »als ich die Nächte vor Heimweh nicht schlafen konnte, da ging ich in Gedanken durch das Haus, hörte das Knarren des Parketts, den bekannten Ton der Türen und Türklinken, erinnerte mich an den Geruch jedes Zimmers, ich dachte an die Runzeln der alten Exzellenz und an die Augenbrauen von Fräulein von Dachsberg, wie sie sie hinaufzieht, wenn sie pikiert ist. Das tröstete mich, war mir heimatlich und lieb, und jetzt, das ist alles noch da, aber ich weiß nicht, es ist kleiner und verblaßter. Die alte Exzellenz und Fräulein von Dachsberg sind wie zusammengeschrumpft und altmodisch, in meinen Träumen lebte das alles stärker. Und dann, es ist seltsam, ich komme mir trotzdem soviel älter vor als sie alle, älter als die Exzellenz und die Dachsberg und die Dünhof mit ihren angemalten Bäckchen, älter als die Mama und hundert Jahre älter als die Kleine.«

»Ja ja, so ist es«, stimmte Eleonore zu, »denke dir, gestern ging ich an die alte Kommode im Schlafzimmer und nahm die Puppe Eva heraus, die ich so sehr geliebt habe, die mit den blonden Locken, den hellblauen Augen und dem kleinen, roten Munde; aber die Locken waren hart und verstaubt, der Mund blaß, das Gesicht dumm und tot, und ich verstehe nicht mehr, was ich an ihr geliebt habe. Ein wenig so ist es mit allem hier. Aber schließlich, wir haben unsere Geschichte weitergelebt, die hier leben ihre Geschichte auch weiter.«

Roxane zuckte die Achseln: »Die Geschichte, die sie hier weiterleben, scheint mir recht unnütz«, sagte sie scharf.

Eleonore lachte: »Ja, das mit dem Grafen«, und nach einer Pause fügte sie hinzu: »Nur der alte Garten ist noch, wie er war, obgleich auch er traurig ist. Wenn ich in Birkenstein von ihm träumte, dann lag immer so ein stilles, bleiches Licht über ihm, das ihn einsam erscheinen ließ, und jetzt, siehst du, schaut er gerade so aus.«

»Es ist Zeit abzureisen«, meinte Roxane, und dann schauten sie wieder schweigend den gelben Gartenweg hinab.

Unterdessen ging die Fürstin die Alleen des Parkes entlang, sie hielt ein Körbchen in der Hand und sammelte Veilchen. Die Wohltat dieses Frühlingstages empfand sie so stark, daß sie allein sein wollte, damit niemand ihre Freude störe. Im hellgrauen Frühlingskostüm, den grauen Filzhut auf dem Kopfe fühlte sie sich hübsch und jugendlich, Wangen und Lippen waren heiß vom lauen Frühlingswinde. Durch das hintere Parktor kam Streith ihr entgegen, er wollte zum Major in die Kanzlei gehen und hatte seinen Weg durch den Park genommen. »Ah, Streith«, rief die Fürstin, »sieht man Sie auch wieder. Sie waren in letzter Zeit ja ganz verschwunden.« Sie streckte ihm die Hand entgegen, Streith sah, daß sie sich freute.

»Ich wollte nicht stören«, erwiderte er und küßte die dargebotene Hand. Das Gesicht der Fürstin wurde einen Augenblick ernst.

»Ach ja, der Kinder wegen«, meinte sie. Gleich aber lächelte sie wieder: »Ist das wieder ein Tag! Ich glaube, kein Frühling noch hat mich so glücklich gemacht wie dieser.«

»Der Frühling ist dieses Jahr allerdings ziemlich gewaltsam«, erwiderte Streith. Sie gingen langsam nebeneinander die Allee hinab.

»Was haben Sie getan?« fragte die Fürstin.

»Ich habe meinen Wald revidiert«, berichtete Streith, »habe gearbeitet, habe mich eingerichtet.«

Die Fürstin lachte: »Eingerichtet? Streith, Streith, Sie werden nie fertig.«

»Doch, einmal werde ich fertig«, murmelte Streith.

»Hat Frau Buche Ihnen gut gekocht?« fragte die Fürstin weiter.

»O, die Buche ist jetzt großartig in Morchelsoßen und Krebssuppen«, erwiderte Streith.

Dann erkundigte sich die Fürstin, warum Roller nicht mitgekommen sei. Roller hatte heute morgen einen Hasen aufgenommen und mußte zur Strafe zu Hause bleiben.

Am Ende der Allee stand eine Bank. »Setzen wir uns«, sagte die Fürstin. Nun saßen sie, ganz überwölbt von dem grellen Grün der jungen Ahornblätter. Zu ihren Füßen auf dem Rasen zitterten die Blätterschatten, und ihnen gegenüber kam die Sonne die Allee hinab, eine Flut rotgoldenen Glanzes, und die vielen lautlosen, kleinen Flügel, welche die Luft erfüllten, schwammen alle in Gold.

»An einem solchen Tage«, sagte die Fürstin und atmete

tief auf, »an einem solchen Tage vergißt man es wirklich, daß man eine alte Frau ist.«

Streith wußte, daß er jetzt widersprechen mußte, es dauerte jedoch einige Augenblicke, bis er das Rechte fand, und dann kam es umständlich und lehrhaft heraus. »Mit dem Begriff der Jugend«, begann er, »wird eigentlich Unfug getrieben. Jugend, gewiß, gewiß, sie hat ihr Gutes, aber sie wird gewissermaßen überschätzt. Wenn ich so unsere Jugend ansehe oder an die eigene Jugend denke, so finde ich, wir gleichen in den Jahren unglücklichen Klavierschülern, die ein schweres Stück üben, sie legen all ihre Begeisterung und ihr Feuer hinein, aber in jedem Augenblick kommt ein falscher Ton oder ein unreiner Akkord.«

»Jugend ist Jugend«, sagte die Fürstin zärtlich.

»Ich sage nichts gegen die Jugend«, fuhr Streith fort, »ich meine nur, diese sogenannte Jugendzeit ist es nicht, auf die es ankommt, für die das Leben eigentlich da ist, sondern eine Zeit, in der wir das Leben verstehen, uns mit ihm befreundet haben, da läßt sich was daraus machen. Das Leben ist ein zu schwieriges Instrument, um in die Schulstuben zu gehören.«

Die Fürstin sah Streith freundlich an: »Ja, Sie können das vielleicht, Streith«, sagte sie, dann blickte sie in ihr Körbchen nieder und spielte mit den Veilchen. Während des Schweigens, das nun entstand, fühlte Streith deutlich, daß der Augenblick gekommen war, etwas Wichtiges zu sagen, etwas das ihn und die Fürstin anging, die Fürstin wartete darauf. Es ging ihm manches durch den Kopf, er verwarf es jedoch, es schien ihm alles gemacht und lächerlich. Die Fürstin blickte wieder auf, etwas wie Erstaunen lag in ihren Augen. »Sie haben mir noch nichts von Ihren Rosen erzählt«, sagte sie, um die Unterhaltung wieder aufzunehmen.

»Die Rosen«, wiederholte Streith, er war befangen, was ihm selten geschah. »Nun, die Rosen haben gut überwintert, ich habe mir zwei neue angeschafft, eine große rote mit violettem Schimmer, sie heißt Miß Vanderbilt.«

»So demokratisch«, warf die Fürstin ein.

Streith zuckte die Achseln: »Auch die Rosen werden demokratisch. Die andere ist eine kleine schwefelgelbe Rose, die sehr süß duftet, sie heißt, ich weiß nicht warum: ›*Diane vaincue*‹.«

»Wie hübsch«, rief die Fürstin, »das muß ich alles sehen, Sie sollten mir und der Baronin Dünhof wieder einmal einen Tee arrangieren.«

Streith verbeugte sich: »Wenn ich darf«, sagte er.

Die Fürstin sah nach der Uhr und erhob sich. »Es ist Zeit nach Hause zu gehen«, meinte sie, »heute ist Donnerstag, also Gesellschaftstee, kommen Sie auch?«

Nein, Streith wollte nach Hause gehen und arbeiten.

»Dann auf Wiedersehen«, schloß die Fürstin. »Lassen Sie den armen Roller frei.« Und als sie sich zum Gehen anschickte, wandte sie sich noch einmal um und sagte mit einem koketten Lächeln: »Wollen Sie auch Veilchen?« Streith streckte seine Hand aus wie zu einem Almosen, und die Fürstin füllte diese Hand mit Veilchen.

Während Streith durch den Park zurückging, steckte er seine Nase in die Veilchen, welche er in der Hand hielt. Er war empört über sich selbst. Sonst, wenn er mit einer schönen Frau zusammengewesen war, hatte er mit untrüglicher Sicherheit den Augenblick erkannt, in dem die schöne Frau erwartete, daß er etwas sage, das sie einander ganz nahe brachte, den Augenblick, in dem sie erobert und besiegt sein wollte. Und heute – er hatte sich benommen wie ein Lehramtskandidat. Dazu noch das steife

Gerede über die Jugend. Unbegreiflich. Und plötzlich dachte er an Britta, dachte an sie, als sei sie die Jugend selbst, die er geschmäht hatte.

Die Fürstinnen sollten Gutheiden mit dem Morgenzuge verlassen. Alle waren früh aufgestanden, die Abreise brachte eine plötzliche Aufregung in das Haus, Zofen und Lakaien liefen hin und her, Koffer wurden getragen, und die Damen und Herren des Gefolges standen noch ein wenig verschlafen beieinander und unterhielten sich zerstreut. Die Familie saß im Boudoir der Fürstin, Eleonore und die Fürstin weinten, auch über Roxanens ruhiges Gesicht rannen Tränen herab, Marie war sehr betrübt, die Trennung von den Schwestern schmerzte sie, aber sie konnte nicht weinen und das war fatal. Man unterhielt sich mit traurigen Stimmen über gleichgültige Dinge, über Abfahrts- und Ankunftszeit, über Stationen und über das Wetter. Der Baron Fürwit, der seines Podagras wegen ein guter Wetterprophet war, hatte für heute ein Gewitter vorausgesagt. Endlich war der Augenblick des Abschieds da, und als die Wagen davonrollten, kam eine große Ruhe über das Haus, und um Mittagszeit war das Haus so still wie bei Nacht. Alle hatten sich zurückgezogen, um den versäumten Morgenschlaf nachzuholen.

Auch Marie sollte schlafen, allein sie fand keine Ruhe. Sie hatte dieses Frühjahr das Gefühl, als müßte sie stets auf dem Posten stehen, um nicht ein Erlebnis zu versäumen. Sie ging hinaus in die leere Zimmerflucht, hinter den zugezogenen Vorhängen hielten die gelben Atlasmöbel ihre Mittagsruhe, in die anstoßende Galerie hatte sich durch das offene Fenster eine Biene hereinverirrt und summte unzufrieden an den Nasen der großen Ahnenbilder vorüber. Im Rauchzimmer endlich lag der Baron

Fürwit in einem Sessel, den Kopf zurückgebogen, und schlief, aus seinem geöffneten Munde kam ein heiser verschlafener Ton wie das Ticken einer alten, rostigen Uhr. Leise ging Marie wieder zurück. Schon als Kind, wenn sie sich um diese Zeit in den leeren, sonnigen Zimmern befand, hatte sie eine seltsame Unternehmungslust gespürt, es mußte etwas getan werden, die Bahn war frei. Heute war diese Empfindung, daß etwas auf sie warte, besonders stark in ihr, sie hatte etwas zu tun, auf das sie sich freute und das sie mit schlechtem Gewissen tun würde, und dann wußte sie auch, was es war, sie hatte in den Park hinauszugehen.

Der Garten war still und sonnig wie das Haus, regungslos standen Tulpen und Narzissen auf den Beeten, und als Marie zwei Narzissen pflückte, waren die Blüten warm wie Menschenlippen. Sie eilte dem Park zu, sie erinnerte sich nicht, um diese Zeit hier gewesen zu sein, und alles hatte ein ungewohntes Aussehen. Da war der Teich, schwarz und unbewegt, kleine Karauschen lagen scharenweise an der Oberfläche und sonnten sich, Enten hatten sich an das Ufer in den Schatten der Weiden geflüchtet und schnatterten leise vor sich hin, selbst der Geruch des sonnenwarmen Wassers, der sonnenwarmen Blätter schien Marie neu. Weiter fort unter einer großen Ulme lagen zwei Gartenburschen auf dem Rasen und schliefen, sie streckten Arme und Füße von sich, die Mützen hatten sie über die Augen gezogen, und sie schnarchten beide, daß es wie ein rauhes Zwiegespräch klang. Marie blieb einen Augenblick stehen, diese großen Männerkörper von dem tiefen Schlafe so hilflos und schlaff niedergeworfen, erschienen ihr merkwürdig. Als sie weiterging, erblickte sie vor sich am Ende der Allee ein rot- und weißgestreiftes Figürchen, das eilig, eilig vorwärtshastete, die niederhängenden Arme schwangen in regelmäßiger Bewegung hin und her. »Das ist ja die kleine Zofe Emilie«, dachte Marie, »wohin die laufen mag. Jetzt biegt sie vom großen Wege ab und verschwindet hinter den Fliederbüschen, dort bleibt sie stehen, ihr weiß- und rotgestreiftes Kleid schimmert ein wenig durch, ein grüner Hut taucht auf, das mußte der junge Gärtner sein. Was sich hier nicht alles ereignet in dieser stillen, seltsamen Mittagstunde.« Marie stieg eine sanfte Anhöhe hinan, dort lag der kleine Teich, ein großes, rundes Loch mit tintenschwarzem Wasser. An seinem Ufer stand die Faulbaumlaube mit dem Steintisch und der Steinbank. Auf der Bank saß Felix, den Hut hatte er abgenommen und schlief, den Kopf auf die Brust gesenkt. Marie blieb stehen und betrachtete ihn. Das durch das Laub fallende Licht machte sein Gesicht bleich, und der Schlaf gab ihm einen kindlichen Ausdruck, und doch lag etwas Bekümmertes in seinen Zügen. »Der Arme«, dachte Marie, »das machen wohl die entsetzlichen Schulden.«

Jetzt schlug er die Augen auf, einen Augenblick starrte er Marie schlaftrunken an, dann sprang er auf. »Ich bitte um Vergebung«, sagte er, »ich glaube, ich habe geschlafen.«

»Wie fest Sie schliefen«, erwiderte Marie. »Ich ging hier zufällig vorüber, und da sah ich Sie.«

Felix' Lippen zuckten, Marie kannte das, wenn seine Lippen so zuckten, wenn seine Augen dunkel wurden, dann war er zornig, dann sah er grausam aus, und sie fragte sich, was ihn wohl jetzt ärgern mochte.

»Natürlich«, begann er, »ich glaube ohnehin nicht, daß es um meinetwillen geschah. Prinzessinnen gehen immer nur zufällig vorüber.«

Mariens Augen wurden rund vor Schrecken. »Warum sagen Sie das?« fragte sie. »Warum sprechen Sie so mit mir?«

Felix zog die Augenbrauen zusammen und nagte an seiner Unterlippe: »Ich bitte um Vergebung«, sagte er förmlich, »ich vergesse mich, ich weiß, ich benehme mich schlecht, ich bitte um Vergebung. Ich hoffe, Durchlaucht werden deshalb nicht gleich fortgehen. Ich verspreche tadellos korrekt zu sein, tadellos korrekt.«

Jetzt aber wurde Marie heftig, sie schlug mit den Narzissen auf die Steinplatte des Tisches, und ihre Stimme klang, als seien die Tränen ihr nahe: »Ich will gar nicht, daß man mit mir immer tadellos und korrekt spricht, aber ich weiß, es ist Hilda, die Ihnen das eingeredet hat, daß man mit Prinzessinnen nur steif und langweilig sprechen kann. Hilda verachtet Prinzessinnen, weil sie sich nicht entwickeln, weil sie nicht moderne Mädchen sind.«

Nun lächelte Felix wieder gutmütig, das erregte, blonde Mädchen mit den runden, feuchten Augen gefiel ihm so gut, und er spürte es angenehm, daß er Macht über dieses hübsche Mädchen hatte. »Wollen Durchlaucht sich nicht setzen?« sagte er.

Marie ging zur Bank und setzte sich, die Knie zitterten ihr, und das Stehen fiel ihr ohnehin schwer. »Von der ewigen Prinzessin«, fuhr sie klagend fort, »höre ich schon genug von Fräulein von Dachsberg. Prinzessin, das ist so wie ein Riegel, der vor alle Türen vorgeschoben wird, hinter denen es lustig zugeht. Sprechen Sie doch, wie Sie zu anderen Mädchen sprechen, wie Sie zu Hilda sprechen, sagen Sie, was Sie wollen, Sie brauchen auch nicht immer Durchlaucht zu sagen, das hält nur auf.«

»Wie soll ich sagen?« fragte Felix.

»Wie Sie wollen«, erwiderte Marie ärgerlich, »das müssen Sie doch besser wissen.«

Felix schaute Marie mit einem Blick nachdenklicher Überlegenheit an. »Eine Prinzessin«, meinte er, »ist ja etwas Hübsches, sie ist wie diese kleinen Madonnen, die haben rosa Gesichter und Goldtressen auf den Kleidern, sie stehen in kleinen Schilderhäuschen, und wer an ihnen vorübergeht, der verbeugt sich.«

»Ich will aber nicht allein im Schilderhäuschen stehen«, rief Marie, »was muß man denn tun, was tun die anderen Mädchen? Was tut ein modernes Mädchen?«

Felix wiegte bedächtig seinen Kopf hin und her. »Ein modernes Mädchen«, meinte er, »wenn es in den Park geht, um jemanden zu treffen, dann sagt es nicht, es sei zufällig vorübergegangen.«

Marie wurde dunkelrot: »Ach, die lügen auch zuweilen«, sagte sie, »nun gut, ich bin hergekommen, weil ich wußte, daß Sie hier sitzen werden.«

Felix lachte über das ganze Gesicht und schlug sich mit der flachen Hand auf das Knie: »Dann ist alles gut. Wie ich Sie anbete! Und sagen darf ich auch, was ich will.«

Marie nickte: »Also sagen Sie.«

»Damals dort unter den Johannisbeeren«, begann Felix, »da fing es an, und seitdem hat es mich nicht losgelassen. Als Sie vorigen Sommer verreist und als Sie im Winter in Italien waren, da war der Urlaub für mich wie verloren, traurig wie die Kaserne. Hilda war wütend, sie sagte, es sei dumm, sich in eine Prinzessin zu verlieben, dabei komme nichts heraus. Nein, vielleicht kommt dabei nichts heraus, ein Avancement gibt es dabei Gott sei Dank nicht, für das man sich schinden muß. Bei den schönsten Dingen kommt nie etwas heraus, die haben keine Zukunft. Und wenn Sie heute hierhergekommen sind und wenn wir hier beieinandersitzen und ich Ihnen alles sagen darf, ist das nicht schon viel? Ist das nicht kolossal viel?«

Marie hielt die Hände im Schoße gefaltet, ihr Gesicht war ernst, als hörte sie einer Andacht zu, einer seltsam erregenden Andacht.

»Eines könnten wir noch tun«, sagte Felix nachdenklich.

Marie lächelte matt, ließ die Arme schlaff an sich niedergleiten und fragte: »Was muß ich noch tun?«

Diese Willenlosigkeit, die sie schwach machte, tat ihr wohl. »Ich denke, wir gehen dort durch das Tor hinaus«, schlug Felix vor, »drüben ist ein Stück Heideland und eine kleine Kiesgrube, und dort in der Kiesgrube, da muß es jetzt wundervoll sein.«

Marie schüttelte den Kopf, nein, das war zu gefährlich.

»Es ist gefährlich«, gab Felix zu, »aber zusammen in einer Gefahr sein, das befreundet.«

Allein, Marie wollte das nicht wagen, nein, das ging nicht.

»So, so, das geht nicht«, wiederholte Felix kleinlaut. Einen Augenblick schwiegen beide. Drüben in der Allee tauchte wieder das rot- und weißgestreifte Figürchen der Zofe auf und rannte, die Arme hin und herschwingend, dem Schlosse zu. »Diese kleine Zofe«, sagte Felix, »sehe ich jedesmal, wenn ich hier sitze. Sie läuft in die Fliederbüsche zu ihrem Burschen.«

Marie erhob sich von der Bank. »Gehen wir also in Ihre Kiesgrube«, sagte sie entschlossen.

Vorsichtig schlichen sie unter den Flieder- und Faulbaumbüschen bis an das Parktor. Dort führte die Landstraße vorüber, und jenseits derselben lag das Heideland und die kleine Kiesgrube. Es ging steil in sie hinab und Marie mußte sich fest auf Felix stützen. Unten war es voller Sonnenschein, vorjähriges Heidekraut bedeckte die Wände, hier und da das große Blatt einer Klettenstaude und die goldene Puschel einer Löwenzahnblüte, es roch nach warmem Sand.

»Bitte, sich zu setzen«, sagte Felix und rieb sich vergnügt die Hände, »hier auf das Heidekraut, das knistert wie Seide, nicht wahr? Ein famoses *Chambre à part*. Wir sind hier sozusagen aus der Welt fort, nichts ist mehr da, fühlen Sie nicht, wie die Prinzessin hier von Ihnen abfällt?«

»Ja«, meinte Marie, »ich glaube, ich fühle so etwas.«

Da schob Felix seinen Arm um ihre Taille, sie wunderte sich ein wenig darüber, sie dachte jedoch, das muß wohl so sein. Dann beugte er sich über sie und küßte sie.

Marie fühlte seine heißen Lippen, seinen kleinen Schnurrbart auf ihren Lippen. Es ging ihr durch den Sinn: »Also das ist das, wovon Hilda spricht, und habe ich dabei auch etwas zu tun, vielleicht muß ich meine Arme um seinen Hals schlingen«, und sie schlang ihre Arme um seinen Hals. Es mußte wohl das Rechte sein, denn ihr wurde dabei warm um das Herz.

Befriedigt lehnte Felix sich in das Heidekraut zurück und schloß die Augen. »Ach, süße Durchlaucht«, sagte er, »schön, schön ist es hier, wenn ich die Augen schließe, höre ich etwas klingen, das ist mein Blut, es zirpt wie die Feldgrillen.«

»Ich kann die Augen nicht schließen«, erklärte Marie kleinlaut, »wenn ich die Augen schließe, dann fürchte ich mich; ich fürchte mich davor, daß ich hier bin und daß Sie hier sind, und ich sehe das Schloß und Fräulein von Dachsberg, die mich sucht.«

»Nur keine Gewissensbisse«, fuhr Felix auf, »Gewissensbisse sind gewöhnlich, Gewissensbisse verderben alles. Wir werden uns so lange nicht wiedersehen«, fuhr er gefühlvoll fort, »heute nachmittag fahre ich mit meinem Vater zu einem langweiligen, alten Onkel, dort bleiben wir zwei Tage und kommen dann abends spät nach Hause und morgens früh geht es dann wieder fort in den Dienst. Also nur eine Nacht bin ich noch hier, aber diese eine ganze Nacht werde ich dort im Parke auf der Bank sitzen.«

»Im Park?« fragte Marie erstaunt. »Ich kann doch bei Nacht nicht in den Park kommen.«

»Nein, das können Sie vielleicht nicht«, fuhr Felix fort, »gleichviel, ich werde die ganze Nacht auf der Bank sitzen und an Sie denken und auf etwas Unmögliches warten, auf ein Wunder.«

»Ich kann ja nicht einmal aus meinem Zimmer heraus«, stöhnte Marie gequält, »ohne daß Emilie es merkt.«

»Nun, die kleine Zofe Emilie«, meinte Felix, »die würde die richtigen Wege wohl wissen. Aber ich sage nicht, daß es möglich ist, ich sage nur, ich werde auf der Bank sitzen.«

Unruhig wandte Marie sich im Heidekraut hin und her. »Nie werde ich das tun!« wimmerte sie. Sie empfand jetzt diesen fremden Willen, der Macht über sie hatte, wie etwas Schmerzhaftes. Felix antwortete nicht.

Lautlos schwirrten kleine blaue und goldbraune Schmetterlinge über sie hin, leise vor sich hin scheltend kamen Hummeln zu den Löwenzahnblüten, hoch oben aber über den hellblauen Himmel flogen Schwalben pfeilschnell dahin und stießen schrille, kleine Jauchzer aus, die Marie unendlich sorglos schienen.

»Jetzt müssen wir wohl gehen«, sagte Felix.

Sie standen auf und kletterten die steile Wand der Kiesgrube hinan. Sie sprachen nicht miteinander, Marie hatte das Gefühl, schuldig zu sein, und das machte sie elend. Als sie glücklich am Parktor angelangt waren, küßte Felix ernst Marien die Hand und sagte: »Leben Sie wohl, hier auf der Bank werde ich an Sie denken.« Marie wußte nichts darauf zu erwidern, und so trennten sie sich.

Jetzt hatte Marie Eile, nach Hause zu kommen, sie lief fast, und unwillkürlich schwenkte sie die Arme, wie sie es bei der Zofe Emilie gesehen. Im Schlosse ging Fräulein von Dachsberg schon durch die Zimmer und suchte die

Prinzessin; sie war sehr ungehalten, daß Marie so erhitzt war, der Doktor hatte jede stärkere Erhitzung verboten. Das Sitzen um die Mittagszeit im Garten war unzuträglich, jetzt konnte an einen Spaziergang nicht gedacht werden, die Prinzessin sollte ruhig im Boudoir sitzen und Fräulein von Dachsberg wollte ihr vorlesen. Sie nahm Vilmars Literaturgeschichte und las von den Meistersängern in Nürnberg. In ihrer Stimme zitterte die Unzufriedenheit nach. Marie lag im Sessel und hörte nicht zu. Sie hatte Herzklopfen und war todmüde. An das eben Erlebte dachte sie wie an etwas, das schon sehr fern schien, es war so unwahrscheinlich. Was hatte die kränkliche Prinzessin hier, der Fräulein von Dachsberg Vilmar vorlas, zu tun mit dem Mädchen dort in der Kiesgrube, das sich von Felix küssen ließ? Von diesem Mädchen ließ sich auch das Unmögliche erwarten, es würde ruhig bei Nacht in den Park gehen. Mit der kleinen Emilie ließ sich reden, sie konnte ihr Geld geben, sie konnte ihr damit drohen, daß sie gesehen hatte, wie sie in die Fliederbüsche zum jungen Gärtner ging. Das wäre natürlich unedel, aber so war das Leben.

Die Fürstin und die Baronin Dünhof fuhren am Nachmittage in das Waldschlößchen, der Graf Streith hatte sie zum Tee eingeladen. Die Fürstin trug ein leichtes, himbeerfarbenes Kleid und einen Hut, der über und über mit Maiblumen bedeckt war. Sie war sehr heiter, lachte über kleine, unbedeutende Dinge und neckte die Baronin Dünhof mit dem Grafen Minsky. »Wenn er sich zu Ihnen setzte, machte er ganz süße Augen.« Die Baronin übertrieb ihre Entrüstung darüber, um die Fürstin zu unterhalten. »Dieser schreckliche Mensch, er kommt mir vor wie eine Tasse Kaffee, in die man zuviel Zucker getan.«

Im Schlößchen empfing der Graf die Damen am Fuße seiner Treppe und führte die Fürstin in den Gartensaal. »Ich denke, wir gehen zuerst in den Garten«, schlug die Fürstin vor.

Die Gartenwege waren frisch mit einem hübschen, rötlichen Sande bestreut und von Reihen kleiner, feuerfarbener Tulpen eingefaßt, dahinter standen die Rosenstöcke, ein jeder trug an einem weißen Täfelchen seinen Namen. Auf dem Rasenplatz befanden sich runde Inseln voll weißer und roter Tulpen und voll Hyazinthen. Das kleine Wasserbecken aber, in dessen Mitte ein Triton aus seiner Muschel einen dünnen Wasserstrahl in die Luft blies, umgab ein dichter Kranz weißer Narzissen. In der hellen Frühlingssonne leuchteten die Farben lustig auf, als sei alles frisch gewaschen und beginge hier in dem stillen Garten einen Festtag.

»Ach, Streith, schön, schön«, sagte die Fürstin, und die Baronin Dünhof rief begeistert aus: »Wie gemalt!«

Streith erklärte seine Rosen: dieses war der Sultan von Sansibar, diese die Baronin Rothschild, hier Madame de Récamier. Streith hoffte, sie würden dieses Jahr zu gleicher Zeit blühen, und dann wollte er sie Ihrer Hoheit vorführen. »Ja, dann komme ich«, sagte die Fürstin, »ich weiß nicht, ich habe doch auch Tulpen und Narzissen und Rosen, aber bei uns sind sie fern und fremd, der Gärtner stellt sie in die Vasen, oder wir gehen vorüber und riechen einmal an ihnen, das ist alles. Hier bei Ihnen sind sie so wesenhaft, sie stehen beieinander wie eine vornehme Gesellschaft, in der man gern *›reçu‹* sein möchte.«

»Das ist nicht leicht«, meinte Streith, »Blumen sind sehr exklusive Wesen, es ist nicht möglich, ihnen nahezukommen, sie halten uns immer in Distanz. Zuweilen beschleiche ich die Tulpen abends, fasse sie an, aber wie abweisend sind dann die geschlossenen, feuchten Kelche.

Ich kann sie wohl brechen, aber das ist dann rohe Gewalt, sie dulden still und vornehm wie die Aristokratinnen, die zur Guillotine geführt wurden.«

»Nein, nein«, versetzte die Fürstin, »Sie sind mit Ihren Blumen befreundet.«

Der kleine Blumengarten, flach wie ein buntes Schachbrett, wurde von einer Wand blühender Fliedersträucher abgeschlossen, hinter denen der Obst- und Gemüsegarten lag.

»Natürlich will ich den Gemüsegarten sehen«, sagte die Fürstin, »alles will ich sehen. Wo sind Ihre Igel?«

»Die schlafen bei Tage«, erwiderte Streith, »die Nachtschwärmer.«

Die Obstbäume standen in Blüte, und die windstille Luft war voll langsam und lautlos zur Erde niederflatternden, weißen Blütenblättern.

Streith stellte seine Bäume vor: »Dies sind die Reinetten, dies die Gravensteiner, hier die Kaneelbirnen, die einen eigentümlichen Rokokogeschmack haben, hier die Spalierbirne.«

»Wie wohlerzogen das alles aussieht«, meinte die Fürstin, »sehen Sie, Dünhof, die Gemüsebeete, wie mit dem Lineal gezogen. Es war mir nie aufgefallen, daß Gemüsebeete so hübsch sein können.« Die Fürstin ließ Streiths Arm los, um zwischen den Gemüsebeeten entlang zu gehen. »Da sind ja Kohlpflänzchen und die Erbsen. Dieses sind wohl Karotten – essen Sie Karotten? Ich esse sie nicht.«

»Doch«, erwiderte Streith, »sehr weich gekocht und ganz jung haben sie einen leichten Aprikosengeschmack.«

Die Fürstin legte ihr Lorgnon vor die Augen und beugte sich tief auf das Beet hinab. »O, wirklich«, meinte sie, »aber das sind vielleicht nur Ihre Karotten.«

»Hier ist eine neue Sorte weißer Erdbeeren«, erklärte Streith, »und dort die Spargel, denen der Gärtner und ich eine besonders liebevolle Aufmerksamkeit widmen.«

»Und dort sind die Treibbeete«, rief die Fürstin, »die muß ich auch sehen. Wie hübsch glatt die kleinen Wege zwischen den Beeten sind, wie zum Tanzen.« Die Fürstin machte einige gleitende Tanzschritte und lachte. Die Treibbeete lagen auf einem Hügel, die Glasfenster waren geöffnet, und dort sonnten sich die Radieschen, die Gurken- und Melonenpflanzen. Die Fürstin setzte sich auf den Holzrand eines Treibbeetes und atmete wohlig den scharfen Duft ein, der ringsumher von den Kräutern aufstieg. »Wie warm es hier ist und wie gemütlich«, sagte sie, »wenn ich Sorgen habe, möchte ich hier sitzen, es ist hier so friedlich, man sitzt hier wie unter guten Menschen. Geben Sie mir doch auch eines Ihrer Radieschen zu kosten.«

Vorsichtig zog Streith einige Radieschen aus dem Beete, ging zum Brunnen, um sie abzuspülen und bot sie den Damen an.

»Köstlich, köstlich«, rief die Fürstin, »ich glaube, das schmeckt auch ein wenig nach Aprikosen, nicht wahr, liebe Dünhof?«

Nun war es Zeit, wieder in das Haus zu gehen. Im Gartensaal wurde der Tee serviert. Die Fürstin lehnte sich in die Sofaecke zurück, die Sonne hatte sie erhitzt, ihre Augen glitzerten, und ihr Gesicht trug einen angeregt jugendlichen Ausdruck, der es verschönte. »Vorigen Tag sprachen Sie, lieber Graf, davon«, begann sie sinnend, »daß wir uns mit dem Leben befreunden, ja, Sie können das, Sie wohl. Als ich jung war, stand ich mit dem Leben wie mit einer Gouvernante und später wie mit einer Oberhofmeisterin.«

Streith lachte: »Nun, bei aller Freundschaft«, versetzte

er, »behalten wir doch einiges Mißtrauen. Ich war als Knabe sehr mißtrauisch. Wenn meinem Bruder und mir etwas Angenehmes bevorstand, ein Spaziergang oder ein festliches Essen, dann freute sich mein Bruder aufrichtig, in mir aber stiegen dunkle Ahnungen auf: wahrscheinlich wird es regnen, wahrscheinlich werden die Erwachsenen unfreundlich sein, oder die Stiefel werden drücken, wahrscheinlich wird der Kuchen so schwer sein, daß wir ganz wenig davon bekommen werden. Ich weiß, daß dieses meinen Bruder zur Verzweiflung brachte, er klagte meiner Mutter, ich verdürbe ihm die Freude. Ich wurde bestraft, durfte nicht mit auf den Spaziergang oder bekam keinen Kuchen.«

»Der arme kleine Donald«, sagte die Fürstin mitleidig.

Streith jedoch fand das ganz richtig, Kinder müssen lernen, sich zu freuen.

»Es gibt aber doch nichts Traurigeres«, meinte die Baronin, »als ein enttäuschtes Kind.«

»Und Kinder sind immer enttäuscht«, versetzte die Fürstin lebhaft, »seltsam, jeder von uns ist ein Kind gewesen, und doch verstehen wir Kinder so wenig wie Blumen. Jeder von uns erinnert sich doch, daß er als Kind von den Erwachsenen mißverstanden wurde.«

»Ja, merkwürdig«, bestätigte Streith und griff nach einem Teller mit Sandwiches und bot sie der Fürstin an. »Wollen Hoheit nicht diese Sandwiches versuchen, sie sind eine eigene Erfindung meiner Frau Buche.«

Die Fürstin nahm eins der Brötchen und sah es aufmerksam an. »Enttäuscht Frau Buche Sie nie?« fragte sie, »ich meine so mit Hechtkoteletten und Sandwiches.«

»Nie«, antwortete Streith. »Mit den Jahren finden wir denn doch dieses und jenes im Leben, auf das wir uns verlassen können, so einige treue Bundesgenossen.«

»Ein Bundesgenosse ist gut«, sagte die Fürstin und ließ

die Worte gefühlvoll klingen. »Drüben in Birkenstein, da hatte ich auch einen treuen Bundesgenossen.«

Die Baronin schlug die Augen nieder und drückte sich tiefer in den Sessel hinein, als wollte sie ihre Gegenwart vergessen machen.

Streith lächelte feierlich und blickte auf den Mund der Fürstin, auf die schmalen, sehr roten Lippen und auf die feinen Striche, die sich von den Mundwinkeln abwärts zogen und diesem Munde etwas Rührendes und Pathetisches gaben. Keiner sprach eine Weile, es war, als sollte die Bedeutsamkeit der letzten Worte nicht verwischt werden. Die Fürstin begann langsam den Sandwich zu essen, den sie in der Hand hielt. Endlich sagte sie: »Jetzt, Graf, müssen sie uns etwas vorspielen, das gehört noch dazu.«

Gehorsam stand Streith auf und ging an das Klavier. Er begann zu spielen. Schumanns »Glückes genug«. Er spielte ganz leise und zart, und in den verhaltenen Jubel dieser Melodie mischte sich das leidenschaftliche Pfeifen eines Stares, der auf der Kastanie vor dem Fenster saß.

Ein leises Geräusch am offenen Fenster ließ Streith von den Tasten aufsehen.

Britta stand da vor dem Fenster, den Filzhut im Nacken, das dunkle Haar in die Stirn hängend. Sie lachte, Streith sah deutlich den weißen Glanz ihrer Zähne. Dann warf sie etwas in das Zimmer und verschwand.

»Wer ist das?« riefen die beiden Damen und fuhren mit den Lorgnons an die Augen.

Streith ging an das Fenster, er fühlte, daß er errötete wie ein Knabe.

»Vorübergehende Kinder«, sagte er, »ein Unfug, ich muß die Bank vor dem Fenster fortnehmen lassen.«

»Das sind ja Veilchen, die Ihnen hereingeworfen werden«, rief die Fürstin, »also eine Ovation.«

Streith hatte sich gefaßt und wandte sich wieder den Damen zu: »Dieses Mal sind es Veilchen«, meinte er, »ein anderes Mal weniger willkommene Dinge.«

»War das nicht die Tochter dieser Walddame?« fragte die Baronin, »dieser Frau von Syrman?«

»Ich kenne diese Leute nicht«, antwortete Streith, trocken und bestimmt. Er setzte sich wieder an seinen Platz, tat, als sei der Vorfall nicht der Beachtung wert, obgleich er ihn so stark erregte, daß ihn fröstelte. Man sprach von gleichgültigen Dingen, vom Klavierspiel der Fürstin Kusmin, vom russischen Hofe, und dann brachen die Damen auf.

»Ich danke Ihnen, Streith«, sagte die Fürstin, »ich komme bald wieder.«

Auf der Fahrt schwieg die Fürstin und versank in tiefe Gedanken. Nur kurz vor dem Schloß legte sie ihre Hand auf die Hand der Baronin und sagte: »Gertrud«, in innigen Augenblicken nannte sie die Baronin Gertrud, »ich glaube, ich bin mit mir einig.«

»Gott sei Dank«, flüsterte die Baronin.

Streith ging unterdessen in seinem Gartensaale auf und nieder und ließ seinem Ärger freien Lauf. Nein, das war nicht möglich, diese Leute, die sich an ihn gehängt hatten, wurden ja zu einer Gefahr. Das konnte so nicht weitergehen. Er wollte gleich mit dem Mädchen ein ernstes Wort reden. Er rief Oskar, befahl ihm, Hut und Stock zu bringen, und auf die Veilchen, die am Boden lagen, weisend, sagte er: »Nehmen Sie das fort.«

Er schlug den kürzesten Weg zum Forsthause ein. Während er schnell vorwärts ging, begann er im Geiste schon Britta zu schelten, sie hatte ihm einen argen Streich gespielt. Gerade als die Stimmung harmonisch und weihevoll wurde, mußte sie mit ihren verdammten Veilchen kommen. Aus einem Tannendickicht in der Nähe des

Forsthauses leuchtete etwas Blaues hervor, es war Brittas Kleid. Zur Erde niedergebeugt, sammelte sie dort etwas in ihre Schürze hinein. Streith ging auf sie zu: »Guten Abend«, schnarrte er.

Britta richtete sich jäh auf, sie errötete, und auf ihrem Gesichte malten sich Schrecken und Angst so deutlich wie auf dem Gesichte eines Kindes. Regungslos blieb sie stehen und schaute Streith an.

Dieser lehnte sich gegen einen Baumstamm, er war schnell gegangen, und das Herz schlug etwas zu stark. »Gut, daß ich Sie hier finde, mein Fräulein«, begann er, »ich wollte Sie bitten, mir ähnliche Überraschungen nächstens zu ersparen, ich bin überhaupt kein Freund von Überraschungen und nun gar so durchs Fenster. Was sollen die Leute, die bei mir sind, davon denken? Entweder kommt man zu mir durch die Haustüre, oder man kommt nicht zu mir. So geht das nicht, dieser Verkehr durch die Fenster ist bei uns nicht Sitte. Das wollte ich gesagt haben.«

Britta stand noch immer regungslos da und schaute Streith an, ihre Augen füllten sich langsam mit Tränen, und Tränen überströmten ihre Wangen. Die Zipfel der Schürze, die sie gehalten, ließ sie fahren, um die Arme schlaff niederhängen zu lassen, und die Frühjahrsmorcheln, die sie gesammelt, fielen zu Boden.

»Auch für Sie, mein Fräulein«, fuhr Streith fort, jetzt milder und väterlicher, »auch für Sie, mein Fräulein, dürfte solch ein Verhalten nicht empfehlenswert sein. Wohlerzogene junge Damen steigen nicht an die Fenster fremder Häuser, um Herren Veilchen zuzuwerfen. Davon ist durchaus abzuraten, und Ihre Frau Mutter dürfte das kaum billigen. Also das wollte ich gesagt haben.«

Seltsam war es, wie aller Ärger plötzlich fort war und

Streith nicht mehr wußte, was zu sagen, er empfand nur einen starken Widerwillen dagegen, hier der scheltende alte Herr zu sein, der dieses weinende junge Wesen quälte.

Britta wartete einen Augenblick, ob Streith weitersprechen würde, und als er schwieg, sagte sie: »Dann ist also jetzt alles aus.«

»Was ist aus?« fuhr Streith auf, »was soll denn aus sein?«

»Ich habe gleich gewußt, daß alles aus sein würde«, wiederholte Britta.

»Was sprechen Sie, Kind«, unterbrach sie Streith, »warum soll es aus sein? Ich habe mich ein wenig alteriert, entschuldigen Sie, es hat mich so überrascht, wäre ich allein gewesen, so hätten wir darüber gelacht, ha, ha. Sprechen wir nicht darüber, und vor allem, weinen Sie nicht. Sehen Sie, die schönen Schwämme haben Sie jetzt zur Erde fallen lassen.«

»Ach die«, sagte Britta und stieß mit dem Fuß nach den Schwämmen.

»Jedenfalls«, fuhr Streith fort, »wischen Sie sich die Tränen vom Gesicht, und dann wollen wir ein wenig gehen. So können Sie nicht nach Hause, Ihre Frau Mutter würde sich erschrecken.«

Gehorsam wischte sich Britta die Tränen vom Gesicht, und sie gingen langsam einen schmalen Weg zwischen den Tannen hin. Eine Weile stand der Wald auf sehr blankem Goldgrunde, dann wurde es dämmrig und kühl, ein ganz weißer Mond hing am Himmel.

»Haben Sie sich vor mir gefürchtet?« fragte Streith weich.

»Als Sie kamen«, erwiderte Britta, »habe ich mich sehr gefürchtet. Wie böse Sie sein können, Ihre Augen wurden ganz gelb, und ich glaubte, Sie würden mich schlagen.«

»Das muß häßlich gewesen sein.«

»Ach nein, das war schön«, meinte Britta, »Sie sahen aus wie ein Ritter, und es tat mir fast leid, daß Sie mich nicht schlugen, da ich meinte, daß nun doch alles aus sei.«

»Schmerzte es Sie, daß alles aus sein sollte?« fragte Streith.

»Ja«, antwortete Britta, »seit Sie bei uns waren, seit ich mit Ihnen gehen und sprechen darf, ist doch etwas am Tage, auf das ich warten, auf das ich mich freuen kann. Sie sind so hübsch angezogen, und es riecht um Sie nach kölnischem Wasser, und Ihre Ringe blitzen so schön, und wenn Sie etwas sagen, klingt es wie aus einer anderen, feinen Welt. Wenn ich bei Ihnen bin, habe ich so ein Gefühl, als ob ich mein Sonntagskleid anhätte.«

»So, so«, meinte Streith. »Aber ich denke, Sie sollten sich beim Erwachen auf jeden Tag freuen.«

»Warum?«

»Nun, weil Sie da sind, weil Sie jung sind.«

Britta zuckte die Achseln: »Das kenne ich schon.«

»Sie sollten«, fuhr Streith fort, »ganz stille im Sonnenscheine sitzen und fühlen, wie das Leben und die Jugend in ihnen brennt.«

Britta schüttelte den Kopf: »Das ist langweilig, ja, wenn alles hübsch und vornehm um mich wäre, dann könnte ich auch so dasitzen wie die Prinzessinnen im Garten und so vor mich hinsehen, oder bei Ihnen in Ihrem Zimmer mit den vielen Bildern. Dort muß es sein wie in der Kirche, man geht mit kleinen, langsamen Schritten, es fährt einem so kühl über den Rücken, und es riecht nach Sonntag.«

»Können Sie das nicht hier auch im Walde?« fragte Streith, und er wünschte, daß Britta weiterplaudere.

»Nein«, erwiderte Britta, »dazu muß man eine wohlerzogene junge Dame sein, wie Sie sagen, und das bin ich nicht. Mama ist eine Dame von Welt; wenn sie in den Stall zu den Schweinen geht, sieht es aus, als machte sie eine Visite, aber ich – vielleicht kommt das von der Blutmischung, von der Mama immer spricht.«

»Nun, nun«, tröstete Streith, »das kommt mit der Zeit. Um eine Weltdame zu sein, muß man die Welt kennen.«

Britta sann eine Weile still vor sich hin, dann lachte sie hell auf: »Die Damen bei Ihnen«, sagte sie, »müssen sich aber erschreckt haben, plötzlich erscheint so eine Schwarze am Fenster und wirft Veilchen in das Zimmer.«

Streith versuchte auch zu lachen: »Ja, hm, überraschend war es.«

Allmählich waren sie bis zum Forsthause gekommen, durch das geöffnete Fenster sahen sie die brennende Lampe auf dem großen Tische stehen und Frau von Syrman mit einem Buche auf dem Sofa sitzen.

»Gute Nacht«, sagte Streith, »Sie sind mir also nicht mehr böse?«

»Sie waren ja böse«, erwiderte Britta.

Streith lachte: »Ja so, nun gleichviel, gute Nacht.«

»Kommen Sie nicht zu uns herein?« fragte Britta.

Streith lehnte ab, Frau Buche wartete zu Hause mit dem Diner.

»Ah, das Diner«, sagte Britta ehrfürchtig, darauf fügte sie hinzu: »Wenn ich nicht müßte, würde ich auch nicht um eine Welt in das alte blaue Zimmer da hineingehen. Gute Nacht.«

Auf dem Heimwege fühlte Streith, daß der Abend kalt und feucht war, er schlug seinen Rockkragen auf, denn er war in der Eile ohne Paletot fortgegangen: »Das kann eine Erkältung geben«, dachte er, das eine Bein schmerzte ihn schon ein wenig. Zu Hause ließ er sich von Oskar entkleiden und mit kölnischem Wasser abreiben, dann zog er weiche, warme Hauskleider an und setzte sich zu seinem Essen. Er war hungrig und das Essen schmeckte ihm.

Frau Buche hatte ein kleines Sauté aus frischen Gemüsen gemacht, das aller Beachtung wert war. Gleich nach dem Essen legte er sich zu Bett, Frau Buche hatte heißen Tee gemacht und brachte eine Wärmflasche. Sie war sehr ungehalten. Wenn der Herr sich ohne Paletot im Nebel herumtreibe, dann sei es kein Wunder, wenn der Rheumatismus sich melde.

Wohlig streckte sich Streith im Bette aus und zündete eine Zigarette an. Oskar berichtete vom Tierarzt, der dagewesen sei, und sprach von den Pferden, bis er entlassen wurde. Streith schloß die Augen. Lesen wollte er nicht, er wollte denken, an die Fürstin denken; allein immer wieder drängte sich Brittas Gestalt vor, Britta am Fenster, Britta unter den Tannen, das Gesicht von Tränen überströmt, und in dieser Vorstellung lag etwas, das ihn quälte. Sein Zimmer, sein Bett, der Tee, die Wärmflasche, die ganze Alteherrenbehaglichkeit, sie schienen ihn unendlich weit von Britta zu entfernen, und das tat ihm weh. Um dem ein Ende zu machen, rief er Oskar und ließ sich ein Schlafpulver geben.

Die Fürstin faltete den Brief, den sie gelesen hatte, zusammen, lehnte sich in den Stuhl zurück und schaute die Baronin Dünhof mit einem verhaltenen Lächeln an: »Meine Schwägerin, die Prinzessin Agnes, kommt«, sagte sie; »es scheint, die Familie beunruhigt sich über etwas, und meine Schwägerin soll nach dem Rechten sehen.« Dann zuckte sie leicht mit den Schultern, als schüttle sie etwas von sich ab: »Es ist doch gut, daß wir nicht unser ganzes Leben hindurch unter der Herrschaft der anderen stehen.«

»Wie wahr«, sagte die Baronin Dünhof.

Am Nachmittage langte die Prinzessin Agnes mit ihrer Kammerjungfer und ihrer jungen Hofdame Fräulein von Reckhausen an. Die Prinzessin hatte immer ganz junge Hofdamen. »Ich will Jugend um mich«, pflegte sie zu sagen. Der Dienst jedoch war so aufregend, daß die Damen bald nervös wurden und oft gewechselt werden mußten. Prinzessin Agnes war eine kleine, runde, alte Dame mit einem blanken, bräunlichen Gesicht und grauen Haartrompeten unter der weißen Blondenhaube, trug gern fußfreie, graue Seidenkleider und knarrende Schuhe.

»Hier bin ich«, sagte sie, als sie auf dem Sofa im Grünen Zimmer saß, »ich mußte doch wieder einmal nach euch sehen. Du, liebe Adelheid, ziehst dich ja so zurück, daß du fast verschollen bist.«

»Wenn wir einen schönen, ruhigen Winkel gefunden haben«, erwiderte die Fürstin, »dann verlassen wir ihn ungern.«

»Es mag ja ganz schön sein«, meinte die Prinzessin, »auf dem Lande die Schäferin zu spielen, aber die Familie hat auch ihre Ansprüche. Ah, da bist du ja, Kleine«, wandte sie sich an Marie, die in das Zimmer trat, »du bist ja groß geworden und recht hübsch. Aber dieses Weiß und Rosa wie eine Porzellantasse nützt auch nicht viel, ordentlich gesunde Backen solltest du haben. Na, setze dich zu mir, meine Tochter. Fräulein von Reckhausen, bitte bringen Sie mir meinen Sack.«

Das Fräulein brachte einen großen Sack aus lawendelfarbener Seide, der ganz mit kleinen Seidenflecken gefüllt war, diese zu zerzupfen war die stete Beschäftigung der Prinzessin. »Da hast du auch einen schönen, roten Flecken«, sagte sie zu Marie, »das ist eine gute Beschäftigung. Ich lasse die Fäden dann mit Wolle mischen und einen dauerhaften Stoff daraus weben, den bekommen dann arme Mädchen. Das unsolide, putzige Zeug, mit dem diese Mädchen sich jetzt kleiden, ist ein Skandal.«

Die Prinzessin zupfte nun eifrig an ihren Seidenflecken und erzählte von der Großherzogin von Oldenburg, die kränklich, aber sehr geduldig, von der Fürstin von Schwarzburg-Sondershausen, die eine ganz prächtige Frau war. Die Nachmittagsonne schien in das Zimmer und machte die Luft heiß und beklemmend. Marie mit ihrem unruhigen Herzen und dem seltsamen Fieber ihrer Gedanken, das in den letzten Tagen sie nicht verließ, fühlte sich sehr unglücklich; die Seidenfäden hängten sich an ihre Nägel und machten sie nervös, die behäbig forterzählende Stimme der Prinzessin Agnes, die Geschichten von den prächtigen Fürstinnen erschienen ihr wie ein Protest gegen alles, was im Leben schön und heiter ist. Sie hätte weinen mögen.

Am nächsten Morgen stand die Prinzessin Agnes sehr früh auf und ging mit dem Fräulein von Reckhausen durch das Haus, durch den Hof und die Ställe, sie ging auch ein Stück die Landstraße entlang, um die Felder zu sehen, sie sprach mit den Leuten und streichelte die Hunde. Als sie zum zweiten Frühstück erschien, war sie über alles gut unterrichtet. Nach dem Frühstück saß sie mit der Fürstin im Boudoir und zupfte an ihren Seidenflecken. »Es ist hier bei dir recht hübsch«, sagte sie, »der Major scheint ein tüchtiger Mann zu sein. Von großem Fleiß allerdings habe ich nicht viel gesehen. Der Kutscher und der Chauffeur saßen in der Futterkammer und plauderten, der Inspektor stand vor dem Hause und unterhielt sich mit der Kammerjungfer, die zum Fenster hinauslehnte. Aber so scheint es hier zu sein: ihr geht alle ein wenig umher wie im Traum. Die Kleine finde ich auf der Veranda, sie hält ein Buch in der Hand und starrt vor sich hin. Im Saal steht die Dachsberg am Fenster und schaut hinaus. Auf der Hoftreppe steht der alte Fürwit und tritt von einem Bein auf das andere.«

Die Fürstin lachte: »Ja hier auf dem Lande ist das Leben beschaulich.«

»Beschaulichkeit mag ganz gut sein«, meinte die Prinzessin, »wenn dabei nur nicht dumme Gedanken kommen. Für die Kleine sollte man sich nach einer Beschäftigung umsehen.«

»Sie ist so zart«, erwiderte die Fürstin, »ich bin froh, wenn sie einigermaßen gesund ist.«

»Gerade weil sie kränklich ist«, versetzte die Prinzessin. »Nun, davon sprechen wir später. Ich wollte dich etwas fragen, liebe Adelheid. In Birkenstein und auch in Karlstadt tauchten Gerüchte auf von gewissen Absichten, die du haben solltest, von gewissen Entschlüssen.«

»In Birkenstein tauchen immer Gerüchte auf«, sagte die Fürstin.

»Das ist richtig«, gab die Prinzessin zu, »allein dieses Mal schienen sie nicht grundlos.«

Die Fürstin blieb ganz ruhig, nur die Hände, die müßig im Schoß lagen, begannen nervös eine die andere zu streicheln. »Ich weiß nicht, welche Absichten und Entschlüsse du meinst«, sagte sie.

Die Prinzessin zupfte eifrig an ihren Seidenflecken: »So, so«, meinte sie. »Nun, in unserer heutigen Zeit geschieht in unseren Kreisen so viel Seltsames, daß man nie weiß, all diese Ehen. Zu meiner Zeit fiel es uns doch nicht ein, daß wir irgendeinen Leutnant heiraten könnten, weil er gut tanzte. Oder irgendeinen Kammerherrn, weil er gut gewachsen war. Gab es keinen Prinzen, so blieb man unverheiratet wie ich. Was kommt auch bei solchen Heiraten heraus? Bei Hof geht die Frau durch die eine Tür herein, und der Mann muß durch eine andere Türe. Was denkt sich solch ein Mann dabei?«

»Er denkt sich«, erwiderte die Fürstin und zog die Augenbrauen empor, »er denkt sich wohl, eine Türe ist wie die andere.«

Die Prinzessin schaute die Fürstin über ihre Brillengläser hinweg scharf an, und ein wenig Rot stieg in die braunen Wangen: »Eine Türe ist nicht wie die andere, sonst wäre auch ein Mensch wie der andere. Gut, vor Gott sind wir alle gleich, aber Gott hat gewollt, daß es Fürsten gibt, und wenn es Fürsten gibt, dann müssen diese sich danach halten, dann ist eben eine Türe nicht wie die andere und ein Mensch nicht wie der andere, sonst glaubt man uns die ganze Geschichte nicht. Wenn heute eine Frau Schulze oder eine Frau Müller eine geborene Prinzessin Soundso oder eine Fürstin Soundso sein können, dann wird nächstens auch eine Fürstin Soundso eine geborene Schulze oder Müller sein können. Die Männer neigen sowieso zu Unregelmäßigkeiten, wir Frauen müssen daher streng auf Ordnung halten, es muß ja nicht immer geheiratet werden.«

»Ich weiß nicht, liebe Agnes, worüber du dich aufregst«, antwortete die Fürstin, und ein schärferes Glitzern kam in ihre Augen, »es liegt ja nichts vor. Aber du kannst sicher sein, wenn ich Entschlüsse fasse, dann wird die Familie sie von mir zuerst hören. Und ebenso gewiß ist es, daß ich mich dieser Entschlüsse nicht zu schämen haben werde. Ich habe der Familie lange genug gedient, und als ich Witwe wurde, brauchte ich, Gott sei Dank, mein Leben nicht, so wie die Kronjuwelen, der Familie zurückzuerstatten.«

»Gut, gut, ich weiß Bescheid«, sagte die Prinzessin Agnes und zupfte so stark an ihrem Seidenflecken, daß dieser sich arg verzog, »keiner will jetzt die Lasten des Standes tragen, in den ihn Gott gesetzt hat. Glaubst du, es sei ein großes Glück, die alte Prinzessin Agnes zu sein, die mit ihrem Fräulein im Gartenpavillon wohnt? Es ist aber nun einmal so und ich klage nicht. Heutzutage spricht eine jede von der Stimme ihres Herzens. Wir hatten auch Herzen, als wir jung waren, aber es war von ihnen nicht die Rede. Heute spricht eine jede von ihrem Herzen, als sei es ein Generalleutnant, dem gehorcht werden muß.«

Da die Fürstin darauf nicht antwortete, so entstand eine Pause, bis die Prinzessin eilig ihren Sack beiseite warf und erklärte, sie müsse in den Garten hinausgehen, sie habe sich zu sehr erhitzt.

Auf der Veranda fand sie Fräulein von Dachsberg und Fräulein von Reckhausen, die miteinander flüsterten. Fräulein von Reckhausen erzählte von den Eigenheiten der Prinzessin.

»Wo ist die Prinzessin Marie?« fragte die Prinzessin Agnes.

»Die Prinzessin ist wohl in der Fliederlaube«, berichtete Fräulein von Dachsberg; »um diese Zeit wünscht die Prinzessin allein zu sein.«

»Warum allein?« forschte die Prinzessin Agnes streng weiter.

Fräulein von Dachsberg zuckte leicht mit den Schultern. »Es ist befohlen, die Prinzessin in ihren Neigungen nicht zu stören.«

»Dummes Zeug«, brummte Prinzessin Agnes und ging weiter.

Marie saß in der Fliederlaube, ein Buch lag auf ihren Knien, den Kopf hatte sie zurückgebogen und schaute durch die blauvioletten Blüten wie durch ein Gitter in den blauen Himmel. Sie erlebte jetzt eine bedeutsame Zeit. Zum ersten Male fühlte sie sich leben, fühlte ihren Körper und ihr Blut, sie fühlte sich als etwas, das wundersam blüht; zum ersten Male sah sie sich leben und wartete gespannt, was ihre Liebe und ihr Schmerz sie zu tun und zu denken heißen würden. Ob sie nun hier in der Fliederlaube saß und an Felix dachte oder in den Park ging und auf der Steinbank saß, auf der er diese Nacht sitzen würde, ob sie des Abends zum Monde aufschaute oder des Nachts aufwachte und weinen mußte oder sich von den heißen Schauern ihres Blutes schütteln ließ, alles war neu und erregend.

»Da bist du, Kleine«, weckte die Stimme der Prinzessin Agnes Marie aus ihren Träumen, »hier bei dir ist es schön kühl, ich will mich mal zu dir setzen.« Sie setzte sich auf die Bank, erhitzt und atemlos von ihrem Gange schwieg sie einige Augenblicke, und ihre kleinen, von den fetten Lidern beengten Augen sahen Marie scharf an: »Nun, meine Tochter«, begann sie endlich, »wie lebst du? Was tust du?«

»Nichts, Tante«, erwiderte Marie ziemlich verdrossen.

»Das sehe ich«, fuhr die alte Dame fort, »hier bei euch wird nicht viel getan, aber für dich ist das nicht gut. Du mußt eine Beschäftigung haben, eine Einteilung.«

»Warum gerade ich?« fragte Marie.

»Weil du es mit der Gesundheit zu tun hast«, erwiderte die Prinzessin, »und ein stilles Leben führen mußt, und da ist es gut, etwas zu haben, wofür man lebt. Da ist die Wohltätigkeit, du könntest eine Kochschule gründen für die Mädchen des Dorfes oder eine Nähschule und ihnen zu Weihnachten bescheren.«

»Ich verstehe nicht zu kochen und nähe sehr schlecht«, sagte Marie, und ihr Gesicht nahm einen immer eigensinnigeren Ausdruck an.

»Das macht nichts«, meinte die Prinzessin, »man ist Protektrize, man geht hin, fragt, schmeckt, läßt sich die Arbeiten zeigen, das genügt.«

Marie schüttelte den Kopf und zog die Augenbrauen zusammen: »Ich will aber gar nicht eine Kochschule oder eine Nähschule gründen.«

»So, du willst nicht?« versetzte die Prinzessin, und ihre Stimme wurde streng und scheltend, »was willst du denn? Stillesitzen und warten, bis das Glück um die Ecke biegt? Es biegt aber nicht um die Ecke. So hat schon manche gesessen und gewartet, bis sie alt und sauer wurde. Sieh, mein Kind, ich bin mein Lebtag gesund gewesen, habe gesunde Lungen und ein gesundes Herz gehabt, und doch habe ich nicht geheiratet. Das ist mit Prinzessinnen jetzt so eine Sache, da ist es denn gut, wir sehen uns nach etwas um, was unserem Leben einen Inhalt gibt, um nicht einsam und lächerlich zu werden. Die Wohltätigkeit ist da noch das beste, nicht so dieses sogenannte Gehen in die Hütten der Armen, dort kriegt man nur Krankheiten und Flöhe, aber eine Kochschule, eine Nähschule, so was. Mit der Wohltätigkeit ist zwar auch nicht viel los, kein Mensch ist uns dankbar dafür, aber es bleibt uns nicht viel anderes übrig.«

Jetzt lächelte die Prinzessin und schaute Marie in das zornige Gesicht. »Ja, das hörst du nicht gern, aber die alte Tante Agnes hat doch recht. Mit dem Heiraten kriegt auch nicht jede eine Anweisung auf das Glück. Sieh nur deine Schwester Lore an. Nein, das Leben ist eben kein Tanzsaal. Jetzt will ich noch einen Spaziergang machen.« Sie strich mit zwei Fingern über Mariens heiße Wange, erhob sich und ging. Marie schaute ihr nach, die kurze, runde Gestalt im grauen Seidenkleide, den großen Sommerhut auf dem Kopf, wie sie mit kleinen, festen Schritten den Weg entlangging, erschien ihr als die Verkörperung der Einsamkeit und Freudlosigkeit. Wie glücklich war Marie eben gewesen. Über ihr selbst und über der Welt hatte ein geheimnisvoller und heiliger Schimmer gelegen, und nun war diese alte Frau gekommen und hatte alles wie mit Spinnweben verhängt, und das Leben sah grau und traurig aus. Nein, lieber wollte Marie sterben, als das Leben der Tante Agnes leben, als die einsame, kränkliche Prinzessin sein, die für die Dorfkinder wollene Hauben strickt. Sie wollte heute nacht in den Park gehen, um Felix zu treffen, so unmöglich ihr das auch erschien, sie wollte alles tun, was Tante Agnes mißbilligte. Sie wollte sich an das Süße, Wilde, Verbotene des Lebens klammern.

Zum Diner kam Streith. Die Prinzessin Agnes begrüßte ihn wie einen alten Bekannten. »Freut mich, lieber Graf, Sie zu sehen; Sie sehen gut aus. Älter geworden, natürlich; wir alle werden alt, davor kann man sich auch hier in der Einsamkeit nicht verstecken.«

Der Graf lachte. »Gewiß, nur daß hier in der Einsamkeit nicht so viele da sind, die es einem sagen.«

»Das mag sein«, meinte die Prinzessin, »aber so alt sind Sie doch eigentlich nicht, daß Sie nicht noch dem Lande nützen könnten, statt hier Ihren Kohl zu bauen.«

»Ich denke«, erwiderte der Graf, »das Land braucht auch Kohl.«

»Ach was, Kohl gibt es genug in der Welt«, versetzte die Prinzessin ärgerlich, »aber das ist so eine Art Hochmut. Man hält sich zu gut für die Welt und zieht sich daher in die Einsamkeit zurück. Na, und in der Einsamkeit, da kommen unnütze Gedanken.«

Der Graf verneigte sich. »Ich freue mich, daß Durchlaucht wieder einmal geruhen, mich auszuzanken.«

Die Prinzessin nickte: »Ja, ja, mit der alten Prinzessin Agnes läßt sich nicht spaßen.«

Während des Essens wurde von Birkenstein, von Karlstadt und anderen Höfen gesprochen. Marie hörte nicht zu; nur als der Name Dühnen an ihr Ohr schlug, horchte sie auf. »Mit dem ältesten Sohne haben sie Sorgen«, sagte der Graf, »er macht Schulden, jeut und scheint undiszipliniert. Dühnen war bei mir und sprach sich recht pessimistisch über den jungen Mann aus.«

Die Baronin Dünhof seufzte: »Sehr schade. Ein hübscher junger Mensch, aber es wird kein gutes Ende mit ihm nehmen.«

»Dühnen ist nicht gefühlvoll«, berichtete der Graf weiter, »er meint, er habe drei Söhne, gelingt es mit dem einen nicht, so sind die beiden anderen als Reserve da.«

»Ganz richtig«, sagte die Prinzessin, »wenn einer nichts taugt, dann fort mit ihm.«

Marie sah die Sprechenden bitterböse an. Was wußten die alten grausamen Leute von Felix? Die Tränen waren ihr nahe.

Nach dem Diner spielten die Prinzessin und die Fürstin mit Fürwit und Streith Whist, die Baronin Dünhof spielte mit dem Major Halma, während Fräulein von Dachsberg und Fräulein von Reckhausen zusammensaßen und miteinander flüsterten. Fräulein von Reckhausen erzählte von den Schwierigkeiten ihrer Stellung. Marie hatte sich zu den Halmaspielern gesetzt, als wollte sie ihnen zuschauen, sie schaute aber unverwandt auf die dunkeln Scheiben der Glastüre und dachte nur das eine: »In diese schwarze Nacht muß ich heute noch hinaus.«

Als das Schloß still und dunkel war, schlichen zwei Gestalten durch die Hintertür in den Garten und eilten dem Parke zu, Marie und die Zofe Emilie. Der Himmel war bewölkt und die Nacht finster. Scheu drängten die beiden Mädchen sich aneinander, alles ängstigte sie, das Aufrauschen der Bäume, das Knarren eines Zweiges, der Flügelschlag eines Vogels in einem Wipfel. Verschüchtert und atemlos stiegen sie die Anhöhe zum kleinen Teiche hinan und blieben am Steintische stehen. Es war so dunkel, daß sie nichts zu sehen vermochten.

»Felix!« flüsterte Marie, da fühlte sie sich von zwei Armen umfangen und auf die Bank niedergezogen. Felix kicherte leise, sie schmiegte sich an ihn, zum ersten Male fühlte sie die wunderbare Geborgenheit vor einer dunkeln, drohenden Welt und vor der Unruhe des eigenen Herzens in zwei sie fest umschließenden Armen und in dem Rausche des eigenen fiebernden Blutes. »Fräulein«, sagte Felix zu Emilie, »dort am Teiche ist ein Baumstumpf, dort könnten Sie ein wenig sitzen.« Emilie verschwand. Marie weinte, die Spannung ihres ganzen Wesens war zu groß gewesen.

»Warum weinen Sie?« fragte Felix.

»Ach, sage nicht Sie zu mir«, sagte Marie, »du bist das einzige, was ich habe. Ich habe mich so sehr gefürchtet, alles ist schrecklich und traurig, wenn du nicht da bist, wenn du mich vergissest, wenn du mich nicht liebst, dann werde ich eine alte Prinzessin, die wollene Hauben strickt und Kochschulen einrichtet. Du mußt mir schwören, daß du mich nie verlässest.«

»Nun ja, natürlich«, erwiderte Felix, und aus seiner Stimme klang etwas wie Ungeduld, »was ist da viel zu sprechen, wir sind doch nicht hierhergekommen, um zu weinen und zu klagen.«

»Herr Graf«, ertönte Emiliens Stimme plötzlich, und die Zofe stand wieder am Steintisch, »ich kann dort nicht bleiben, es hebt sich etwas Schwarzes aus dem Wasser und macht: ›Bu! bu!‹«

»Unsinn«, meinte Felix ärgerlich, »das ist ja Einbildung. Sitzen Sie nur ganz ruhig noch ein wenig auf Ihrem Baumstumpf, wir sind ja ganz nahe.«

»Ich werde es versuchen, Herr Graf«, erwiderte Emilie und verschwand.

»Von dir sprechen sie auch alle so schlecht«, begann Marie wieder mit klagender Stimme, »warum kannst du nicht gut sein? Um meinetwillen gut sein.«

»Gut?« fuhr Felix auf, »was heißt das? Sind das Vorwürfe? Bin ich dazu in der Nacht hierhergekommen, um auch hier Vorwürfe zu hören? Danke, von denen habe ich bei Tage genug.«

»Ach nein, ich mache dir keine Vorwürfe«, schluchzte Marie, »aber wenn du nicht gut bist, was soll dann aus mir werden? Ich habe doch nur dich. Und da sind deine – deine Verlegenheiten, ich würde dir so gern helfen, Geld habe ich nicht viel, aber ich habe Schmucksachen.«

»Schweig!« herrschte Felix sie an, »ich verbiete dir, von diesen widerwärtigen Sachen zu sprechen, das fehlte mir noch. Ich denke, ich komme hierher, um noch einmal so ein recht süßes Stündchen zu haben, und nun wird von so etwas gesprochen.«

»Jetzt bist du böse«, jammerte Marie, »aber was kann ich tun, du bist ja mein einziges, und wenn du nicht gut bist, was habe ich dann? Lieber will ich dann sterben, als immer die kränkliche Prinzessin sein.«

»Auch das noch«, murmelte Felix.

Sie schwiegen eine Weile, Marie starrte in die Dunkelheit hinein, drüben bei den Weiden am Teich rief ein Wasservogel einen hellen Laut eigensinnig und klagend in die Nacht hinaus. Marie schien alles sehr traurig.

»Das kommt davon«, begann Felix wieder, »ihr sitzt in den Schlössern und wißt nicht, was Leben heißt. Wenn wir immer daran denken sollen, was kommen wird, dann können wir überhaupt nicht leben. Nein, nichts denken, all die Widerwärtigkeiten vergessen, die ja doch immer um uns herumstehen und auf uns warten, nur so können wir leben. Sieh, das ist Leben.« Er beugte sich auf Marie nieder und drückte seinen Mund fest auf ihre Lippen. Sie seufzte tief auf: »Ja, das ist Leben«, flüsterte sie.

»Herr Graf«, tönte Emiliens Stimme aus dem Dunkel, sie stand wieder am Steintisch, »Herr Graf, ich halte es nicht mehr aus, es kommt wieder schwarz aus dem Wasser und macht ›Bu! bu!‹ Wenn Durchlaucht nicht nach Hause gehen, so gehe ich allein. Man kann hier ja vor Angst sterben.«

»Nein, Emilie, ich komme«, rief Marie erschrocken.

»Ach, diese Weiber«, seufzte Felix.

Marie drückte noch einmal ihr tränenfeuchtes Gesicht an Felix' Wange: »Vergiß mich nicht!« flüsterte sie, dann trennten sie sich.

Felix blieb auf der Bank sitzen und hörte, wie die eiligen Schritte der Mädchen sich entfernten. Er streckte sich und gähnte. Nein, das war keine Liebesstunde nach seinem Sinn gewesen. Wie hübsch hatte er es sich gedacht, von einer Prinzessin geliebt zu werden, aber diese Tränen und Klagen, diese Vorwürfe und Traurigkeit, die waren nichts für ihn. Es wurde ihm ordentlich bedrückend und bange hier in dem dunkeln Park im schwülen Dufte des Flieders, dazu noch dieser verfluchte Vogel mit seinem einen, jammervollen Klagelaut, das war ja zum Heulen. Felix sprang auf und eilte aus dem Park hinaus.

Hier draußen wehte eine freiere Luft. Felix atmete auf und begann leise einen Marsch vor sich hinzupfeifen, während er langsam die Dorfstraße hinaufschlenderte, an den stillen, schlafenden Katen vorüber. Er bog in eine kleine Seitengasse ein, in der ein Haus mitten in einem Garten lag. Aus einem der Fenster schimmerte noch ein Licht. Felix blieb vor dem Gartenzaune stehen, der ganz mit Bohnenranken überwuchert war, und fuhr fort, leise seinen Marsch vor sich hinzupfeifen. Von der hinteren

Seite des Hauses her wurden Schritte vernehmbar; es war, als sprängen nackte Füße leicht über den Kies und dann über die Gemüsebeete hin, ein Mädchen, in ein dunkles Tuch gehüllt, trat an den Gartenzaun und stützte seine Arme in die Bohnenranken.

»Nun?« sagte Felix und legte seine Hand auf einen Arm, der feucht vom Nachttau war.

»Gleich löscht er das Licht aus und geht zu Bett«, flüsterte das Mädchen, »dann komme ich, warte.«

Damit wandte es sich um und sprang wieder in die Dunkelheit hinein. Felix wartete, er steckte die Hände, um sie zu kühlen, in die Bohnenranken hinein. Von den Gemüsebeeten stieg ein kühler, würziger Duft auf, in den Salatblättern raschelten Kröten, irgendwo in einem Hause weinte ein Kind, und draußen im jungen Korn schnarrten die Wachteln. So war es gut, in der Frühlingsnacht zu stehen und auf ein Mädchen zu warten, da war Leben, da konnte man wohl die Prinzessinschmerzen vergessen, dachte Felix.

Es regnete den ganzen Tag über. Streith beschäftigte sich am Morgen mit seinen Wirtschafts- und Rechnungsbüchern, später hatte er eine Unterredung mit dem Inspektor, dann mit dem Baumeister und der Großmagd. Er vertiefte sich mit Eifer in die Gespräche über Düngung, Kühe und Kälber. Das dauerte bis zum Frühstück.

Nach dem Frühstück setzte Streith sich zu seinen Büchern, da lagen auf seinem Tisch ein dicker Band über Forstkultur und eine Broschüre über die Regeneration der konservativen Partei. Er griff zuerst nach dem dicken Bande, las darin, legte ihn wieder beiseite, nahm die Broschüre, schaute hinein und warf auch sie fort. Es schien ihm heute, als stünde auf diesen Blättern nichts, was ihn anging. Er bog den Kopf auf die Stuhllehne zurück; ganz unvermittelt kam ihm eine sehr ferne Knabenerinnerung. Er war Gymnasiast in dem kleinen Städtchen und liebte Emma, die blonde Tochter des Oberlehrers Müller. Er dachte den ganzen Tag an Emma, er ging an ihrem Hause vorüber, um sie am Fenster zu sehen, ging die Straße entlang, um ihr zu begegnen. In dieser Zeit war es auch, daß er seine Schulbücher bitter haßte. In Cäsars Kommentaren, in Xenophons Anabasis stand nichts von Emma; sie waren nur dazu da, um Emma weiter von ihm fortzurücken und zu verhindern, daß er an sie dachte. Seltsam, wenn wir so und soviel Jahre gelebt haben, so sind wir alt, das ist die Ordnung. Allein unser Wesen macht diese Rechnung nicht mit. Was das Leben auch an Erfahrung und Weisheit hinzutut, in uns bleibt doch alles, was wir einst gewesen. In uns versteckt sich immer noch der Knabe mit seinen Torheiten, und taucht er in späteren Jahren wieder auf, dann gibt es die großen Überraschungen des Lebens. Es war doch widersinnig, daß er, Streith, der Abgeklärte, der Lebenskünstler, heute keine Ruhe fand, nur weil es regnete und er nicht die Möglichkeit haben würde, ein achtzehnjähriges Mädchen zu sehen, das ihn nichts anging und das nicht zu ihm gehörte. In letzter Zeit hatte er sich daran gewöhnt, täglich auf seinem Spaziergange Britta zu treffen, sie zu sehen, sie sprechen zu hören, sich als ihren Kameraden zu fühlen, sie wirkte auf ihn wie ein Jugendelixier, und heute, da er sie nicht sehen durfte, hungerte er nach ihr wie der Morphiumsüchtige nach der Morphiumspritze. Es war absurd. Sein Ordnungsgefühl litt unter der Verwirrung, die all das in sein Leben brachte, er schämte sich, denn der überlegene, ironische Kritiker war auch noch in ihm wach, er schämte sich vor sich selbst, vor seinen Räumen, seinen Möbeln und Bildern, die ihn feierlich umstanden, als seien sie sich der Pflicht wohl bewußt, die Umgebung eines weisen, auserlesenen Mannes zu bilden. Er schämte sich vor manchem anderen noch, und es machte ihn oft todmüde, die Gedanken immer wieder von Bahnen abzulenken, auf denen Schmerzhaftes sie erwartete. Aber an alledem war nichts zu ändern, er wußte, dieses Erlebnis mußte durchlebt werden. Es gibt eben Zeiten, in denen unser Leben neben uns herzulaufen scheint wie etwas Fremdes, etwas Selbständiges, über das wir keine Macht haben. Nervös erhob Streith sich von seinem Sessel, schritt einige Male im Zimmer auf und ab, stellte sich an das Fenster und trommelte mit den Fingern auf die Fensterscheibe. Der Regen hatte aufgehört; ein wenig Sonne stach durch die Wolken, große Tropfen fielen vom Dachfirst, und aus der Traufe ergoß sich ein Wasserfall.

Ein jähes Freudengefühl durchzuckte ihn plötzlich so stark, daß er errötete. Dem Fenster gegenüber auf dem Wege erschien Britta, sie trug einen grauen Wettermantel, die Kapuze hatte sie über den Kopf gezogen, sie nickte und lachte über das ganze Gesicht. Streith öffnete das Fenster. »Warum stehen Sie da im Regen?« rief er, »kommen Sie herein.«

Britta schüttelte den Kopf: »Nein, es regnet nicht mehr, kommen Sie heraus.«

»Gut, ich komme.«

Streith nahm sich nicht die Zeit, Oskar zu rufen; hastig holte er seinen Mantel, seinen Hut und Stock und eilte hinaus.

»So, jetzt wird es schön«, meinte Britta.

Streith atmete tief die feuchte Luft ein, alle Grämlichkeit war fort.

Britta sah ihn verständnisvoll an und fragte: »Gut, nicht wahr?«

»Ja, hm, angenehm«, erwiderte Streith, »gehen wir.«

Sie gingen einen schmalen Waldpfad entlang. Die Tannen hingen voller Tropfen, in denen die durchbrechende Sonne kleine, strahlende Lichter entzündete, und überall auf dem Moose, auf dem Kraut der Heidelbeeren und auf den Farnen lag weißer Glanz. Und mitten darin dieses Mädchen im grauen Wettermantel, die Kapuze auf dem Kopf feucht vom Regen; es erschien Streith so nahe dem Walde verwandt, wie aus ihm hervorgegangen und zu ihm gehörig. »Sie konnten es zu Hause nicht aushalten«, begann er die Unterhaltung, »Sie mußten natürlich in den Wald hinaus.«

»Nein, ich hielt es in unserer Stube nicht aus«, erwiderte Britta, »eine Stube kann schrecklich sein, vielleicht weil sie soviel von uns weiß.«

»Sehr möglich«, bestätigte Streith ernst, »der Wald ist diskreter.«

»Ach, im Walde«, meinte Britta, »da weiß einer vom anderen nichts, und dann ist es doch immer am gemütlichsten, wenn einer vom anderen nichts weiß.«

»So, hm, das ist neu«, versetzte Streith, »aber was haben Sie den Tag über getan?«

»Am Morgen habe ich Klavier geübt«, berichtete Britta, »so stark und so falsch, daß Mama, die heute natürlich nervös ist, wimmerte. Aber ich war boshaft und spielte nur noch stärker und falscher. Später hielt Mama mir meine Fehler vor.«

»Haben Sie viele Fehler?« fragte Streith.

Britta zuckte die Achseln: »Ja, ich habe viele Fehler. Ich denke zuweilen, wenn die anderen wüßten, wie es in mir ausschaut, dann würden sie Augen machen. Aber die Fehler, die Mama mir vorwirft, habe ich gewöhnlich nicht. Nun, das schadet nichts, sie ist die Mutter und glaubt, sie muß erziehen.«

Streith lachte: »Die armen Mütter, es wird von ihnen

erwartet, daß sie erziehen, und so müssen sie denn tun, als verstünden sie diese kleinen Rätsel, die ihre Kinder sind.«

Britta schaute Streith aufmerksam an, sie verstand ihn nicht ganz, plötzlich hob sie ihren Arm, griff nach einem der Zweige, unter denen sie hingingen, und schüttelte ihn. Ein Tropfenregen prasselte auf beide nieder, Britta lachte und blinzelte mit den Wimpern, an denen Tropfen hingen. »Das tut gut«, sagte sie, »das hilft gegen die stärkste Traurigkeit.

»Allerdings erfrischend«, meinte Streith und wischte sich die Tropfen aus dem Bart.

Der Weg führte jetzt aus den Tannen heraus an einer kleinen Wiese hin, die blaßlila von Schwalbenaugen war.

»Hübsch«, bemerkte Streith.

Allein Britta zog die Nase kraus, sie mochte diese Blumen nicht: »Die sehen aus wie das Sonntagskleid der alten Trine. Aber die dort mag ich«, und sie wies auf den höher gelegenen Teil der Wiese, der gelb von Trollblumen war, »die wollen wir pflücken.« Sie bog vom Wege in die Wiese ab, ungeachtet des hohen, nassen Grases.

Streith folgte ihr, vorsichtig die Beine hochhebend.

Britta machte sich eifrig an das Pflücken. »So pflücken Sie doch, Herr Graf«, rief sie, »wir wollen einen Kranz flechten.«

Streith gehorchte, die Beschäftigung war ihm ungewohnt, das viele Sichniederbeugen, das Pflücken der harten, feuchten Stengel schienen ihm beschwerlich. »Wie sie mich beherrscht«, dachte er.

Britta hatte bald die Arme voller Blumen und erklärte, es sei genug, sie verließen die Wiese, Britta setzte sich auf einen Baumstumpf und begann ihren Kranz zu flechten.

Streith saß ihr gegenüber auf einem anderen Baumstumpfe und rauchte eine Zigarette. Es war hier sehr ruhevoll unter dem leisen Klingen der von den Zweigen niederfallenden Tropfen.

»Sie waren wohl ein schönes, kleines Kind«, begann Streith.

»Ja«, erwiderte Britta, »ich war ein schönes Kind. Wir wohnten damals in der Stadt, und ich ging jeden Tag mit meinem Kinderfräulein in den Anlagen spazieren. Dort blieben die Leute stehen und sagten: ›O, das schöne Kind!‹ Ich muß damals sehr artig gewesen sein, denn dieses Spazierengehen in den Anlagen war doch gewiß kein Vergnügen. Wären wir in der Stadt geblieben, würde ich vielleicht eine Weltdame geworden sein wie Mama.«

»Wozu?« bemerkte Streith.

Britta schaute erstaunt auf: »Sie lieben doch Weltdamen? Alle die vielen Damen, die Sie geliebt haben, waren doch Weltdamen.«

Streith lächelte: »Es ist nun nicht so gewiß«, sagte er »daß ich so viele Damen geliebt habe, und dann, wenn einer eine Weltdame liebt, so liebt er nicht die Weltdame in ihr, sondern das, was sie noch neben der Weltdame ist.«

»Ach ja«, meinte Britta überlegen, »das gute Herz, natürlich.«

Streith antwortete darauf nicht, er schaute eine Weile schweigend zu, wie sie in dem blassen Gold der Blumen wühlte und ihren Kranz band.

Jetzt war sie fertig, sie streifte die Kapuze vom Kopfe, nahm den Hut ab und setzte den Kranz auf. Die feuchten Blumen streuten Tropfen in das Haar und auf die Stirn, Britta sah Streith an und lächelte befangen.

»Schön«, sagte Streith. Und wirklich, die Bewunderung für dieses goldbekränzte Mädchen vor ihm ging ihm heiß ins Blut, wie südlicher Wein, er hätte niederknien mögen vor diesen Farben, diesem Lächeln, dieser Jugend, er hätte sie an sich nehmen wollen, damit keiner sie ihm raube. Allein er tat nichts von alledem. Donald von Streith konnte all das nicht tun, es hätte sich für ihn nicht geschickt. Daher sagte er nur: »Melusine.«

»Wer war Melusine?« fragte Britta.

»Das erzähle ich Ihnen ein andermal«, erwiderte Streith.

Britta saß ruhig da, sie wurde ernst und feierlich, wie es Mädchen werden, die sich schön fühlen.

Die Sonne versteckte sich hinter Wolken, über dem Rasen und in den Zweigen begann es zu flüstern, ein Regenschauer ging über das Land.

»Wir müssen nach Hause«, rief Britta, sprang auf und zog die Kapuze über den Kranz. Auf dem Heimwege sprachen sie wenig, dieser Augenblick der Schönheit und der Bewunderung hatte sie ergriffen und einsilbig gemacht. Nur am Kreuzwege, als sie sich trennten, sagte Britta: »Eines wünsche ich mir noch.«

»Was ist es denn?« fragte Streith.

»Einmal auf dem großen, falben Pferde sitzen zu dürfen.«

Streith lachte: »Wenn es nur das ist, das machen wir.«

Die Prinzessin Agnes war abgereist, und die Einwohner des Schlosses fühlten sich seitdem freier und jünger. Die Fürstin ritt am Nachmittage aus. Sie trabte durch den Park in den Wald, der Tag war sonnig, die Luft leicht bewegt, die großen Föhren rauschten leise und gleichmäßig, als erzählte eine tiefe Stimme eine lange, ruhige Geschichte. Die Fürstin freute sich, daß trotz der Schwägerin Agnes doch der Frühling allenthalben blühte, doch das Leben voller Versprechungen und nicht nur würdige Entsagung war.

Dort am Ende der Schneise lag die kleine Waldlichtung, und dort würde Streith auf seinem Falben sie erwarten. Sie trieb ihr Pferd an und bog scharf um die Ecke. Da lag die Waldlichtung vor ihr, gelb von Sonnenschein; mitten auf ihr stand der Falbe, und auf ihm saß ein Mädchen mit dunkelm Haar, rundem, rosigem Gesichte und großen, schwarzen Augen. Vor ihm stand Streith, die eine Hand am Zügel, die andere auf dem Sattel. Er sah zu den schwarzen Augen auf und lachte ein so jugendlich heiteres Lachen, wie es die Fürstin an ihm noch nie gesehen hatte. Sie wandte den Kopf ab und jagte vorüber. Sie mäßigte auch den Schritt ihres Pferdes nicht, als die Lichtung schon weit hinter ihr lag. Es war ihr, als müßte sie dem Bilde entfliehen, das sie doch mit grausamer Deutlichkeit vor sich sah, das große, blanke Pferd, auf ihm das dunkle Mädchen, und davor der lachende Streith und all das grell übergossen vom gelben Sonnenschein.

Als sie am Schlosse anlangte, war das Pferd in Schaum. Die Fürstin ging schnell auf ihr Zimmer und schellte nach ihrer Zofe, sie wollte sich umkleiden. Heute war Donnerstag und der Gesellschaftstee für die Nachbarn, so mußte größere Toilette gemacht werden. Vor allem aber wollte sie nicht allein sein, sie kleidete sich langsam und sorgsam an und sprach dabei mit der Zofe. Es handelte sich um eine Schneiderin, die aus dem Städtchen in das Schloß kommen sollte, und die Fürstin wünschte einiges über das Vorleben dieser Schneiderin zu erfahren.

Endlich jedoch war die Toilette beendet, die Zofe hatte nichts mehr zu tun und mußte entlassen werden. Die Fürstin ging an das Fenster und schaute in den Garten hinaus. Während sie dort stand, stieg der Zorn in ihr auf; ganz heiß, es tat ihr wohl, seine Flamme in sich zu spüren. Der elende Mensch, wie sie ihn verachtete, wie ihr vor ihm ekelte! Nie mehr sollte er dieses Haus betreten, sie wollte sich an ihm rächen, ihn demütigen, das Gespött der ganzen Gegend sollte er sein. Und sie sann auf Lebenslagen, in denen sie Streith vernichten könnte. Allein der Zorn mit seiner aufrechterhaltenden Kraft hielt nicht stand. Die Fürstin fühlte sich wieder schwach und mutlos. Sie setzte sich auf einen Sessel, schlug die Hände ineinander, und die schönen, strengen Züge nahmen einen hilflosen Ausdruck an, wie ihn Kindergesichter haben, wenn sie weinen wollen. So war denn alles vorüber. Streith war die Poesie in ihrem Leben gewesen. Schon in der traurigen Birkensteiner Zeit, als sie für alle die arme, engelsgute Fürstin gewesen war, die man bemitleidete, schon damals hatte es sie getröstet, zuweilen an den jungen Kammerherrn zu denken, an seine etwas umständliche Ritterlichkeit, an die bewundernden Blicke, die er auf ihr ruhen ließ. Da war einer, dem sie mehr war als die arme, engelsgute Fürstin. Und später, als sie Witwe wurde und er in ihre Nähe zog, da wußte sie, er wartet. Sie brauchte nur ein Wort zu sagen, und ein stilles, seltsames Glück wurde ihr geschenkt. Oft hatte sie in stillen Stunden davon geträumt, sie brauchte noch nicht zu entsagen. Solange Streith da war, konnte sie an das Leben denken, wie ein Schulkind an die Woche denkt, in der es einen Feiertag gibt. Und nun, sie war genarrt und betrogen worden wie ein Dorfmädchen, sie war nichts als eine lächerliche, alte Frau, die sich eingebildet hatte, noch geliebt zu werden. Andere Frauen konnten weinen und klagen, sie konnten sich rächen oder sterben, sie mußte schweigen. Der Gedanke, irgend jemand könnte ahnen, was ihr angetan worden war, erschien ihr unerträglich. Sie war wieder die unnahbare, engelsgute Fürstin. Das Leben ging an ihr vorüber, und ihr blieb nur ihre Würde.

Sie hörte draußen Wagen rollen, das waren ihre Gäste. Sie erhob sich, trat vor den Spiegel, fuhr sich mit der Puderquaste leicht über die Augenlider, richtete sich gerade auf und ging hinaus.

Im Grünen Salon waren die Gäste schon versammelt, die Fürstin begrüßte sie mit ihrem huldvollen Lächeln, der Landrat sagte etwas, über das die Fürstin lachte, die Fürstin sagte etwas, und alle lachten.

Der Tee wurde serviert, die Fürstin saß neben der Gräfin Dühnen, die von Franzensbad sprach, der Landrat erzählte von Seiner Majestät. Der Kaiser war hier durchgefahren, und der Landrat hatte ihn auf der Station begrüßt. Seine Majestät sah prächtig aus, dieser Blick, der wahre Herrscherblick!

»Wo ist denn Graf Streith?« fragte die Gräfin Dühnen, »man sieht ihn jetzt selten.«

»Er vergräbt sich wohl in seine Landwirtschaft«, erwiderte die Fürstin ruhig.

»Es scheint«, fuhr die Gräfin Dühnen fort, »daß er in letzter Zeit unsere Mietwohner vom alten Forsthause protegiert, diese Frau von Syrman und Tochter. Er ist dort gesehen worden.«

Die Fürstin legte die Tasse, die sie in der Hand hielt, auf den Tisch zurück; sie fürchtete, die Hand könnte zittern. Dann lächelte sie ein nachsichtiges Lächeln und meinte: »Ja, ältere Herren müssen immer etwas zu protegieren haben.«

Am nächsten Morgen fand Streith auf seinem Frühstückstische einen Brief von Frau von Syrman. Sie bat den werten Grafen, auf seinem Spaziergang bei ihr vorzusprechen, nur auf ein Wort, Britta wäre in die Stadt gefahren, um ihre Musik- und Tanzstunde zu nehmen. »Natürlich«, dachte Streith, während er den Brief langsam wieder in den Umschlag zurücksteckte, »das mußte kommen.«

Also der heutige Vormittag war den unangenehmen Angelegenheiten gewidmet, denn er hatte auch vor, in die Kanzlei des Schlosses zu gehen, um Papiere zurückzugeben und dem Major mitzuteilen, daß er zu verreisen beabsichtige. Das war jetzt nötig geworden. Gut, er war auch in der rechten Stimmung, eine grimmige Entschlossenheit erfüllte ihn. Dazu kam etwas wie höhnische Grausamkeit gegen sich selbst. Während er sich anschickte, das zu zerstören, was er so lange für den wertvollsten und heiligsten Inhalt seines Lebens gehalten hatte, sah er mit Ironie auf sich selbst, auf den Weisen und Lebenskünstler herab. Jetzt stand er ganz auf der Seite seiner Torheit und war entschlossen, mit ihr bis an das Ende zu gehen. So machte er sich denn auf den Weg. Im Gehen dachte er nicht an sich und seine Angelegenheiten, kritisch betrachtete er die Roggenfelder, an denen er vorüberkam, prüfte mit dem Spazierstock die Gräben, ob sie gut ausgegraben seien. Am Gitter des Schloßgartens warf er keinen Blick in den Garten; seinen Weg in die Kanzlei nahm er durch den Hof.

Der Major saß am Schreibtisch über seinen Kontobüchern.

»Guten Morgen, Major«, sagte Streith, als er eintrat, und gab seiner Stimme einen heiteren Klang.

Der Major blickte auf, streckte dem Grafen die Hand hin und sagte auch seinerseits: »Guten Morgen.«

Am Ausdruck des Gesichtes aber, an der Art, wie er ihm die Hand entgegenstreckte, erkannte Streith, daß der Major befangen war. Er wußte also etwas. Der Stallmeister, der die Fürstin auf den Spazierritten zu begleiten pflegte, hatte wohl dem ganzen Schlosse schon sein gestriges Erlebnis erzählt. »Ich bringe Ihnen hier Papiere zurück«, versetzte Streith, »bitte sie durchzusehen, mehr habe ich nicht. Ich beabsichtige nämlich eine Reise zu machen.«

»O, wirklich«, murmelte der Major, »längere Reise?«

»Eine Sommerreise«, erwiderte Streith und setzte sich auf den Stuhl, auf dem er hier zu sitzen pflegte, »Luftveränderung ist für die Gesundheit nötig, das stete Sitzen auf einem Fleck bringt uns herunter. Von Zeit zu Zeit müssen wir uns vergewissern, ob wir nicht an unserer Scholle angewachsen sind. Sie sollten sich auch einmal herausrühren, Major.«

»Ich fühle mich ganz wohl«, antwortete der Major, ohne von seinen Papieren aufzusehen, »ich verlasse meine Arbeit nicht gern.«

»Eine Erneuerung hat der Mensch von Zeit zu Zeit nötig«, meinte Streith. »Selbst die Schlange schlüpft ab und zu aus ihrer alten Haut heraus, und kann sie das nicht mehr, dann ist sie krank.«

»Ich danke«, erwiderte der Major gereizt, »ich bin mit meiner Haut ganz zufrieden. Sie hat mir lange genug gute Dienste geleistet.«

Streith lachte: »O, ich sage nichts gegen Sie, aber nicht jeder ist immer so zufrieden in seiner Haut.«

Der Major antwortete nicht.

Streith zündete sich eine Zigarette an und streckte die Beine von sich. Dieser ihm so lange vertraute Raum mit seinem Tinten- und Papiergeruch, den Schälchen voller Getreideproben und den großen Brummfliegen, die durch das offene Fenster aus- und einflogen, er teilte ihm diese Trägheit mit, die von altgewohnten Dingen auszugehen pflegt. So wie der Major still und zufrieden auf einem Fleck zu sitzen mußte ruhevoll und gemütlich sein.

Ein leiser Ton wurde vor der Tür vernehmbar, die Tür öffnete sich, und die Fürstin stand auf der Schwelle. Die beiden Herren erhoben sich von ihren Sitzen und verbeugten sich. Die Fürstin stand regungslos da in ihrem weißen Morgenkleide, die Arme schlaff niederhängend, und die Augen schauten in das Zimmer hinein, als blickten sie in eine gleichgültige Ferne hinaus. Dann wandte sie sich um und schloß leise hinter sich die Türe.

Der Major warf Streith einen scheuen Blick zu.

Streith war blaß geworden, langsam setzte er sich wieder auf seinen Stuhl und fuhr fort zu rauchen. In seinen Ohren klang der leise, trockene Ton der sich schließenden Türe nach, der hatte Eindruck auf ihn gemacht. Dieser Ton schien etwas zu sagen, das ihm noch nie in seinem Leben gesagt worden war.

Endlich erhob er sich, um Abschied zu nehmen. »Leben Sie wohl, Major,« sagte er. Der Major drückte fest Streiths Hand, und die hervortretenden, blauen Augen wurden feucht. Im Hinausgehen wandte Streith sich noch einmal um und bemerkte: »Wenn wir uns entschließen, aus unserer alten Haut hinauszuschlüpfen, so sollten wir nie mehr in sie zurückkehren, auch nicht für einen Augenblick.«

Zufrieden mit diesem Abgang verließ er das Zimmer.

Es war Mittagszeit und der Hof menschenleer. Auch das Schloß und der Garten lagen schweigend und wie verlassen im grellen Sonnenschein da. »Wie gestorben«, ging es Streith durch den Sinn, »für mich gestorben.« Und wirklich, das Schloß schien ihm jetzt jenen Häusern zu gleichen, die wir einst gekannt haben und die wir im Traume oder in unserer Erinnerung wiedersehen, auch über ihnen liegt diese schwermütige Stille; es ist, als trauerten sie darüber, daß sie in der Vergangenheit wohnen müssen. »Recht der Augenblick, um gefühlvoll zu werden«, dachte Streith, allein er stellte mit Befriedigung fest, daß er nicht gefühlvoll war. Er trat fest auf, er bog den

Kopf zurück, um einer Lerche zuzuschauen, die trillernd über ihm im Blauen hing. Er spitzte die Lippen und versuchte den Triller nachzupfeifen.

Im Forsthause empfing Frau von Syrman ihn vor der Haustüre. Sie trug ein hellgelbes Morgenkleid und ein weißes Häubchen auf dem Kopfe. »Wie liebenswürdig, Graf, so pünktlich zu sein«, rief sie ihm entgegen, »ich hoffe, ich habe Sie nicht inkommodiert.«

»Ich stehe ganz zu Ihrer Verfügung, gnädige Frau«, antwortete Streith förmlich.

»Nun, dann, denke ich, setzen wir uns hier draußen hinaus«, schlug Frau von Syrman vor, »es weht hier ein angenehmes Lüftchen.« Sie setzten sich einander gegenüber auf die Bänke vor der Haustüre; Streith stützte beide Hände auf die Krücke seines Spazierstockes und wartete. Sein Gesicht nahm dabei einen strengen und starren Ausdruck an. Frau von Syrman sann einen Augenblick vor sich hin, und als sie zu sprechen begann, zitterte ihre Stimme: »Was ich zu sagen habe, werter Graf, ist nicht leicht zu sagen, aber Sie sind ein so feiner Welt- und Menschenkenner, daß Sie mich verstehen werden. Es handelt sich um Britta, und, nicht wahr, das entschuldigt alles. Ich bin Ihnen sehr dankbar dafür, daß Sie sich des Kindes annehmen, Ihr Umgang wirkt veredelnd und erzieherisch, ja geradezu erzieherisch, und das Kind ist dabei so glücklich. Aber Sie und ich, wir kennen die Welt, wir wissen, daß die Menschen nichts Schönes und Edles sehen können, ohne es zu entstellen und zu verleumden. Gestern in der Stadt wurden mir Gerüchte zugetragen, aus denen ich ersehe, daß die Leute nichts Besseres zu tun haben, als die Köpfe zusammenzustecken und über uns zu reden. Natürlich darf dadurch der uns so werte Umgang mit Ihnen nicht gestört werden, anderseits, da es sich um mein Kind handelt, darf ich die Sache nicht ganz unbeachtet lassen. Da sagte ich mir, du nimmst dir ein Herz und sprichst mit dem Grafen, er wird Rat wissen.«

Sie neigte den Kopf auf die eine Schulter und sah Streith besorgt an. Dieser hatte aufmerksam zugehört, nun richtete er sich auf und sagte langsam, als läse er ein wichtiges Dokument vor: »Ich erlaube mir hiermit, gnädige Frau, Sie um die Hand Ihrer Tochter, Fräulein Britta, zu bitten.«

Frau von Syrman errötete. Die Überraschung ließ sie nicht gleich Worte finden, sie streckte dem Grafen beide Hände hin: »Ach, Graf«, rief sie, »Sie sind edel und hochherzig, wem könnte ich mein Kind mit größerem Vertrauen in die Arme legen als Ihnen, unter wessen Schutz könnte ich mein Kind sicherer wissen, als unter Ihrem Schutze? Meinen Segen haben Sie, und Britta, sie denkt ja nur an Sie, sie spricht ja nur von Ihnen, Sie sind ihr Ideal. Natürlich an so etwas hat sie nicht gedacht, sie ist ja noch ein Kind, ein unbeschriebenes Blatt. Aber wenn etwas auf diesem Blatte steht, so ist es Ihr Name, lieber Graf.«

Streith verneigte sich: »Ich danke Ihnen, gnädige Frau, für Ihr Vertrauen, das mich ehrt. Fräulein Brittas Zustimmung, auf die Sie mir so gütig Aussicht machen, vorausgesetzt, hätte ich noch eine Bitte vorzutragen. Mein Wunsch ist, daß die Sache geheim bleibe. Wir könnten in das Ausland reisen, wo die Angelegenheit dann ihren regelrechten Abschluß finden würde.«

»Wie Sie es einrichten, lieber Graf«, meinte Frau von Syrman, »so wird es am besten sein.«

»Was das Gerede der Leute anbetrifft«, fuhr Streith in seinem trockenen, sachlichen Tone fort. Frau von Syrman aber unterbrach ihn lebhaft: »Die Leute sollen reden, was sie wollen, ich kenne das. Früher war ich verwundbar und litt darunter, aber mit der Zeit habe ich gelernt, das boshafte Gerede der Leute zu verachten. Beunruhigen Sie sich darüber nicht, aber nicht wahr, Sie kommen dann heute abend zu uns, um sich von dem Kinde selbst das Jawort zu holen?«

Streith verneigte sich wieder: »Ich danke Ihnen, gnädige Frau«, sagte er, »für alle Ihre Güte, jetzt darf ich Sie nicht länger aufhalten.« Er erhob sich, küßte Frau von Syrmans Hand und ging.

Frau von Syrman blieb in der Türe stehen, sie hielt ihr Taschentuch in der Hand, sie wollte damit winken, wenn Streith noch einmal zurückschauen würde, er schaute jedoch nicht zurück.

Abends nach Sonnenuntergang ging Streith wieder in das Forsthaus hinüber. Er hatte daran gedacht, einen Blumenstrauß mitzubringen, gab jedoch die Absicht auf; der Gedanke sich als regelrechter Freiwerber, einen Strauß in der Hand, bei Syrmans einzustellen, widerstand ihm.

Im Forsthause war das Wohnzimmer hell erleuchtet. Als Streith eintrat, kam Frau von Syrman ihm entgegen, sehr hübsch in einem roten Seidenkleid, in der Hand hielt sie einen großen, roten Federfächer. »Willkommen, Graf, willkommen«, rief sie. Hinter ihr stand Britta in einem weißen Kleide mit weinroten Schleifen. Frau von Syrman faßte ihre Tochter an die Schultern und schob sie Streith zu. »Nehmen Sie sie, Graf, nehmen Sie sie«, sagte sie.

Streith küßte Brittas Hand, Frau von Syrman aber legte die eine ihrer Hände auf den Kopf ihrer Tochter, die andere auf Streiths Schulter und sprach gerührt: »Gott segne euch, meine Kinder. Jetzt aber muß ich nach meinem Braten sehen, ihr werdet euch wohl manches zu sagen haben.« Damit raffte sie ihre Schleppe auf und lief mit kleinen Schritten in die Küche hinaus.

»Sollen wir uns nicht setzen?« schlug Streith vor und legte seinen Arm um Brittas Taille, die sich gerade aufrichtete. Sie setzten sich auf das Sofa. Vor ihnen, mitten im Zimmer, stand der feierlich gedeckte Tisch, den ein Strauß Trollblumen schmückte. Streith war verlegen, was ihn wunderte. Es klang, seiner Ansicht nach, zu feierlich, als er zu sprechen begann: »Ich habe es noch nicht aus Ihrem Munde gehört, daß Sie, hm –, daß Sie die Meine werden wollen.«

»Ja, wenn Sie das wollen«, erwiderte Britta ernst, »ich bin so gern bei Ihnen. Bei Ihnen ist es behaglich und sonntäglich.«

»Behaglich und sonntäglich«, wiederholte Streith lebhaft, »so muß es auch bleiben. Sollen wir nicht du zueinander sagen?«

Aber Britta schüttelte den Kopf, sie glaubte nicht, daß das heute schon gehen würde, es war so ungewohnt.

»Gut, das kommt noch«, beruhigte sie Streith.

»Ich habe nie daran gedacht«, sagte Britta nachdenklich, »daß Sie mich heiraten wollen. Die Leute sagten, Sie würden die Fürstin heiraten.«

»Ach was, die Leute«, murmelte Streith ärgerlich.

»Ich habe auch nie daran gedacht«, fuhr Britta fort, »daß ich eine Gräfin werden könnte, Mama hat mir den ganzen Nachmittag die Gräfin vorgehalten, so daß ich gar nicht mehr an sie denken mag.«

»Nun, wir brauchen auch nicht an sie zu denken«, meinte Streith heiter.

Britta seufzte: »Gemütlicher war es vorher.«

»Vorher?« fragte Streith.

»Ja, vor der Verlobung.«

Streith lachte: »Wir wollen es schon so einrichten, daß die Verlobung uns nicht stört.«

Frau von Syrman kehrte in das Zimmer zurück, gefolgt

von Trine, die eine Schüssel trug. Trine hatte ihr mattlila Sonntagskleid angezogen und versuchte es, ihr Gesicht, das dem Gesichte eines bösen, alten Mannes glich, freundlich zu verziehen.

»Ich bitte zum Souper«, lud Frau von Syrman ein, »das Brautpaar sitzt zusammen mir gegenüber.« Trine setzte die Schüssel auf den Tisch, es waren Eierschnitte in Remouladensoße mit frischem Salat. »Eine kleine Vorspeise«, sagte Frau von Syrman, »bitte sich zu versorgen. Unser Souper ist ländlich und einfach, wie sollte es anders sein.«

»Das sind die besten Soupers«, bemerkte Streith höflich.

»Das behauptete auch immer die Gräfin Erdödi«, erzählte Frau von Syrman. »Früher traf ich die Gräfin fast jedes Jahr entweder in Kissingen oder in Franzensbad. Ich kann wohl sagen, ich war mit der Gräfin befreundet. Die Gräfin erzählte gern davon, wie sie sich einmal in Ungarn auf dem Spazierritte verirrte, sie kam an ein kleines Bauernhaus, sie stieg vom Pferde, und da sie hungrig war, ließ sie sich etwas zu essen geben. Sie setzte sich an den groben Holztisch, und ihr wurde auf einem blauen Fayenceteller ein Stück Schwarzbrot und ein Käse vorgesetzt, dazu ein Glas trüben Weines; diese Mahlzeit, sagte sie, sei die beste gewesen, die sie in ihrem Leben genossen. Sie erinnerte sich ihrer auch, als sie im nächsten Winter elend und appetitlos war; ein blauer Fayenceteller mußte in der Stadt aufgetrieben werden, sie ging in die Küche, setzte sich an den Küchentisch, ließ sich auf dem Fayenceteller Schwarzbrot und Käse servieren, dazu ein Glas Wein, ›aber‹, pflegte sie zu sagen, ›es war doch nicht dasselbe‹.«

»Wir erleben eben niemals zweimal dasselbe«, bemerkte Streith.

»Sehr wahr«, sagte Frau von Syrman.

Trine erschien wieder und trug eine Kalbskeule mit jungem Gemüse auf.

»Die Früchte des Landes«, erklärte Frau von Syrman, und als alle versorgt waren, nahm sie die Unterhaltung wieder auf: »Die Gräfin erzählte mir auch viel vom Wiener Hof, die strenge Etikette muß doch lästig sein.«

»Wer sie kennt, dem ist sie angenehm wie jede Ordnung«, erwiderte Streith ein wenig scharf.

»Das ist gewiß richtig«, beeilte sich Frau von Syrman zuzugeben. »Sie kennen ja das Hofleben so gut. Das Hofleben muß doch interessant sein.«

Das schien Streith aber auch nicht recht zu sein, es klang ärgerlich, als er antwortete: »Bei Hof geschieht vielerlei, aber interessant ist wohl nicht das rechte Wort dafür.«

»Natürlich«, meinte Frau von Syrman, »Ihren geistigen Bedürfnissen genügt das nicht.«

Streith schwieg darauf, und es entstand im Gespräche eine Pause. Trine kam, trug die Kalbskeule ab und servierte eine kleine Torte, einem Sektkühler entnahm sie eine Flasche Sekt, ließ den Korken springen und goß den Wein in die hohen, spitzen Gläser.

»Frappiert ist er nicht«, entschuldigte Frau von Syrman, »er wird wohl auch zu süß sein. Früher trank ich gern Champagner, aber er mußte sehr *sec* sein. Nun, *à la guerre comme à la guerre*, wollen wir anstoßen. Auf euer Glück, meine geliebten Kinder.«

Die Gläser klangen aneinander, Frau von Syrman wurde gerührt, sie lehnte sich in ihren Stuhl zurück, fächelte sich mit dem Fächer Luft zu und sagte klagend: »Ich hätte nicht geglaubt, daß mir in meinem Leben noch eine so glückliche Stunde geschenkt werden würde.«

Britta nippte an ihrem Glase und lachte, sie behauptete, der Wein kitzele sie in der Kehle. »Unser Kind ist heute auch schweigsam«, fuhr Frau von Syrman fort, »viel Glück macht stille.«

»Aber geschmeckt hat es?« fragte Streith und legte seine Hand auf Brittas Hand. Er bedauerte jedoch sofort diese Frage, denn sie klang wie die wohlwollende Frage, die ein Onkel an seine Nichte richtet. Frau von Syrman antwortete für ihre Tochter: »Sie hat wenig gegessen, Glück macht auch satt. Erzähle uns doch, mein Kind, was du in der Stadt erlebt hast.«

»In der Stadt habe ich zuerst schlecht Klavier gespielt«, berichtete Britta, »später in der Tanzstunde fand Herr Hilte, daß ich keine Grazie habe.«

»Was Herr Hilte Grazie nennt«, bemerkte Streith, »ist vielleicht nicht leicht zu erraten.«

»Nein, ich tanze wirklich schlecht, es geht eben nicht. Aber Sie, Herr Graf, Sie müssen schön tanzen.«

»Tanzen gehörte früher zu meinem Berufe«, erwiderte Streith. »Jetzt habe ich diese Kunst längere Zeit nicht geübt.«

»Nein, nein«, rief Britta, »Sie müssen herrlich tanzen, mit Ihnen könnte ich tanzen.« Und sie sprang auf, rief nach Trine, der Tisch mußte beiseite gestellt werden, denn sie wollte mit Streith tanzen.

»Solch ein Kind«, sagte Frau von Syrman lächelnd und zog die Schleifen an Brittas Kleide zurecht: »So, jetzt geh, kleine Gräfin.« Sie selbst setzte sich an das Klavier und spielte einen Walzer. Streith und Britta tanzten. Durch die geöffneten Fenster klang das Rauschen der Tannen in die Walzermelodie hinein wie der Ton einer großen Baßgeige. Vor den Fenstern standen Trine, Andree, Annlise, Andrees Mutter und Margusch, Andrees Tochter, und schauten dem Tanze zu. Britta konnte nicht genug haben, allein Streith wurde schwindelig, und er mußte sich setzen. Britta saß neben ihm, stark atmend, die Lippen halb geöffnet, die Augen blank. »Das war schön«, sagte sie und lehnte ihr heißes Gesicht an Streiths Schulter, »ich glaube, so tanzt man im Himmel.«

Frau von Syrman spielte jetzt eine leise, süße Melodie. Streith beugte sich zu Britta herab. »Du weinst?« fragte er erstaunt.

»Ja, es ist dumm«, erwiderte sie und wischte sich die Tränen aus den Augen, »ich weiß nicht warum, aber plötzlich wurde alles so traurig.«

Besorgt eilte Frau von Syrman herbei. »Das Kind ist nervös«, sagte sie, »zuviel Glück an einem Tage macht nervös. Wir wollen tüchtig ausschlafen und morgen unserem Freunde ein heiteres Gesicht zeigen.«

Streith verabschiedete sich und ging. Von draußen schaute er noch einmal zurück, am Fenster sah er Brittas Gestalt dunkel gegen das helle Zimmer, der Wind fuhr ihr in die Haare und ließ die krausen Haarsträhnen wie kleine, rege Schatten um ihren Kopf flattern.

Britta verlangte von Streith, er solle abends mit ihr an den Bach gehen, um Krebse zu fangen. »Gut«, sagte Streith, »Oskar kann einen Imbiß in den Korb tun und ihn uns nachtragen.«

»Nein«, bat Britta, »nicht der strenge, ältliche Herr, dann können wir nicht lustig sein, Margusch soll den Korb tragen.«

So trug Margusch den Korb mit dem Imbiß und Andree trug die kleinen, runden, an langen Stöcken befestigten Netze. Als sie auf die Wiese kamen, herrschte noch die ruhige Helligkeit, die an Sommerabenden gleich nach Sonnenuntergang über dem Lande zu liegen pflegt.

Britta half Andree und Margusch die Köder auf die Netze binden und die Netze in das Wasser stecken. Streith hatte sich auf einen Rasenhümpel gesetzt, die Luft war schwül und drückend, nur der Bach atmete eine feuchte Kühlung aus. Vor Streith lag weites, offenes Land, Äcker, Landstraßen, Pappelalleen, hier und da ein Gehöft, in dem schon ein blasses Licht aufglomm, alles ein wenig farblos und wesenlos in der niedersinkenden Dämmerung. Am Horizonte stand eine violette Wolkenwand, die zuweilen von einem Wetterleuchten vergoldet wurde. »Unwirklich, unglaubhaft«, dachte Streith. Das war das Gefühl, das ihn jetzt immer wieder ergriff, was er erlebte, war hübsch und so, wie er es wollte, und dennoch unwirklich, unglaubhaft. Es schien ihm zuweilen, als lebe er das Leben eines andern, wie uns das wohl im Traume zu geschehen pflegt.

Britta kam und setzte sich zu ihm. »Andree sagt«, berichtete sie, »es wird Gewitter geben. Es ist hier auch so unheimlich still, es ist so, als ob sie alle auf etwas warteten.«

»Sie warten darauf, aufzuwachen«, erwiderte Streith zerstreut.

»Wie?« fragte Britta verwundert.

»O nichts«, meinte Streith, »gehen wir nicht jetzt die Netze nachsehen?«

Während Britta dicht an den Bachrand trat, um sich vorzubeugen und das Netz herauszuziehen, stand Streith hinter ihr und hielt sie an ihrem Gürtel fest. Margusch mit einem Korbe stand neben ihnen, um die Krebse in Empfang zu nehmen, Andree schmunzelte: »Bei einem so stillen Wetterchen«, meinte er, »steigen die Luder wie toll.«

Allerdings waren die Netze ganz voll. Wenn Britta die Tiere vorsichtig mit zwei Fingern aus dem Netze hob, um sie in den Korb zu werfen, dann lachte sie und stieß kleine Schreie aus. Im Korbe rieben die Krebse leise ihre Schalen aneinander, daß es wie Flüstern klang. Aus dem Wasser stieg ein leichter Sumpfgeruch auf, gemischt mit dem Dufte des Schilfes und des Blütenstaubes der Froschlöffel.

»Hübsch«, dachte Streith wieder, »aber unwahrscheinlich.«

Als alle Netze nachgesehen waren, fühlte Britta sich erschöpft; die Luft machte die Glieder schwer. »Jetzt essen wir«, schlug Britta vor. Sie setzten sich auf den Rasen, Margusch trug den Imbiß heran. Britta aß langsam und mit Behagen, trank dazu einen hellen, süßen Wein, und als sie fertig war, lehnte sie sich befriedigt zurück und sagte: »So, nun zünde deine Zigarette an, die riecht so vornehm.«

Die Dämmerung war auf die Wiese herabgesunken, und die Wolkenwand des Horizontes mit ihrem Wetterleuchten war höher gestiegen.

»Eigentlich ist es ein Wetter zum Fürchten«, versetzte Britta, »wenn du nicht da wärest.«

»Und jetzt?« fragte Streith.

»Jetzt ist es gut«, fuhr Britta fort. »Das ist immer so, ein Mensch kann alles gut machen. Wenn ich als Kind in der Sommerdämmerung allein im Bette lag, dann fürchtete ich mich, in jeder Ecke stand etwas, vor dem ich mich fürchtete; aber wenn die Kinderfrau hereinkam, dann war alles fort, und das Kinderzimmer war wieder das alte, gute Kinderzimmer. Ja, so ist es. Hast du dich auch als Kind gefürchtet? Erzähle doch von der Zeit, als du noch nicht ein feiner, vornehmer Herr warest, sondern ein kleines Kind. Warst du glücklich?«

»Ich hatte keinen Grund, nicht glücklich zu sein«, erwiderte Streith sinnend, »ich hatte gütige Eltern, ein älterer Bruder war da, mit dem ich zuweilen raufte, das hat mir aber das Leben nicht weiter verbittert. In der Stadt wohnten wir in einem schönen Hause mit einem großen Garten, nein, ich war nicht unglücklich, aber ich war, glaube ich, ein einsames Kind, was wohl an mir lag. Kinder haben ja stets ihre eigene Welt, von der sie mit den Erwachsenen nicht sprechen, weil sie ja doch nicht verstanden werden. Meine Welt muß besonders kraus gewesen sein, denn ich war besonders schweigsam. Ich war gern allein und spielte so für mich hin. Das Haupterlebnis aber dieser Kinderjahre war Deborah.«

»Deborah?« fragte Britta und richtete sich auf, »erzähle doch.«

»Mein Kinderzimmer lag an der Schmalseite des Hauses«, fuhr Streith fort. »Ihm gegenüber durch eine enge Straße getrennt lag die Schmalseite eines anderen, schönen Hauses, das reichen Juden gehörte. Diese Leute hatten eine einzige Tochter, Deborah, die in meinem Alter war. Das Fenster von Deborahs Kinderzimmer lag dem Fenster unseres Kinderzimmers gegenüber, und sie liebte es, stundenlang auf dem Fensterbrette zu sitzen und zu mir herüberzuschauen, während ich an unserem Fenster stand und zu ihr hinübersah. Deborah zu bewundern war für mich ein großer, erregender Genuß, und ihr schien es Vergnügen zu machen, sich von mir bewundern zu lassen. Ich fand sie sehr schön; sie hatte schwarze, blanke Locken, ein kleines, gelbes Gesicht und große, dunkle Augen. Sie war auch meiner Ansicht nach immer prachtvoll gekleidet, ich erinnere mich eines roten Kleides mit einer Goldspitze und eines gelben Kleides mit weißen Spitzen. Zuweilen, wahrscheinlich wenn die Mutter nicht zu Hause war, holte Deborah eine goldene Kette mit einem grünen Edelstein hervor und wand sie sich um den Kopf. Dann saß sie regungslos da wie ein kleines Götzenbild und ließ sich von mir anstaunen. Auch sonst beschäftigte Deborah stark meine Phantasie.«

»Du warst verliebt in sie«, schaltete Britta ein.

»Vielleicht«, meinte Streith, »obgleich die Liebe in den Jahren doch anders aussieht als unsere Liebe späterer Jahre. Ich erinnere mich nicht, mich danach gesehnt zu haben, Deborah näherzutreten, mit ihr zu sprechen oder sie zu umarmen und zu küssen. Was ich wünschte, war, Deborah selbst zu sein, so schön wie sie zu sein, solche langen Locken und große Augen wie sie zu haben, solche schöne Kleider zu tragen und eine goldene Kette mir um den Kopf zu winden. Das war es, was ich wollte. Ich erträumte mir Lebenslagen, in denen ich Deborah war; ich selbst kam mir dabei sehr gering vor, und ich litt unter dem bitteren Gefühl, nur ein häßlicher kleiner Junge zu sein.«

»Seltsam«, sagte Britta. »Und was wurde aus ihr?«

»Eine Zeitlang erschien Deborah nicht mehr an ihrem Fenster«, erzählte Streith weiter, »ich hörte, sie sei krank, und dann sagte man mir, sie sei gestorben. Das erregte mich sehr, ich lief in den Garten hinaus, warf mich auf den Rasen hin und dachte an Deborah. Ich entsinne mich noch gut dieses Spätsommernachmittags mit seinen vielen bunten Dahlien und Astern und den Spinnweben, die durch die Luft flogen. Ich kann nicht sagen, daß ich um Deborah trauerte, der Tod erschien mir als eine große Ehre, wie sie nur einem so hübschen kleinen Mädchen widerfahren konnte, er erhöhte sie in meinen Augen, hob sie hoch über mich empor, denn solche häßlichen kleinen Jungen wie ich sterben nicht. Jetzt wünschte ich nur noch eins: Deborah zu sehen. Ich ging auf die Straße hinaus, trieb mich vor der Tür des Judenhauses umher und wagte mich endlich bis in den Flur vor. Dort stand ein alter Mann mit langem, weißem Bart. ›Du willst wohl unsere Kleine sehen?‹ sagte er freundlich, nahm mich bei der Hand und führte mich in einen Saal. Dort waren viele Menschen, Damen in schwarzen Kleidern und schwarzen Schleiern, Herren in schwarzen Röcken. Auf großen silbernen Kandelabern brannten Kerzen, und sehr viel Blumen machten die Luft des Zimmers schwer und süß. Mitten aber zwischen den Kerzen und Blumen lag Deborah in einem weißen Sarge, ihre Augen waren geschlossen, ihr Gesicht erschien mir schmäler und gelber noch als sonst, umrahmt von den langen, schwarzen Locken. Sie trug ein weißes Seidenkleid, und in die kleinen, gelben Hände hatte man ihr eine Lilie gelegt. Was mich aber besonders entzückte, waren die kleinen, steifen Füße, die in Goldschuhen steckten. Atemlos vor Bewunderung sah ich Deborah an, ich glaubte nie etwas Schöneres gesehen zu haben. Nach einer Weile führte der alte Herr mich wieder hinaus. Ich ging in den Garten, warf mich platt auf den Rasen hin, und jetzt weinte ich, ich weinte, weil ich nicht auch so daliegen konnte zwischen Kerzen und Blumen im weißen Seidenkleide mit Goldschuhen, um mich her weinende Damen und feierliche alte Herren.«

»Die arme Deborah«, sagte Britta und stützte ihren Kopf an Streiths Schulter. »Aber sage, wünschest du jetzt auch zuweilen, du wärest ich?«

Streith lächelte: »Jetzt ist es anders; aber es ist möglich, daß in der Liebe zu dir manchmal etwas von dem alten Knabengefühle auftaucht.«

»Und sag«, fragte Britta weiter, »wenn du ich wärest, wie wäre es dann?«

»Gut«, erwiderte Streith, »ich glaube, es müßte köstlich warm in den Adern brennen.«

»Ach, du Armer, dich friert«, rief Britta, und sie umschlang ihn mit ihren Armen, schmiegte sich eng an ihn, freigebig mit ihrem jungen Körper, stolz darauf, dem anderen wohlzutun.

Der Himmel bewölkte sich, die steigende Wolkenwand verschlang einen Stern nach dem andern, häufige Blitze fuhren durch sie hin, und in der Ferne grollte der Donner. »Wir müssen machen, daß wir nach Hause kommen«, mahnte Andree, »es ist schneller heraufgekommen, als ich dachte.«

»Gehen wir«, sagte Streith und legte Brittas Arm in den seinen.

Große, lauwarme Tropfen begannen niederzufallen. Im Walde war es sehr finster, der Regen raschelte und raunte in den Zweigen, zuweilen erhellte ein Blitz das Land, groß und schwarz standen die Tannen in dem blauen Licht. Dann schaute Streith in Brittas Gesicht, blaue Funken sprühten in ihren Augen, sie warf den Kopf zurück und lächelte zu dem Blitz hinauf.

Ich denke«, sagte die Fürstin zu der Baronin Dünhof und schaute dabei sinnend ihre Tochter an, »ich denke, wir müssen für die Kleine so etwas wie ein Feld der Tätigkeit finden. Sie könnte in die Sonntagsschule der Pfarrerstöchter gehen, vielleicht faßt sie dafür ein Interesse. Auch plane ich monatliche Zusammenkünfte der Damen der Nachbarschaft bei mir. Wir würden Handarbeiten machen, die zugunsten der Mission verkauft werden, und der Pastor könnte uns einen Missionsbericht vorlesen.«

»Wie hübsch«, sagte die Baronin.

Marie zog die Augenbrauen zusammen und machte ihr verstocktes Gesicht; sie sah die Notwendigkeit dieser Pläne nicht ein. Schon die täglichen Beschäftigungen, das Lesen und Spazierengehen mit Fräulein von Dachsberg, die Spazierfahrten mit ihrer Mutter empfand sie als Störungen, ihr gab ihre Liebe genug zu tun. Oft wunderte sie sich selbst darüber, daß Liebe das Leben so ausfüllen konnte. Zuweilen war es nur ein Stilleliegen im Sonnenschein, ein Hinaufstarren in den Himmel, während das Fühlen des großen Erlebnisses wohlig das Blut erwärmte. Allein auch das schon hielt Marie für viel wichtiger als alle Sonntagsschulen und Missionskränzchen. Die Hauptsache jedoch waren die Briefe an Felix. Bis tief in die Nacht hinein saß sie auf, um diese langen Briefe zu schreiben, in die sie ihre ganze Seele legte. Wenn sie solch einen Brief wieder durchlas, erstaunte sie über den Reichtum an Gefühlen, die sie in sich entdeckte. Abgesandt wurden diese Briefe allerdings nicht, sondern sorgsam im Schreibtisch verschlossen, dennoch gaben sie ihr ein erregendes Glück. Bald jedoch genügte Marie das nicht mehr, sie wollte Antwort haben, und so schrieb sie denn in Felix' Namen auch die Antwort, Briefe voll zärtlicher Leidenschaft, und das war noch ergreifender, als die eigenen Briefe zu schreiben. War solch ein Brief fertig, dann steckte sie ihn zu sich, ging in den Park, setzte sich auf die Bank, auf der sie mit Felix gesessen, und las den Brief. Oder sie schlich zur Kiesgrube hinaus, lag dort, wo sie mit Felix gelegen hatte, die Wangen gerötet, die Augen schimmernd und weit offen, und in der fiebernden Mädchenphantasie bekamen Felix, sie selbst, ihre Liebe ein seltsam unwirkliches, mythisches Leben, das weit ablag von dem stillen Getriebe des Gutheidener Alltags.

Eines Abends saßen die Herrschaften zur gewohnten Zeit bei dem Diner. Jetzt, da Streith nicht mehr erschien, waren die Diners uninteressant. Die Fürstin sprach wenig, und der Baron Fürwit versuchte es zwar, die Unterhaltung zu leiten, es fiel ihm jedoch nicht viel ein. Heute machte er ein angeregtes Gesicht; das war ein Zeichen, daß er eine Neuigkeit mitzuteilen hatte, und sobald man bei Tische saß, begann er: »Die armen Dühnens!«

»Warum?« fragte die Baronin Dünhof, »macht Felix ihnen wieder Sorge?«

»Ja«, berichtete der Baron, und sein Gesicht nahm einen betrübten Ausdruck an, »der junge Mann ist wieder zu Hause, und dieses Mal ist es mit dem Dienste vorbei. Schlichter Abschied: eine böse Spielaffäre, eine ganz böse Geschichte.«

»Die arme Mutter!« meinte die Fürstin.

»Und der Vater«, fuhr der Baron Fürwit fort, »wir kennen ja Dühnen, der redet sich in einen Fanatismus der Härte hinein, der Junge taugt nichts, sagt er, also fort mit ihm nach Amerika, ich habe noch zwei Jungen, vielleicht geraten die besser.«

»Wie schrecklich«, sagte Fräulein von Dachsberg, und der Major sagte düster: »Jetzt kostet so etwas nur eine Reise nach Amerika, zu meiner Zeit überlebte ein Offizier nicht leicht eine solche Affäre.«

Niemand antwortete darauf, Baron Fürwit sah den Major mißbilligend an; er fand es taktlos, vor den Damen so etwas zu sagen.

Mariens Herz begann stark zu schlagen, aber sie richtete sich gerade auf, schaute auf ihren Teller nieder und faltete ihre kalten Hände krampfhaft über der Serviette. »Jetzt nur nicht weinen«, dachte sie, »jetzt nur nichts merken lassen.«

Die Unterhaltung nahm eine andere Wendung; die Fürstin sprach von einem Missionar, der im Dorfe predigen sollte.

»Ja«, sagte Baron Fürwit, »er kommt aus Bir-kir-kra.« Das Wort gefiel ihm, er wiederholte: »Bir-kir-kra.«

Fräulein von Dachsberg lachte und behauptete, so etwas

gäbe es nicht. Lautlos gingen die Diener um den Tisch, schenkten Wein ein und reichten den Nachtisch herum.

Marie konnte ruhig sein; sie alle merkten nichts davon, daß das junge Mädchen, das so wohlerzogen gerade unter ihnen saß, zitternd auf dem Posten stand vor der Not ihrer Seele, damit sie sich niemandem verrate.

Nach dem Diner blieb die Gesellschaft im Gartensaale. Die Baronin Dünhof und Baron Fürwit spielten Halma, Fräulein von Dachsberg las aus der *›Revue des deux Mondes‹* vor, während die Fürstin sich mit einer Stickerei beschäftigte.

Marie setzte sich abseits von den anderen in eine dunkle Ecke; sie zog die Knie an sich, kauerte sich fröstelnd in den großen Sessel hinein und saß dort ganz stille. In ihr aber klagte es: »Was soll ich tun? Was soll ich tun? Felix ist in Not, Felix ist von allen verlassen und verstoßen, Felix muß für immer fort, was soll ich tun? Und während dieses Grausame geschieht, können sie hier sitzen, als wüßten sie von nichts. Fräulein von Dachsberg liest mit ihrer tiefen, belehrenden Stimme, Baron Fürwit meckert sein leises Lachen, das er stets hören läßt, wenn er eine Partie gewonnen hat.«

Wie Marie all diese herzlosen, tiefberuhigten Menschen haßte.

Während der schlaflosen Nacht faßte Marie ihren Beschluß. Sie mußte Hilda sprechen, und sie mußte Felix sehen.

Am nächsten Morgen äußerte Marie den Wunsch, nach Schlochtin zu fahren.

Die Fürstin war nicht zufrieden damit. »Was willst du bei dieser unruhigen Familie?« sagte sie. Als sie jedoch das angstvolle Gesicht ihrer Tochter sah, fügte sie hinzu: »Gut, gut, fahre; die Baronin Dünhof wird dich begleiten.«

Am Nachmittage fuhren Marie und die Baronin Dünhof nach Schlochtin. Dort schien der Besuch nicht gelegen zu kommen. Die Baronin Üchtlitz selbst war nicht sichtbar, die Töchter empfingen die Gäste mit bleichen, verstörten Gesichtern, und als die Gesellschaft auf der Gartenveranda beisammensaß, kostete es ersichtliche Anstrengung, eine unbefangene Unterhaltung zu führen. Hilda saß abseits und schwieg.

Marie mußte sie bewundernd anschauen, denn ein Ausdruck hochmütiger Entschlossenheit verschönte seltsam das blasse Gesicht.

Endlich erschien die Baronin Üchtlitz, sie setzte sich zu ihren Gästen, nahm zerstreut am Gespräche teil und bat dann die Baronin Dünhof, mit ihr in das Wohnzimmer zu kommen.

»Und wir gehen in den Garten«, sagte Marie zu Hilda.

Diese stand schweigend auf und bot Marie den Arm.

Sobald die beiden Mädchen allein im Garten waren, begann Marie: »Was ist es mit Felix?«

»Felix«, erwiderte Hilda ruhig, »Felix hat eine große Dummheit begangen. Ich wußte, daß es so kommen würde. Er hat sein Leben hier verdorben, aber was will das heißen? Die Welt und das Leben sind ja weit.«

»Muß er fort?« fragte Marie weiter.

Hilda schaute zu den Kastanienzweigen auf, unter denen sie hingingen, und sagte feierlich: »Felix geht fort, und ich gehe mit ihm.«

»Du?« Mariens Augen wurden groß und klar vor Erstaunen.

»Ja, ich gehe mit ihm«, fuhr Hilda fort, »denn sonst ist er verloren. Er ist so schwach und leichtsinnig; ich werde ihm helfen, ein neues Leben zu beginnen und ein Mann zu werden. Wir haben uns verlobt.«

»Und deine Eltern?« forschte Marie.

Hilda zuckte die Achseln: »Es tut mir sehr leid, daß meine Eltern nicht damit einverstanden sind, aber ich bin in dem Alter, selbst über mich zu bestimmen. Ich gehöre ja nicht meinen Eltern, sondern mir und Felix.«

Marie schwieg einen Augenblick, und dann brach es erregt aus ihr hervor: »Liebst du ihn denn?«

Hilda lächelte: »Wie du fragst, Kleine. Natürlich liebe ich ihn.«

»Und er?« fragte Marie. »Liebt er dich?«

»Ach ja«, erwiderte Hilda nachdenklich, »gewiß liebt er mich, aber wie die Männer schon lieben, das ist unsicher und flackernd, bis wir Ordnung schaffen.«

»Das verstehe ich nicht«, rief Marie mit blitzenden Augen, »das ist doch nicht möglich!«

»Warum soll das nicht möglich sein?« meinte Hilda. »Ah so, du meinst dieses Frühjahrs wegen. Mein Gott, so etwas ist doch vorüber, wenn das Leben ernst wird. Gut, ihr habt zusammen in der Fliederlaube gesessen. Das ist so eine Urlaubsunterhaltung, eine Spielerei, wie die Männer sie nötig haben. Kannst du ihm denn helfen, kannst du ihn denn retten? Kannst du ihm etwas sein? Du weißt ja in deinem Schlosse nicht einmal, was das Leben ist. Wenn du einmal ohne Erlaubnis in den Park gehst, glaubst du, du hast viel für ihn getan. Aber jetzt ist es nicht die Zeit, an solche Kindereien zu denken, jetzt geht es ums Leben.«

Marie wurde ganz rot, und das Weinen war ihr nahe. »Ich weiß, du hast immer so gesprochen«, sagte sie, »du hast immer so getan, als sei es lächerlich, daß einer mich liebt, als sei es eine Kinderei und Spielerei und Dummheit. Nur wenn einer dich liebt, dann ist es Ernst. Du warst immer eifersüchtig und wolltest ihn für dich haben.«

Hilda lächelte mitleidig: »Armes Hühnchen, rege dich nicht auf. Es war unrecht von Felix, aber die Männer sind nun einmal so. Es tut vielleicht ein bißchen weh; aber du wirst es bald vergessen. Du wirst einen anderen finden, der mit dir in der Fliederlaube sitzt.«

Unter dieser Beleidigung beugte Marie den Kopf und schwieg. Diesem selbstbewußten, stolzen Mädchen gegenüber fühlte sie sich ganz schwach und hilflos, und als sie zu sprechen begann, klang es wie ein Wimmern: »Ich will Felix sehen.«

»Wozu?« meinte Hilda, »was könnt ihr euch noch zu sagen haben?«

Sie waren die Kastanienallee hinabgegangen und gelangten an einen Teich. Dort stand Felix im hellen Sommeranzug, den Strohhut auf dem Kopf, und ließ flache Kiesel über das Wasser springen.

»Da ist er!« rief Marie.

Felix hatte die Kommenden gesehen und schlenderte ihnen langsam entgegen. Er grüßte und lächelte ein verlegenes Lächeln.

»Ich habe die Ehre, meine Damen.«

»Warum bist du hier?« fragte Hilda streng.

Felix lachte. »Warum soll ich nicht hier sein? – Sie sehen, Prinzessin«, wandte er sich an Marie, »wie ich hier empfangen werde. Darf ich mich nach dem Befinden erkundigen?« fügte er höflich zu.

»Ich danke«, antwortete Marie und wurde blaß bis in die Lippen.

»Es ist heute wieder sehr schwül«, fuhr Felix fort. »Ein merkwürdiges Jahr; schon im Mai beginnen die Hundstage.«

»Ja, es ist sehr heiß«, stimmte Marie zu. Eine große Schwäche machte ihr das Stehen schwer. Vor ihren Augen begannen die Blätter der Bäume und die Sonnenstrahlen zu schwingen und sich zu drehen, dann wurde es dunkel, und sie sank lautlos auf den Rasen nieder.

Als sie wieder zu sich kam, fühlte sie, daß ein feuchtes Tuch ihr auf die Stirn gedrückt wurde. Sie war noch zu matt, um die Augen zu öffnen oder sich zu regen, sie hörte jedoch, wie Hilda und Felix leise miteinander sprachen.

»Sie kommt schon zu sich«, sagte Hilda.

»Die arme Kleine«, erklang Felix' mitleidige Stimme.

»Jetzt ist Mitleid billig«, bemerkte Hilda scharf. »Warum machst du solche Sachen?«

»Ich wußte nicht, daß sie das so schwer nimmt«, meinte Felix. »Wenn sie es nur übersteht.«

Hilda lachte leise: »Das ist so eure Eitelkeit, du verlangst wohl noch, daß sie deinetwegen an gebrochenem Herzen stirbt? Du kannst ruhig sein, sie wird ohne dich ganz friedlich ihr Prinzessinnenleben abhaspeln.«

Marie öffnete die Augen, Hilda beugte sich über sie und fragte: »Ist dir besser, Kleine?«

Ja, es war vorüber, und sie versuchte sich aufzurichten. Felix und Hilda halfen ihr. »Gehen wir nach Hause«, sagte sie und stützte sich auf Hildas Arm.

»Es ist die große Hitze«, meinte Felix, »ich wünsche gute Besserung.«

Marie neigte ein wenig den Kopf, dann gingen die beiden Mädchen schweigend dem Hause zu.

Dort erwartete sie die Baronin Dünhof, und der Wagen stand zur Abfahrt bereit.

Die Sonne ging sehr festlich unter, rote Wolken loderten wie große Flammen am Himmel hinan, die Dorfstraße war voll Kinder, die berauscht von dem roten Lichte lärmten und wilde Tänze aufführten. Marie schaute gleichgültig auf das Getriebe, in ihr war es leer und tot. Was sollte sie denken, was sollte sie fühlen?

Im Schloß ging die Baronin Dünhof sogleich zur Fürstin, um dieser mitzuteilen, was sich in Schlochtin ereignet hatte, und als Marie in das Zimmer trat, rief die Fürstin ihr klagend entgegen: »Mein armes Kind, hast du all diese Dinge anhören müssen, du bist ganz blaß.« Sie nahm Mariens Hände. »Ich glaube, sie fiebert«, sagte sie. »Es ist wohl am besten, sie geht zu Bett.«

Marie war auch das recht, sie wurde zu Bette gebracht, sie lag still da in der Sommerdämmerung, später kam die Lampe, Alwine kam, saß bei der Lampe und strickte, und ihr Schatten fiel groß und grau auf die Wand, und wenn Marie ihn mit halbgeschlossenen Augen ansah, dann schien er zu wachsen, immer zu wachsen. Sonst war ja nichts da, nur der große, graue Schatten, der alles verschlang.

Also ich bin krank«, sagte sich Streith, als er nach einer Nacht voll qualvoller Schmerzen am Morgen todesmatt in seinem Bette lag. Das war nicht vorausgesehen. Immer diese unnützen Überraschungen. Jetzt wartete er ungeduldig auf den Arzt. Endlich ließ sich im Vorzimmer Doktor Rucks frische, laute Stimme vernehmen: »Was? Der Herr Graf hat Schmerzen? Was habt ihr denn angefangen? So etwas!« Dann kam er zu Streith, die Backen rot, der runde Schädel voll kurzgeschnittener, blonder Haare, die kurzsichtigen braunen Augen blank hinter den großen Brillengläsern.

»Was, Graf, Schmerzen?« rief er schon an der Türe, »wo haben Sie die her?«

»Das weiß ich nicht«, erwiderte Streith grimmig, »das ist für die Behandlung auch unwesentlich.«

»So, so, unsere Laune [ist] nicht die beste«, stellte der Doktor fest.

»Wenn Sie, lieber Doktor«, sagte Streith, »das Gefühl hätten, als ob Hunde Sie zerfleischen und dabei so matt wären, daß Ihre eigene Haut Sie drückte wie ein schlecht gemachter, zu schwerer Wintermantel, dann würde Ihre Laune auch nicht die beste sein.«

»Sehr möglich«, gab der Doktor zu, »nun, wir wollen nachsehen.«

Er beugte sich über den Kranken, um ihn zu untersuchen. »Eine dumme Geschichte«, brummte er, »ein rheumatisches Fieber, daß das schmerzt, glaube ich. Und unser Herz mischt sich auch da hinein, das muß bei allem dabei sein. Ich will mal etwas aufschreiben.«

Er ging seine Rezepte schreiben, besprach mit Oskar die Verordnungen, mit Frau Buche die Diät, und als er wieder händereibend vor Streiths Bette stand, sah er diesen verheißungsvoll an: »Wir werden es schon machen, die Pulver werden den Schmerz benehmen, und unser Herz werden wir zur Ordnung rufen.«

»Sagen Sie, Doktor«, begann Streith nachdenklich, »es wird allgemein geklagt, die Leute hätten heutzutage kein Herz, und das, was sich am schnellsten abbraucht, ist doch immer das Herz.«

»Freilich«, meinte der Doktor, »nur, fürchte ich, ist es nicht die Nächstenliebe, die es abbraucht.«

»So, meinen Sie?« sagte Streith. »Möglich. Setzen Sie sich noch ein wenig her, Doktor. Sie haben so etwas Belebendes.«

Der Doktor setzte sich und lächelte geschmeichelt. »Belebend?« wiederholte er, »nun ja, das ist auch mein Beruf.«

»Ein schöner Beruf«, meinte Streith. »Was gibt es denn Neues?«

Der Doktor dachte nach: »Ich wüßte nicht, doch ja: die alte Exzellenz im Schlosse ist auch krank, eine Lungenaffektion. Bei seinem hohen Alter bedenklich.«

»Also der Alte auch«, murmelte Streith. »Sehen Sie,

Doktor, wenn man so bedenkt, wer alles stirbt, so kann man den Respekt vor dem Tode verlieren.«

»Ein Privilegium ist der Tod nicht«, erwiderte der Doktor ein wenig gereizt.

Streith seufzte: »Ach, Doktor, Sie sind ein Demokrat.«

Der Doktor lachte: »Gut, gut, mit dem Philosophieren geht es noch. Ich schaue heute abend wieder nach. Guten Morgen.« Damit ging er.

Streith schloß die Augen und begann wieder aufmerksam der stillen Arbeit der Krankheit in seinem Körper zu folgen. Als die Pulver kamen und er eins genommen hatte, schlief er ein wenig.

Er erwachte von einem leichten Geräusch an seinem Bette. Er schlug die Augen auf, da saß Britta auf einem Stuhle an seinem Bette, sehr gerade, und die dunklen, strahlenden Augen waren angstvoll und gespannt auf ihn gerichtet. »Wie muß ich ausschauen«, dachte Streith, »daß sie mich so ansieht.« Er versuchte zu lächeln: »Du bist es, Kind?«

»Doktor Ruck sagt, du seiest krank«, begann Britta, »da sind wir gekommen. Wie geht es dir jetzt?«

»Nicht gut«, erwiderte Streith.

Brittas Augen wurden größer und angstvoller: »Das tut mir sehr leid.«

»Nichts zu machen«, meinte Streith. »Was hast du denn getrieben?«

»Ich? O nichts. Ich weiß nicht.« Sie errötete, sie fühlte, jetzt müsse sie etwas erzählen, um den Kranken zu unterhalten, sie fand jedoch nichts. Vorsichtig wurde die Türe geöffnet, und Frau von Syrman trat in das Zimmer. Mit ihren kleinen Schritten und unter dem leisen Klingeln ihrer Armbänder kam sie bis an das Bett, blieb stehen und drohte mit dem Finger: »Schwiegersohn, Schwiegersohn, was Sie uns für Sorgen machen. Als wir hörten, daß

Sie krank seien, war meine Kleine nicht mehr zu halten. Sie müssen ihr schon erlauben, bei Ihnen zu sein. Kann ich nicht etwas tun? Soll ich nicht Ihre Kissen richten? Kranke haben mir gesagt, ich hätte eine besonders glückliche Hand darin.«

»Ich danke«, erwiderte Streith abweisend. »Oskar macht das sehr gut.«

»Das ist ja schön«, versetzte Frau von Syrman und schaute sich im Zimmer um, »aber soll ich nicht das Fenster schließen, es geht draußen ein kleiner Wind.«

»Ich bitte, das Fenster offen zu lassen«, entgegnete Streith nachdrücklich.

»So, so.« Frau von Syrman wurde unsicher. »Du bleibst wohl noch hier, Kind? Ich glaube, zwei sind zuviel für das Krankenzimmer. Auf baldige gute Besserung, lieber Schwiegersohn.« Damit ging sie.

Streith und Britta schwiegen eine Weile. Streith verzog schmerzhaft sein Gesicht, und endlich sagte er: »Im Garten soll eine Rose aufgeblüht sein, die ›Baronin Rothschild‹. Willst du nicht hinausgehen und sie dir ansehen?«

»Ja«, erwiderte Britta gehorsam, stand auf und ging hinaus.

Nun lauschte Streith auf die Stimmen und Schritte im Nebenzimmer, er hörte Frau von Syrmans spitze Absätze auf und ab klappen. »Jetzt geht sie und faßt meine Sachen an«, dachte er ingrimmig. Im Garten begann Roller laut zu bellen. Streith klingelte. Als Oskar kam, fragte er ungeduldig: »Warum bellt Roller?«

»Das gnädige Fräulein läuft mit ihm um den Rasenplatz«, berichtete Oskar.

»Roller soll hereingerufen werden«, befahl Streith, »und zu mir wird niemand mehr hereingelassen, ich schlafe.« Damit kehrte er sich der Wand zu.

Streith hatte eine schlimme Nacht. Am Tage lag er in

leichtem Schlummer oder wachte über seine Schmerzen. Er beobachtete, wie sie kamen, zunahmen, nachließen, wieder mit neuer Kraft einsetzten; diesen Feind zu studieren war ihm eine peinvolle und ermüdende Aufgabe. Für die Phantasie des Fiebernden nahmen die Schmerzen Gestalt an, er sah das graue Hundegesicht mit den bleichen Augen und den gelben Zähnen, das sich wütend in seine Glieder verbiß.

Am Nachmittage, während Streith im Halbschlafe dalag, fühlte er, daß jemand neben seinem Bette saß. Er wußte, es war Britta; er wußte, jetzt sah sie ihn mit ihren großen, angstvollen Augen an, der Stuhl, auf dem sie saß, knarrte leise. Eine Weile konnte er sich nicht entschließen, die Augen zu öffnen, er war zu müde, um zu lächeln, zu sprechen. Endlich schlug er doch die Augen auf, Britta saß an seinem Bett, sie trug ihr rotes Sonntagskleid. Sie mußte schnell gegangen sein, denn das Gesicht war ganz rosig unter dem Gewirre schwarzer Haare; auf ihren Knien lag ein großer Strauß gelber Trollblumen, der einen leichten Geruch von Honig und feuchten Blättern um sich verbreitete.

»Guten Tag, Kind«, sagte Streith leise.

»Guten Tag«, erwiderte Britta, »wie geht es dir?«

»Nicht gut«, meinte Streith. »Schöne Blumen.«

»Ja, ich habe dir einige Trollblumen gebracht.«

»So, blühen die noch?«

»Ja, die blühen noch.«

Streith wurde unruhig, die Gewaltsamkeit der Farben an dem Mädchen, der Glanz der Augen, das starke Blühen dieser Jugend, dieses Leben bedrückten ihn und taten ihm weh. Er sah zur Decke auf, sein hageres Gesicht mit der kühn geschwungenen, bleichen Nase sah streng und unzufrieden aus. »Liebes Kind, ich wollte dir etwas sagen«, begann er.

»Ach ja«, rief Britta und beugte sich vor, bereit, etwas für ihn zu tun.

»Es ist sehr liebenswürdig von dir und deiner Mutter, zu mir zu kommen«, fuhr er fort, »sehr liebenswürdig, und ich bin äußerst dankbar dafür. Aber siehst du, der Mensch, wenn er krank ist, ist eben ein anderer; er ist eigentlich nur ein halber Mensch und ein uninteressantes, unliebenswürdiges Wesen. Auch bin ich gewohnt, allein zu sein, wenn ich krank bin. Krankheit ist nun einmal eine einsame Sache, Ruhe brauche ich, sonst nichts. Und du, was sollst du in einem Krankenzimmer? Du gehörst in den Wald und in den Sonnenschein. Wenn es besser geht, schicke ich nach dir, aber bis dahin –«

Britta schlug beide Hände vor das Gesicht und begann zu schluchzen.

Ungeduldig zog Streith die Augenbrauen zusammen: »Warum weinst du?« fragte er. »Da ist ja nichts zu weinen.«

Sie aber glitt von ihrem Stuhl herab, kniete vor dem Bett, beugte sich auf seine Hand nieder und stöhnte: »Du magst mich nicht mehr.«

»Ach, Kind«, sagte Streith müde, »wie habe ich deine Jugend, deine Schönheit angebetet. Jetzt möchte ich, daß es ein wenig stille um mich ist. Später vielleicht gehen wir wieder zusammen in den Wald oder wir tanzen zusammen in der blauen Stube. Vielleicht, wer kann das wissen.«

Britta erhob den Kopf, ihr Gesicht war von Tränen überströmt, und mit einer Stimme, die heiser vom Weinen war, sagte sie böse: »Warum mußt du krank sein!«

»Das weiß ich nicht«, erwiderte Streith, »geh jetzt, Kind.«

Britta stand auf und verließ das Zimmer, den Kopf gesenkt, wie ein gescholtenes Kind.

Sie ging hinaus in den Wald, gerade vor sich hin und während sie ging, flossen die Tränen über ihr Gesicht, sie weinte über Streith, über sein bleiches, kummervolles Gesicht, das sie so fremd und alt angesehen hatte, aber sie weinte auch aus Zorn, am liebsten hätte sie laut in den Wald hineingescholten: »Warum das, warum das? Kranksein, Sterben, das verdirbt alles, das zerstört alles. Warum?« Sie ging, bis sie müde wurde, dann warf sie sich auf das Moos nieder, lag regungslos da und horchte in sich hinein, auf die ungewohnte Klage ihres ganzen Wesens.

Sie mochte lange dort gelegen haben, denn ihre Haare und ihre Kleider wurden feucht vom Nachttau, sie sprang auf, tiefe Dämmerung herrschte unter den Bäumen, der Wald war ganz still, und Nebel schlichen über den Sumpf. Britta fürchtete sich, zum ersten Male fürchtete sie sich im Walde und begann schnell zu gehen, sie wußte nicht wohin, nur nach Hause wollte sie nicht. Jetzt in der blauen Stube bei der Lampe sitzen und ihre Mutter sprechen hören, das konnte sie nicht. Auf einer kleinen Lichtung sah sie sich um, grau in der grauen Dämmerung stand hier das Häuschen der alten Annlise, dahin wollte sie. Britta kannte Annlise gut, sie war Andrees Mutter und Marguschs Großmutter. Früher, wenn Frau von Syrman verreiste, mußte Annlise kommen, auf die kleine Britta achtgeben.

Britta trat in das Häuschen. Die niedrige Stube war finster, nur die glimmenden Kohlen des Herdes warfen ihren roten Schein in die Dämmerung. Es roch hier nach Rauch und den Kräutern, die Annlise zu sammeln pflegte. Aus einer Ecke tönte leises Schnarchen, Margusch war es, die dort schlief, Annlise saß müßig vor ihrem Herde. »Was ist das, mein Fräulein kommt so spät?« sagte sie.

»Ja, Annlise«, erwiderte Britta, »ich komme zu dir, nach Hause will ich nicht, ich bleibe bei dir.«

»So, so«, brummte die Alte, »komm nur her.«

Britta setzte sich auf einen Schemel zu Annlise; jetzt in der sanften Wärme des Herdes fühlte sie, daß sie müde war und gefroren hatte.

»Mein Fräulein ist ja naß«, sagte Annlise und strich mit der Hand über Brittas Haar, »was ist denn geschehen? Dein Herr ist krank, ich habe es gehört, ist es denn so schlecht? Jung ist er ja auch nicht mehr.«

Da fuhr Britta auf: »Warum sprichst du so, Annlise? Ich glaubte, bei dir wird es ruhig und gemütlich sein, und nun sprichst du solche Dinge.«

»Ich sag' ja nichts, sei nur ruhig«, meinte die Alte.

Britta schwieg einen Augenblick und schaute in die Kohlen, dann fragte sie: »Fürchtest du dich vor dem Tode?«

»Was soll ich mich fürchten?« brummte die Alte. »Ich habe mich genug geplagt im Leben, was kann der Tod mir tun?«

Das klang so beruhigend, fast gemütlich. »Ich bin hungrig«, sagte Britta.

»Brot haben wir heute gebacken«, erwiderte Annlise, stand auf, holte eine Tasse Milch und ein Stück Brot: »Iß, Kind, iß«, sagte sie.

Britta trank und aß, jetzt fühlte sie sich hier sicher und geborgen, und als sie satt war, wurde sie heiterer.

»Jetzt, Annlise«, sagte sie, »mußt du erzählen, aber nichts Trauriges. Erzähl' so was von Liebe. Wie war es, als Andrees Vater dich liebte?«

»Da ist nicht viel Gutes zu erzählen«, antwortete Annlise, aber Britta drängte sie: »Erzähle, erzähle.«

»Nun, er war hier beim Grafen bei den Pferden, der Peter«, begann die Alte, »ich war bei der Wäsche. Damals wurden die Arbeitspferde im Sommer bei Nacht auf den Klee getrieben, um zu weiden. Er hatte eine kleine Holzhütte auf Rädern, so wie ein Hundehaus, die schob er sich auf das Feld, und da konnte er hineinkriechen, wenn es regnete. Nun, wie Marjellen schon sind, ich ging damals oft des Nachts zu dem Peter hinaus auf das Feld.«

»Das war hübsch«, schaltete Britta ein.

»In den hellen Nächten war es ganz gut«, fuhr die Alte fort, »aber später, wenn die Nächte dunkel wurden, da hatten wir unsere liebe Not. Immerfort mußte der Peter nach den Pferden sehen, viel Zigeunervolk trieb sich damals hier herum, leicht konnte einer ein Pferd fortführen, ohne daß der Peter und der Hund es merkten. Wenn nun der Peter fort war, um nach den Pferden zu sehen, dann saß ich allein vor der Hütte, und da fürchtete ich mich zuweilen, besonders auf dem einen Felde, bei dem das Wasser ganz nahe ist, in dem der lange Jakob ertrank. Besoffen ist er da bei Nacht hineingegangen, nur seinen Hut und Stock fand man, ihn selbst hat man nicht gefunden, so tief ist das schwarze Wasser dort. So sitze ich einmal vor der Hütte, die Nacht ist ganz schwarz und mir so eigen zumute. Da merke ich, daß einer vor mir steht, ich denke, es ist der Peter. ›Bist du es, Peter?‹ frage ich. Er antwortet nicht, ich fühle aber, wie es ganz kalt zu mir herüberkommt, als ob ein Windchen den Nebel vom Wasser heranbläst, und ich rieche auch einen ganz starken Geruch nach Schlamm und Sumpf. Da weiß ich, es ist der lange Jakob. Vor Furcht kann ich nicht sprechen, und ich zittere nur so am ganzen Leibe. Da höre ich, wie er einmal ganz tief aufseufzt, dann höre ich nichts mehr. Als der Peter kommt, frage ich ihn: ›Warst du eben hier?‹ – ›Nein‹, sagt er. ›Dann war's der lange Jakob‹, sage ich. ›Dummheiten‹, sagt er, ›komm, kriechen wir in die Hütte‹, und da krochen wir in die Hütte.«

»Da war es sicher«, bemerkte Britta, »wenn man nah beieinander ist, dann ist es sicher, wenn auch draußen die Gespenster herumlaufen.«

»Freilich«, meinte Annlise, »ich bin damals auch nicht früher nach Hause gegangen, als bis es hell war. Ja, das waren so Zeiten. Was half es? Der Peter ging zum Militär, und ich saß da.«

»Nein, nicht das«, fuhr Britta heftig auf, »nicht das! Warum muß alles traurig enden?«

Die Alte seufzte: »Da ist nichts zu machen, Kindchen, zum Lachen sind wir nicht auf der Welt.«

Beide schwiegen nun, Britta stützte die Ellbogen auf die Knie und das Gesicht in die Hände und starrte in die Kohlen, die flüsternd verglommen.

Es gab Stunden, in denen Streith das Glück des Kranken genoß, das müde Glück, wenn die Schmerzen für eine Weile ihn verließen, er erschöpft wie von schwerer Arbeit dalag und dachte: »Wie leicht ist doch das Leben ohne Schmerzen.« Dann ließ er die Tür seines Zimmers öffnen, um in die Zimmerflucht hinabschauen zu können, er wollte sehen, wie das Licht und die Blätterschatten auf dem blanken Parkette lagen, wie Roller auf seinem sonnigen Plätzchen schlief, wie die Möbel feierlich an den Wänden standen und die Goldrahmen der Bilder blitzten. Die Fenster waren geöffnet, vom Garten strömten warme Düfte herein, zuweilen verirrte eine Biene sich in das Zimmer und erzählte mit ihrem Summen von den sonnenbeschienenen Rosen draußen. Übermannte der Schlummer ihn in solchen Stunden, so kamen angenehme Traumbilder, Bilder früherer Reisen. Er saß in einer Gondel, greller Sonnenschein fiel auf den Kanal, und der Widerschein des Lichtes zitterte wie kleine, rege

Goldwellen an den roten Mauern der Paläste hinauf. Oder er stand unter Hollands grünlichem Himmel vor einem blauen Hyazinthenfelde, tiefes, sattes Blau, wohin er auch sah. Ab und zu kam Frau Buche mit ihrer weißen Schürze und ihren friedlichen, grauen Augen und reichte ihm eine Tasse Fleischbrühe. »Ganz frische Hühnerbouillon«, sagte sie, »einige Spargelköpfe habe ich hineingetan, von den kleinen, dunklen. Die großen sind wohl süßer, aber die kleinen, bitteren haben noch so die Kraft der Erde.«

»Sie mögen recht haben«, meinte Streith, schob ein Spargelköpfchen in den Mund und sah Frau Buche mit dem hilflosen Blick des Kranken an. »Sie mögen recht haben, das schmeckt allerdings nach Kraft.« Und dann fragte er, wie er das in letzter Zeit öfter getan: »Ist niemand gekommen?«

»Niemand, Herr Graf«, war die Antwort.

»Wen erwartet er denn«, sagte Frau Buche zu Oskar. »Sind es wieder die vom Forsthause?«

»Nein, die sind es nicht«, antwortete Oskar geheimnisvoll.

Das Rollen eines Wagens vor dem Hause ließ Streith gespannt aufhorchen. Der Wagen hielt, eine Türe ging, Stimmen wurden laut, Oskar kam eilig in Streiths Zimmer und meldete: »Ihre Hoheit, die Frau Fürstin sind da und lassen fragen, ob sie den Herrn Grafen sehen dürfen.«

»Ich lasse bitten«, erwiderte Streith und fuhr mit der Hand ordnend über Bart und Haar.

Die Fürstin trat in das Zimmer, sie blieb vor dem Bette stehen und sagte: »Ich wollte doch nach Ihnen sehen, lieber Graf.«

»Sehr gnädig«, antwortete Streith und versuchte es, in das Nicken seines Kopfes etwas Zeremonielles zu legen.

»Dann setze ich mich zu Ihnen«, fuhr die Fürstin fort

und setzte sich auf den Stuhl, der an Streiths Bette stand. Als sie jedoch dort saß, fand sie nicht sogleich etwas zu sagen. Sie schaute Streith an mit ihren klaren, ruhevollen Augen; die Wangen waren von der Luft leicht gerötet, die Lippen lächelten ein befangenes Lächeln.

Den kleinen, hellen Sommermantel kannte Streith, die leichte Seide des Kleides hatte eine milde Heliotropfarbe, und am gelben Strohhut steckte ein weißer Möwenflügel. Vor der milden Feierlichkeit dieser Gestalt fühlte Streith wieder die andächtige Zärtlichkeit, die ihm einst so wohlgetan hatte.

»Freuen Sie sich ein wenig?« fragte die Fürstin, und eine leichte Aufregung bebte in ihrer Stimme.

»Ja, ich freue mich«, erwiderte Streith ernst, »nur wünschte ich mehr Kraft zu haben, um mich zu freuen.«

»Das kommt noch«, tröstete die Fürstin, »Sie werden sehen, bald geht es wieder aufwärts.«

»Bald«, wiederholte Streith, »bald muß es sein, denn sonst kommt der Mut zum Aufwärtsgehen abhanden. Oft denke ich schon, vielleicht ist es genug, obgleich«, seine Stimme wurde schwach und leise, »hat man da so viel Zeit verschwendet, eine gute Figur zu machen.«

»Wie meinen Sie?« fragte die Fürstin und beugte sich ein wenig vor.

»Ich meine«, versetzte Streith lauter, »wir können aus unserem Leben doch nicht das machen, was wir daraus machen wollen, es tut immer, was es selbst will.«

»Ach, Streith, so geht es uns allen«, meinte die Fürstin, und die Erregung ließ ihre Augen glitzern, »wir alle glauben, würde unser Leben uns gegeben, damit wir es noch einmal leben, wir würden es besser machen. Wenn es so Korrekturbogen – nicht wahr, so nennt man das? – Korrekturbogen des Lebens gäbe.«

Streith lächelte: »Korrekturbogen, ganz richtig, in denen wir alles, was uns mißfällt, mit dicken, schwarzen Strichen ausstreichen könnten.«

»Und doch«, sagte die Fürstin sinnend, »in guten Stunden, wenn wir geneigt sind zu verzeihen, dann verzeihen wir auch unserem Leben.«

»Es bleibt uns wohl nichts anderes übrig«, antwortete Streith, »besonders da mir jetzt der Verdacht gekommen ist, daß es gar nicht für uns ist, daß wir leben. Meine Großmutter erzählte uns Kindern das Märchen von der hochmütigen Rosine, die glaubte, der Kuchen wäre nur deshalb gebacken, damit sie ein weiches und warmes Bett habe.« Streith lachte, und auch die Fürstin lachte; es tat ihr wohl, wieder einmal wie früher mit Streith lachen zu können. Aber eine plötzliche Schwäche machte Streiths Gesicht ganz bleich, und er schloß die Augen.

»Das Sprechen greift Sie an«, rief die Fürstin besorgt. »Sie müssen stilliegen, Sie müssen versuchen zu schlafen. Ich sitze noch ein wenig hier, wenn es Ihnen guttut.«

»Ja, das tut gut«, sagte Streith leise.

Nun saß die Fürstin schweigend da, die Hände im Schoße gefaltet, sie schaute zum Fenster hinaus, und der Blick ihrer Augen wurde stetig, wie er es in Augen wird, die nicht auf ihre Umgebung, sondern träumend auf ein fernes Erinnerungsbild schauen. Da Streith wirklich ruhig zu schlafen schien, erhob sich die Fürstin und verließ leise das Gemach.

Rote Abendlichter glitten schon über die Wand, als Streith erwachte. Doktor Ruck stand vor dem Bette und rieb sich die Hände. »Geschlafen, das sehe ich gern«, sagte er und griff nach dem Puls des Patienten. »Unser Puls gefällt mir zwar nicht recht. Nun, wir wollen eine kleine Spritze geben.« Er ging zum Tische, um seine Spritze vorzubereiten. Streith richtete sich ein wenig in den Kissen auf; das abends zunehmende Fieber regte ihn an, es verlangte ihn danach zu sprechen und sprechen zu hören. »Wie geht es Ihren Kindern, Doktor?« fragte er.

»Danke, gut«, antwortete der Doktor, »lauter Musterbuben.«

»Wie viele?« fragte Streith weiter.

»Bis jetzt vier.«

»Bis jetzt?« wiederholte Streith, »rechnen Sie auf mehr?«

»Das will ich meinen«, erwiderte der Doktor, »Kinder sind doch das Beste, das wir der Welt geben können, sie sind doch sozusagen unsere Unsterblichkeit.«

»So, so, Ihre Unsterblichkeit«, meinte Streith, »ich weiß nicht, ob diese Unsterblichkeit mich besonders locken würde; aber das sind doch so die eigentlichen Lebensgeschäfte, und ich bin gegenwärtig nicht recht in der Lage, kompetent darüber mitzureden.«

Der Doktor trat an Streiths Bett: »Ach was«, sagte er, »wenn Sie die Spritze im Leibe haben, dann sind Sie wieder in der Lage, über alles mitzureden.« Er beugte sich über den Kranken, um die Einspritzung zu machen, und als er fertig war, setzte er sich auf Streiths Bett und sagte befriedigt: »So. Nun fühlen wir uns gleich frischer.«

»Ja, vielleicht«, gab Streith zögernd zu. »Aber, sagen Sie, Doktor, Sie sprechen von Ihrer Unsterblichkeit. Sie glauben also, daß mit diesem Leben alles zu Ende sei.«

»Ich weiß nicht«, erwiderte der Doktor und schaute ein wenig betroffen drein, »es sieht fast so aus.«

»Gut, gut«, fuhr Streith fort, »es kommt nur darauf an, ob das Wort ›zu Ende‹ über unser Leben hinaus noch einen Sinn hat, oder ob das nicht nur eine irdische Einrichtung ist, daß etwas zu Ende geht.«

»Wie gesagt ...«, stotterte der Doktor.

»Sie wissen es nicht«, unterbrach ihn Streith, »woher sollten Sie auch. Ich meine nur, wenn nach unserem Leben hier doch etwas anderes kommt, müßten wir nicht etwas davon spüren, wenn wir ihm nahe sind? Wenn hier alles anfängt zu verblassen, müßten wir dann nicht ganz in der Ferne so etwas wie Farben sehen? Na, gleichviel, hören Sie, Doktor, sind Sie einmal so vom Binnenlande her dem Meere zugefahren?«

»Nein, ich erinnere mich nicht«, antwortete der Doktor.

»Ich bin einmal in Pommern«, fuhr Streith fort, »durch den Wald dem Meere zugefahren. Es war der heißeste Tag, dessen ich mich erinnern kann. Die Föhrenstämme, an denen ich hinfuhr, glühten wie überheizte Öfen, die Luft lag auf mir wie eine wollene Decke. Das Atmen war unter diesen Umständen kein Vergnügen, so ließ ich mich stumm und gedankenlos durch den heißen Sand vorwärtsschleppen. Da plötzlich fühlte ich, als würde der Druck, der auf mir lag, leichter, das Atmen wurde bequemer, ein Windchen kam und spielte mir um die Lippen und schmeckte so gut, wie mir lange nichts geschmeckt hatte, und je weiter wir fuhren, um so angenehmer wurde das Atmen, und der kleine Wind kam immer häufiger und verstärkte sich. Er fing schon an in den Föhrennadeln zu flüstern und wurde zu einem leisen Rauschen, und ich sperrte den Mund auf und die Nasenflügel und trank diesen Wind in mich hinein, denn er schmeckte nach Weite; er roch köstlich nach unendlicher Weite. Und dann hörte ich einen Ton, ganz weit, ganz leise, und doch lag in ihm etwas ganz Großes, etwas Befreiendes, Kühlendes, es lag in diesem leisen, fernen Ton etwas wie das Donnern der Stimme der Unendlichkeit. Sehen Sie, Doktor, das war das Meer.«

Streith schwieg und schloß die Augen, auch der Doktor schwieg eine Weile, und als er zu sprechen begann, mußte er sich räuspern, er fürchtete, seine Stimme würde unsicher klingen. »Jetzt werden Sie schlafen, lieber Graf«, sagte er, »und angenehm träumen, vielleicht von der großen Stimme.«

»Ja, vielleicht von der großen Stimme«, antwortete Streith schlaftrunken, »gute Nacht, Doktor.«

Graf Donald Streith war gestorben. Im Schlosse hörte man, der Bruder des Grafen sei gekommen, um die Leiche auf das Stammgut der Streiths überführen zu lassen, am Vormittage sollte der Wagen mit dem Sarge unten auf der Landstraße am Schlosse vorüberfahren. Um dieses zu sehen, ließ Baron Fürwit, Rekonvaleszent und noch schwach, einen Sessel auf die Hoftreppe stellen, dort saß er und wartete. Neben ihm stand der Major, die hervortretenden, blauen Augen starrten traurig vor sich hin. »Ein edler, ein nobler Mensch war unser Streith, es ist schade um ihn«, sagte er.

»Natürlich war er edel und nobel«, meinte der Baron, und seine Stimme nahm etwas Zänkisches an, »ich bin gewiß der letzte, der von einem verstorbenen guten Bekannten etwas Schlechtes sagt, aber er wußte nicht, was er wollte. Bald wollte er dies, bald wieder etwas ganz anderes. Er hatte ein unruhiges Herz und, sehen Sie, Major, ein unruhiges Herz taugt nicht, ist nicht gesund, unruhige Herzen dauern nicht.«

»Das mag sein«, erwiderte der Major, »wir alle irren. Ich habe unseren Streith verehrt.«

Das schien den Baron zu ärgern: »Ja, ja, wer sagt denn etwas anderes? Nun, das ist nicht zu leugnen. Sehen Sie, Major, es gibt eben Menschen, die sich einzurichten verstehen und Menschen, die sich nicht einzurichten verstehen. Streith war einer von denen, die sich *nicht* einzurichten verstehen.«

Auf der anderen Seite des Schlosses auf der Gartenveranda lag Prinzessin Marie in einem Korbsessel, und die runden, blauen Augen sahen in den Mittagsonnenschein hinein, ruhig und ein wenig traurig, Augen, die nicht mehr erwarten, daß dort vor ihnen in dem flimmernden Lichte etwas Schönes und Erregendes auftauchen könnte. Neben der Prinzessin saß Fräulein von Dachsberg und warf eine weißwollene Haube auf, welche die Prinzessin für eine arme Frau im Dorfe stricken sollte.

Die Fürstin aber war in den Garten hinabgestiegen, sie ging bis zum Gartengitter, blieb dort stehen, schützte die Augen mit der Hand und spähte auf die Landstraße hinaus. Auf der anderen Seite der Straße, am Waldrande, standen zwei Frauen in schwarzen Trauerkleidern, Frau von Syrman und ihre Tochter. Britta hielt einen großen Feldblumenkranz, flammend von den Farben der Trollblumen, Lichtnelken, Sumpforchideen und Skabiosen. Nun hörte man den Hufschlag von Pferden, und der Leichenwagen kam, mit einem Viererzuge bespannt. Der Sarg war mit einer schwarz und silbernen Decke überdeckt und auf ihr lagen Palmenzweige und große Kränze aus weißen Rosen. Als der Wagen langsam am Waldrande hinfuhr, traten die beiden Frauen vor, und Britta legte ihren Kranz auf den Sarg. Dann setzte Britta sich am Wegrain nieder, schlug die Hände vor das Gesicht und weinte. Die Fürstin stand noch immer regungslos da und schaute dem Wagen nach, wie er die Allee hinabfuhr, umgeben von dem blonden Flimmern einer leichten Staubwolke, immer kleiner wurde mit seinem schwarzbedeckten Sarge, seinen weißen Kränzen, in deren Mitte Brittas Kranz lag, heiter in seiner Farbenpracht, wie ein helles Jugendlachen.

ENDE

Klassiker der deutschsprachigen Literatur im dtv

Bettine von Arnim
Goethe's Briefwechsel mit einem Kinde
Hg. v. Wolfgang Bunzel
ISBN 978-3-423-**13719**-5

Dies Buch gehört dem König
Hg. v. Wolfgang Bunzel
ISBN 978-3-423-**13720**-1

Georg Büchner
Werke und Briefe
Neuausgabe
Hg. v. Karl Pörnbacher u.a.
ISBN 978-3-423-**12374**-7

Johann Peter Hebel
Die Kalendergeschichten
Sämtliche Erzählungen aus dem Rheinländischen Hausfreund
Hg. v. Hannelore Schlaffer
ISBN 978-3-423-**13861**-1

Friedrich Hebbel
Meistererzählungen
Hg. v. Monika Ritzer
ISBN 978-3-423-**14193**-2

Theodor Fontane
Effi Briest
Roman
Hg. v. Helmuth Nürnberger
ISBN 978-3-423-**12499**-7

Cécile
Roman
Hg. v. Helmuth Nürnberger
ISBN 978-3-423-**14000**-3

Grete Minde
Roman
Hg. v. Helmuth Nürnberger
ISBN 978-3-423-**14087**-4

Frau Jenny Treibel
oder »wo sich Herz zum Herzen find't«
Roman
Hg. v. Helmuth Nürnberger
ISBN 978-3-423-**14241**-0

Irrungen, Wirrungen
Roman
ISBN 978-3-423-**12615**-1

Der Stechlin
Roman
Kommentierte Ausgabe
Hg. u. mit einem Nachwort v. Helmuth Nürnberger
ISBN 978-3-423-**14325**-7

Klassiker der deutschsprachigen Literatur im dtv

Johann Wolfgang von Goethe
Werke
Hamburger Ausgabe in 14 Bänden
Hg. v. Erich Trunz
ISBN 978-3-423-**59038**-9

H. J. Chr. von Grimmelshausen
Der Abenteuerliche Simplicissimus Teutsch
Hg. v. Alfred Kelletat
ISBN 978-3-423-**12379**-2

E. T. A. Hoffmann
Die Elixiere des Teufels
Roman
Mit einem Nachwort von Gerhard Hay
ISBN 978-3-423-**12377**-8

Lebens-Ansichten des Katers Murr
Roman
Mit einem Nachwort von Peter Härtling
ISBN 978-3-423-**13473**-6

Heinrich von Kleist
Sämtliche Werke und Briefe
in drei Bänden
Münchner Ausgabe
Hg. v. Roland Reuß und Peter Staengle
ISBN 978-3-423-**59084**-6

Sämtliche Werke und Briefe
Hg. v. Helmut Sembdner
ISBN 978-3-423-**12919**-0

Sämtliche Erzählungen und Anekdoten
Hg. v. Helmut Sembdner
ISBN 978-3-423-**12493**-5

Georg Christoph Lichtenberg
Sudelbücher
Materialhefte und Tagebücher
Register zu den Sudelbüchern
Gesamtausgabe in 3 Bänden
Hg. v. Wolfgang Promies
ISBN 978-3-423-**59075**-4

Gotthold Ephraim Lessing
Werke
in drei Bänden
Hg. v. Herbert G. Göpfert
ISBN 978-3-423-**59059**-4

Klassiker der deutschsprachigen Literatur im dtv

Robert Musil
Die Verwirrungen des Zöglings Törleß
Roman
ISBN 978-3-423-**14222**-9

Joseph Roth
Die großen Erzählungen
ISBN 978-3-423-**14297**-7

Friedrich Schiller
Sämtliche Werke in 5 Bänden
Hg. v. Peter-André Alt, Albert Meier und Wolfgang Riedel
5 Bände in Kassette
ISBN 978-3-423-**59068**-6

Arthur Schnitzler
Die großen Erzählungen
ISBN 978-3-423-**14094**-2

Johann Gottfried Seume
Spaziergang nach Syrakus
Hg. v. Albert Meier
Illustr. v. Karl-Friedrich Schäfer
ISBN 978-3-423-**12378**-5

Adalbert Stifter
Sämtliche Erzählungen
nach den Erstdrucken
Hg. v. Wolfgang Matz
ISBN 978-3-423-**13369**-2

Witiko
Roman
ISBN 978-3-423-**13954**-0

Stefan Zweig
Die großen Erzählungen
Hg. v. Edda Ziegler
ISBN 978-3-423-**14236**-6

Leo Perutz im dtv

»Seine Romane sind an Spannung kaum zu überbieten, sie sind bis ins Kleinste berechnete Kunstwerke.«
Josef Quack in der ›Frankfurter Allgemeinen Zeitung‹

Alle Titel herausgegeben und mit einem Nachwort von Hans-Harald Müller

Nachts unter der steinernen Brücke
Roman
ISBN 978-3-423-13025-7 und
ISBN 978-3-423-14075-1

Der Meister des Jüngsten Tages
Roman
ISBN 978-3-423-13112-4

Der schwedische Reiter
Roman
ISBN 978-3-423-13160-5

Zwischen neun und neun
Roman
ISBN 978-3-423-13229-9

Der Judas des Leonardo
Roman
ISBN 978-3-423-13304-3

Wohin rollst du, Äpfelchen …
Roman
ISBN 978-3-423-13349-4

Der Marques de Bolibar
Roman
ISBN 978-3-423-13492-7

Die dritte Kugel
Roman
ISBN 978-3-423-13579-5

Joseph Roth im dtv

Radetzkymarsch
ISBN 978-3-423-**12477**-5
Im Aufstieg und Untergang der Familie Trotta spiegelt sich der letzte Glanz der Donaumonarchie.

Die Kapuzinergruft
ISBN 978-3-423-**13100**-1
Wie im ›Radetzkymarsch‹ wird das Schicksal der Familie Trotta beleuchtet.

Das Spinnennetz
ISBN 978-3-423-**13171**-1
Am Beispiel des jungen Leutnant Lohse wird vorgeführt, wie eine ganze Generation von Mitläufern entsteht. Enttäuscht und führungslos werden sie zu Helfern des Rechtsradikalismus.

Die Legende vom heiligen Trinker
ISBN 978-3-423-**13237**-4
Der Pariser Clochard Andreas erhält unerwartet 200 Francs und bekommt so die Möglichkeit, seinen letzten Lebenstag in Würde zu begehen.

Hiob
ISBN 978-3-423-**13020**-2
Wie in der alttestamentarischen Geschichte des von Gott geprüften Dulders, erleidet der gläubige Jude Mendel Singer zahlreiche Schicksalsschläge.

Hotel Savoy
ISBN 978-3-423-**13060**-8
Ein Hotel wird zur Metapher für die aus den Fugen geratene Welt nach dem I. Weltkrieg.

Juden auf Wanderschaft
ISBN 978-3-423-**13430**-9
Eine liebevolle Zeichnung der ostjüdischen Kultur und des Lebens in der neuen Heimat.

Das falsche Gewicht
Roman
ISBN 978-3-423-**13853**-6
Der redliche Eichmeister Anselm Eibenschütz wird aus Liebe schuldig und verliert bald sein Verständnis von Recht und Moral.

Beichte eines Mörders, erzählt in einer Nacht
Roman
ISBN 978-3-423-**13967**-0
Die Lebensbeichte des Semjon Golubtschik ist eine Parabel auf die Macht des Bösen – und eine Geschichte von Leidenschaft, Rache und Mord.

Die großen Erzählungen
ISBN 978-3-423-**14297**-7

Bruno Schulz bei dtv

»Es blieb sehr viel übrig, nämlich fast das gesamte Werk dieses genialen Menschen, fast seine gesamte gestorbene Welt, empfangen in dieser märchenhaften, wunderbar deformierenden und uns dadurch bereichernden Phantasie, die tausendmal reicher war als die gewöhnliche Phantasie, das Zeichen des Göttlichen trug und darum vom Anfang bis zum Ende Leiden und Angst war… Schulz' Genie besteht für mich darin, dass dieser Schriftsteller durch die Deformierung der Wirklichkeit bis zu den innersten, tief versteckten Winkeln der menschlichen Seele vordringt.«

Andrzej Szczypiorski

Das graphische Werk

Illustrationen von Bruno Schulz

ISBN 978-3-423-**12823**-0

Die Zimtläden

Illustrationen von Bruno Schulz

Neu übersetzt von Doreen Daume

ISBN 978-3-423-**13838**-3

Das Sanatorium zur Sanduhr

Erzählungen

Neu übersetzt von Doreen Daume

ISBN 978-3-423-**14206**-9